펫숍 보이즈

펫숍 보이즈

다케요시 유스케 지음
최윤영 옮김

차례

유리와 유리

유리매커우
(앵무목 앵무과의 조류)

유리
(귀여운 단골 손님)

수조의 이끼를 벗겨내던 중 우리 아르바이트생들의 교육을 맡고 있는 가시와기 씨의 목소리가 울려 퍼졌다.

"가쿠토! 잡아!"

내 바로 옆으로, 털 뭉치가 재빠른 속도로 휙 지나갔다. 순간 어안이 벙벙했지만 곧 그 털 뭉치가 케이지에서 도망쳐 나온 토끼임을 알아챘다.

"거기 서! 토란, 거기 서!"

고타가 한 손에 셀러리를 들고 쫓아가는데도 토끼는 가볍게 무시하며 날뛰었다. 마치 날쌔게 달아나는 토끼처럼, 아, '처럼'이 아닌가. 이럴 땐 어떤 비유를 쓰는 게 적절할까? 그런 생각을 하고 있다가 고타에게 혼나고 말았다.

"뭐 하는 거야, 가쿠! 빨리 좀 도와줘!"

나는 손님 옆을 비집고 나가서 고타가 있는 모퉁이 끝에서 대기했다.

"토란, 여기 좀 보세요. 네가 좋아하는 셀러리란다."

고타는 최대한 살금살금 다가갔다.

"고타, 토란이라니?"

"토끼의 '토', 네덜란드 드워프 종이라서 '란', 그래서 토란."

고타가 방심한 그 순간을 틈타 토란은 그의 허벅지 사이로 빠져나갔다. 그리고 그대로 가시와기 씨의 발에 부딪쳤다.

"잡았다!"

가시와기 씨가 가쁜 숨을 몰아쉬며 토란을 들어 올렸다. 문득 주변을 둘러보니 손님이 흐뭇한 광경이라도 본 듯 웃고 있었다.

"옳지, 나이스 콤비네이션. 토끼 녀석도 가끔은 밖에 나가 괴로움을 털어놓고 싶었겠지."

단골인 호프만 씨가 어설픈 말장난을 하며 박수를 쳤다. 다른 손님도 따라서 박수쳤다.

우리 셋은 잔뜩 민망해서 고개를 푹 숙였다.

이곳은 펫숍. 언제나 떠들썩한 우리의 직장이다.

나와 고타가 아르바이트를 하고 있는 이바라키의 '유어셀프 가미조 지점 펫패밀리'는 대형 홈센터 내에 자리한 펫숍이다. 지바에 본점 겸 본사를 소유한 유어셀프 펫숍은 현 회장이 조그만 펫숍으로 시작해 30년 전에 홈센터로 확장된 대형 점포다. 어쨌든 이곳은 자부심을 가질 만한 매장 규모에 아주 다양한 상품들을 자랑하고 있다. 최근 10년 사이에 아주 빠르게 전국으로 뻗어 나가 북쪽은 홋카이도, 남쪽은 오키나와까지 점포를 넓혀 국내 최대의 홈센터라고 해도 과언이 아니다.

우리가 있는 가미조 지점도 도쿄돔 두 채 규모의 엄청나게 넓은 부지에 자재 매장이며 옥외 장식용품 매장, 푸드 코트까지 포함돼 있다. 그중 펫패밀리 펫숍은 포유류와 열대어, 곤충에서 파충류에 이르기까지 다양한 동물을 취급하고 있는데, 정직원은 점장을 포함해 단 세 명뿐이고 기본적으로는 파트타임 직원과 우리 같은 아르바이트생으로 운영한다.

사족을 붙이자면 유어셀프 회장은 자기 세대 때 부를 쌓아 올리고 깨끗하게 회사를 아들에게 물려준 뒤 현재는 공식적인 자리에 일절 모습을 드러내지 않고 은둔자처럼 지내고 있는 듯하다. 참으로 꿈같은 이야기지 않나.

유어셀프에 속한 여러 매장 중 펫숍 매장의 실적은 사실 썩 좋지 않은 편이다. 그럼에도 홈센터 전체의 원점으로서 중요한 대접을 받고 있다.

❖

휴식 시간이 되자 고타가 한 손을 들며 말했다.

"가쿠, 수고."

동시에 유리매커우 잉꼬 유리가 따라 말했다.

"수고."

"정신없네. 만원사례?"

긴 금발을 손가락으로 돌돌 말고 있는 이 청년, 즉 구리스 고타는 아르바이트 동기로 성격 좋은 내 친구다. 나와 같은 스무살인데, 그는 아르바이트 첫날의 한 시간 동안만 나를 "미나미 군"이라는 성으로 부르다가 한 시간이 지나자 "가쿠토"라는 이름으로, 그날 퇴근 무렵에는 "내일 봐, 가쿠"라고 불렀다. 붙임성 있고 매끈하게 쭉 뻗은 콧날과 찰랑찰랑한 금발이 왠지 골든 리트리버 같은 인상을 풍기는 데 한몫했다. 원래는 수의사를 목표로 대학에 들어간 것 같은데 뜻한 바가 있어 중퇴하고 지금은 아르바이트만 하는 프리터*가 되었다.

~~~~~~~~~~~~~~~~~~~~~~~~~~~~~~~~~~~~~~

* 직장 없이 아르바이트나 파트타임으로 생활을 유지하는 청년층을 일컫는 용어.

고타는 광적일 정도로 엄청난 동물 애호가다. 나와 고타가 아르바이트를 시작한 첫날 강아지 한 마리가 펫숍에 들어왔다. 통통하게 살찐 갈색 시바견으로, 배를 간지럽히면 꼬리를 살랑거리며 앞발로 꼼작꼼작 사람 손가락을 건드리는 엄청난 붙임성을 지닌 착한 녀석이었다.

이상하게도 우리는 그 녀석을 아르바이트를 함께 시작한 동료처럼 느끼고 있었다. 판매하는 동물을 개체라 부르는 일도, 아침에 출근해서 제일 먼저 하는 업무가 개체의 변으로 상태를 체크하는 일이라는 것도 그 녀석에게서 배웠다.

한 달이 지나 우리가 아르바이트에 어느 정도 적응한 무렵 시바견을 분양받겠다는 사람이 나타났다. 손님은 아빠와 어린 아들 부자였는데 아이는 마치 세상에서 가장 소중한 것을 지키려는 듯 시바견을 꽉 껴안았다.

그때 "멍멍" 소리를 낸 건 시바견이 아닌 고타였다. 시바견이 혀를 날름거리며 고타의 얼굴을 핥자 고타는 온 마음을 다해 "행복해야 돼, 시바오"라고 말했다. 그러자 가시와기 씨가 핀잔을 줬다.

"이름 지어주지 마."

고타는 수의사를 꿈꿨던 만큼 개체의 건강 상태를 체크하는 데 능숙했다. 지금 이 순간 사무실에서 연신 "수고"를 외치고 있는 잉꼬 유리가 건강이 좋지 않음을 가장 먼저 알아챈 것도 고타였다.

유리는 세 달 전에 마스코트 격으로 가게에서 기르기 시작한 이후 한동안 손님들에게 사랑을 받았는데, 지난달 갑자기 고타가 이렇게 말했다.

"얘 기운이 없네."

가시와기 씨가 반신반의하며 수의사에게 진료를 받은 결과 메가박테리아가 발견되었고 그 후로 유리는 휴양 중이라는 명목으로 사무실에서 아주 편하게 지내게 되었다.

사무실 문이 열리고 가시와기 씨가 들어왔다.

"수고하십니다!"

고타와 내가 외치자 동시에 유리가 요란스레 "수고!"라고 따라 했다. 그 소리가 굉장히 커서 깜짝 놀란 가시와기 씨가 어깨를 움찔하더니 우리가 아닌 유리에게 "수고"라고 대답했다.

가시와기 료야 씨는 이십대 중반의 가게 주임이다. 주임 외의 정직원은 점장과 회계를 담당하는 마키타 아카네 씨라는 여자뿐인데, 사무직인 마키타 씨와 달리 가시와기 씨는 매장을 담당하고 있다. 일을 잘하는 사람이라 무슨 문제가 일어나면 멋진 어른답게 빈틈없이 대응해주는데 그럴 때 보면 치타처럼 민첩하다. 음, 가끔씩 고타와 가시와기 씨와 셋이서 한잔하러 갈 때가 있는데 술이 매우 약한지 맥주 한 잔에 개다래나무 냄새를 맡은 치타처럼 돼버리지만, 뭐 그런 면도 나쁘지 않다.

"역시 개장 전에는 바쁘네."

가시와기 씨는 한숨을 내쉬었다. 펫숍은 내일부터 개장과 재고 정리를 위해 5일간 임시 휴업에 들어갈 예정이었다. 점장인 우뉴 씨는 의욕이 코딱지만큼도 없는 사람이라 주임인 가시와기 씨에게 모두 일임해버렸다.

가시와기 씨는 손님과 동물 모두를 위해, 그리고 우리가 기분 좋게 일할 수 있는 근무 환경을 만들기 위해 힘을 써왔고 남 얘기도 잘 들어주기 때문에 우리도 잘 따랐다.

그는 잠잘 시간도 없을 정도로 바빠 보였다. 벌게진 눈을 보며 나는 꼭 토끼 같다고 생각했고 고타는 빨간눈청개구리 같다고 했다. 빨간눈청개구리의 눈이 얼마나 빨간진 모르겠지만 그 이름과 고타의 걱정이 가득 담긴 표정으로 미뤄보아 상당할 것 같았다.

지난달에 겨우 개장안이 완성되어서 그 이후로는 개장일을 기다리기만 하면 되었는데, 최근 무슨 이유에선지 점장이 갑자기 의욕을 내기 시작했다. 자신이 승인한 벽지 도안을 갑자기 반려하질 않나, 이동 예정이었던 선반 배치도에 트집을 잡는 등 변덕을 부리는 바람에 가시와기 씨만 더욱 바빠졌다.

우뉴 점장이 어떤 사람인진 잘 모르겠다. 사십대 독신남이라는 사실과 (평소에는 오후 5시가 되면 매장을 스윽 한번 둘러보고서 퇴근하지만) 최근에는 개장 건으로 밤늦게까지 야근한다는 것밖에 알지 못했다. 그에게 있어서 우리 같은 아르바이트생이나 파트타임 직원은 관심이 없는 정도가 아니라 아예 완전히 무시하는 존재다.

우리도 점장이 싫지만, 뱀이나 전갈 쳐다보듯이 한다는 표현은 걸맞지 않다. 우리 매장에서는 뱀과 전갈도 취급하고 있으므로 뱀이나 전갈 이상으로 미움받고 있다고 하는 편이 맞겠다.

점장에 대해 푸념하면 가시와기 씨는 항상 우리를 나무랐다.

"요즘 가장 늦게 퇴근하는 사람이 점장님이야. 할 때는 하는 분이라고."

그런가 싶어도 역시나 좋아지지가 않았다.

가시와기 씨가 정수기에서 물을 받으며 말했다.

"그러고 보니 개 왔더라."

그 말을 듣자마자 나와 고타는 동시에 서로를 쳐다본 뒤 앞다 퉈 매장으로 달려 나갔다.

유리(이쪽은 인간이다)는 알아듣기 힘든 혀 짧은 소리로 단골에게 개를 여러 마리 키우는 것에 대해 설명하고 있었다. 이 아이는 기억력이 아주 좋아서 우리가 손님에게 이야기한 내용을 모조리 기억하고 있다. 지금 상대하고 있는 단골은 강아지 용품을 자주 사 가는 여자인데 유리의 이야기를 듣는 내내 환하게 웃는 표정이었다.

"손님, 무슨 일이신가요?"

내가 손님에게 말을 걸 동안 고타는 유리의 머리를 쓰다듬으며 하던 말을 끊었다. 유리는 도토리를 다 먹어 치운 다람쥐처럼 우리 쪽으로 빙 돌아서며 손을 흔들었다.

"귀여운 아이네."

손님은 케이지 속 미니어처 닥스훈트가 아닌 유리를 쳐다보며 말했다. 이분은 최근 용품 매장뿐만 아니라 동물 매장 쪽에도 들른다. 특히 얼마 전에 들어온 미니어처 닥스훈트를 마음에 들어 한다는 것을 우리도 어렴풋이 눈치채고 있었다.

"네. 저희도 얘한테 도움을 받고 있어요."

내가 그렇게 말하며 웃었다.

"최근에 들어온 아이만 예뻐하지 말고 원래 있던 아이도 예뻐해주세요."

고타 옆에 선 유리가 심각한 표정으로 말했다.

여자 손님은 잠시 이야기를 나눈 끝에 닥스훈트를 입양하기로 결정했다. 예방접종 및 보험에 관해서는 가시와기가 이어받아서 설명해주었기 때문에 나는 고타와 놀고 있는 유리 쪽으로 갔다.

유리는 매장 인근의 초등학교에 다니는 일곱 살 여자아이로 고타와 견줄 만큼 동물을 좋아한다. 평일에는 학교가 끝나면 어김없이 찾아와 엄마가 퇴근하는 5시가 다 넘어가도록 펫숍 안을 돌아다니거나 동물이 나오는 DVD가 틀어져 있는 로비에서 시간을 보내곤 했다. 유리의 엄마는 여배우라 해도 믿을 정도로 미인이다. 열대어 사료를 자주 사 가는데 항상 "우리 딸이 신세를 지네요"라는 말로 인사를 건네는, 인상 좋은 분이었다.

솔직히 불특정다수가 출입하는 가게에서 어린아이 혼자 서성이는 건 위험한 일이라 가시와기 씨는 날마다 우리에게 "다치기라도 하면 큰일이니까 잘 살펴"라고 당부했다. 우려와 다르게 유리는 동물들에게 사랑받는 능력이 있었다. 유리가 다가가면 어떤 동물이건 만져달라고 조르고 날개를 파닥거리며 기쁨을 표현했다.

물론 동물에는 인간도 포함된다. 유리는 나나 고타 이외의 직원들에게도 사랑받고 있으며 나아가 손님에게까지 사랑받고 있었다. 그 결과 현재 잉꼬 유리와 함께 거의 우리 펫숍의 마스코트가 되었다.

"오늘도 유리는 쉬어요?"

걱정스러운 질문에 하는 수 없이 내가 고개를 끄덕이자 아이가 한숨을 크게 쉬었다.

"의사 선생님이 그러시는데 곧 건강해질 거래."

고타가 곧바로 덧붙였다.

유리는 유리를 좋아한다. 원래 잉꼬 유리는 성질이 난폭해서 돌보는 게 천직인 고타 빼고 다른 사람들에게는 마음을 여는 법이 별로 없었다. 유리는 자신과 같은 이름을 가진 잉꼬를 첫눈에 마음에 들어 했고 고타와 함께 먹이를 주거나 물을 갈아주고는 했다. 그러자 잉꼬도 점점 마음을 열기 시작해 지금은 둘도 없는 친구가 됐다.

"새로운 물고기가 들어왔는데 함께 보러 갈까?"

고타의 말에 유리는 눈을 반짝이며 고개를 끄덕였다.

"자, 손님 안내해드리겠사옵니다."

고타가 공손하게 인사를 하자 유리도 "그거 좋구나" 하며 맞장구를 쳤고 둘은 생긋 웃으며 걸어 나갔다.

개장을 준비하는 동안 휴업 기간은 순식간에 지나가고 있었다. 재고 정리가 끝나고 자리를 재배치할 차례가 되어 나는 가시와기 씨와 함께 곤충류 코너 앞에 섰다. 곤충류는 그리 많지 않았지만 자진해서 맡으려는 사람이 적어서 나와 가시와기 씨가 맡기로 한 것이다.

벌레장을 집어 들었다. 그 안에는 냉동 귀뚜라미를 먹고 있는 칠리안 로즈헤어, 그러니까 타란툴라가 있었고…… 나는 벌레장을 떨어뜨리지 않도록 조심하며 한 단 아랫부분에 내려놓았다. 나는 곤충…… 아니, 벌레 자체가 무섭다.

가시와기 씨가 휙휙 케이스를 옮긴 덕분에 자리 재배치는 순식간에 끝났다.

"굉장하네요."

내 입에서 자동으로 감탄이 흘러나왔다.

"곤충류는 괜찮아."

이동을 다 마치자 가시와기 씨가 옅게 미소 지으며 말했다. 그런데 무슨 이유에선지 한숨을 내쉬고는 중얼중얼 덧붙였다.

"하아, 어쩔 수 없는 건가."

재고 정리를 위해 고용한 일일 아르바이트생들이 포유류 케이지를 옮기고 있는 중에 여자 목소리가 낭랑하게 울렸다.

"힐링되네요."

무심코 나온 말에 가시와기 씨는 "얼른 여자 친구 만들어"라고 내게 말했다.

애매한 미소가 머금어지는 동시에 대학교 동기 하나가 뇌리를 스쳤다. 도마冬馬는 이름 그대로 깊은 숲의 겨울 아침 안개 속에서 눈을 감고 있는 말처럼 어딘가 다부지고 어딘가 초연한 용모의 여자였다. 하지만 그건 수업 중에 바라본 옆모습에 대한 감상일 뿐, 성격이 활달해서 아하하 하고 크게 입을 벌려 웃곤 하던, 보고 있으면 기분이 좋아지는 사람이었다.

도마를 떠올리다보니 몸이 배배 꼬였는지 가시와기 씨는 미심쩍은 눈초리로 나를 쳐다보고 있었다. 당황해 시선을 피하자 식사 중인 칠리안 헤어로즈와 눈이 마주쳤고 하마터면 비명을 지를 뻔했다.

🐾

개점을 하루 앞두고 작은 회의가 열렸다.

"뭐 이상한 부분 있어?"

가시와기 씨가 둘러보며 문자 고타가 손을 들고 대답했다.

"토란이 약간 날카로운 상태입니다."

토끼는 대개 신경이 예민해서 자리를 옮기는 것만으로도 주의가 필요하다. 결국 토란은 사무실에 옮겨 한동안 상태를 살피기로 했다.

"점장님, 유리…… 유리매커우 말이에요. 이제 밖으로 내도 괜찮지 않을까요?"

조심스럽게 물었지만 점장은 내 얼굴을 보지도 않고 답했다.

"좀 더 상황을 지켜보고."

개점 첫날 저녁, 나는 호프만 씨에게 붙잡혔다. 호프만 씨는 일흔 정도 된, 언뜻 보면 말쑥한 할아버지다. 매일 찾아와 고양이용 배변 시트, 개 사료, 벌레장이나 수초를 사 가는 미스터리한 인물인데, 아무튼 말이 참 길다. 상품의 진열 방식부터 시작해 개체의 윤기, 나아가서는 브리더나 전속 수의사 이름 등, 이런저런 질문을 해대고는 조금이라도 대답을 못 하면 혼을 내곤 했다.

이전에는 불평이 큰 문제로 번질까봐 무서워 손님들의 불평불만을 녹음했었는데 이젠 그것도 귀찮아져서 그만뒀다.

할아버지에게 '호프만 씨'라는 별명을 붙인 건 가시와기 씨인데 잉꼬 유리가 가게에 온 시점에 새로 지은 거였다. 그전까지는 우리끼리 '클레이머 씨'라고 불렀었는데 만에 하나 잉꼬 유리가 그 별명을 따라 부르는 날엔 엄청난 대참사가 벌어질 수도 있기 때문이었다.

영업 마감 시간이 가까워진 무렵 가시와기 씨가 도와주러 매장으로 나왔다. 나는 속으로 감사 인사를 하고서 사무실로 돌아갔다.

"수고."

"수고."

잉꼬 유리와 고타가 보내는 수고 인사를 두 배로 받으며 나는 의자에 걸터앉았다.

"가쿠, 오늘따라 유리가 기운 없어 보였지?"

고타가 잉꼬 유리를 어깨에 올리며 말했다. 그러니까 기운 없어 보인다고 했던 쪽은 아마도 꼬마 유리를 말했던 것일 테다. 하지만 나는 하루 종일 정신없이 바빴기 때문에 아직 유리를 보지 못했다.

"잉꼬 유리가 아직도 사무실에만 있어서 그런 거 아닐까?"

"아니, 그뿐만 아니야. 가게 순찰도 안 했어."

가게를 둘러보는 일은 꼬마 유리의 일과다. 모든 동물의 건강 상태를 살피는 내내 유리는 사명감에 넘친 표정을 짓곤 했다.

"유리네 엄마가 결혼을 한대서 그런가 했는데, 새아빠는 다정한 분이라고 말했으니 아닐 거야."

전혀 몰랐던 소식이라 깜짝 놀라자 고타는 "어? 말 안 했었나?" 하더니 "맞다. 그 얘기 했을 때 가쿠는 없었지"라며 혼자서 납득했다.

나는 매장 안을 찍는 방범 카메라의 영상이 비친 모니터를 바라봤다. 유리는 로비에서 동물 방송을 보고 있었는데 좁다란 어깨가 왠지 모르게 평소보다 더 왜소해 보였다.

모니터를 보고 있던 중 매장으로 유리의 엄마가 들어왔다. 유리가 고개를 든 덕분에 모니터에 얼굴 정면이 찍혔는데 화질이 좋지 않은데도 표정이 시무룩하다는 걸 한눈에 알 수 있었다.

유리가 찍혀서일까, 잉꼬 유리가 모니터 위로 폴짝 뛰어 올라갔다.

나는 문득 괜찮은 아이디어가 떠올라 사무실 안을 둘러봤다.

사무실에는 나와 고타 말곤 없었다. 유리는 지루한 듯 털 고르기를 하고 있었고 뒤에서는 토란이 케이지 안에서 잠을 자고 있었다. 점장은 조금 전에 매장을 둘러보러 나갔고 가시와기 씨는 호프만 씨의 엄청나게 길어질 것 같은 불평불만을 듣고 있는 중이었다.

"가쿠가 지금 하는 생각에 나도 찬성해."

고타가 빙그레 웃었다. 나는 쓴웃음으로 응했다.

"15분 정도면 괜찮겠지?"

"너무 길어. 들키면 왕창 깨질 거야."

"그럼 10분."

고타는 내 대답을 기다리지 않고 모니터로 다가갔다. 잉꼬 유리는 기쁜 듯이 고타의 어깨에 다시 올라탔다.

"작은 공주를 구하러, 기사가 왕자를 데려가겠어."

"유리는 암컷이야."

"그럼 공주를 위해 공주를 데려가겠어. 생이별한 자매라는 설정으로 적국 관계지만 서로를 그리워하고 있다는 기막힌 전개. 캬, 이거 불타오르는데."

우리는 속닥속닥 대화를 나누면서 몰래 매장으로 발길을 옮겼다. 유리는 오랜만에 매장에 나가는 게 흥분되는지 날개를 크게 파닥거렸다.

"어쩜, 귀엽기도 하지."

요즘 자주 눈에 띄는, 항상 갈색 가방을 들고서 깔끔하게 머리를 묶어 올린 육십대로 보이는 여자 손님(나는 멋대로 '브라운 씨'라고 부르고 있다)이 유리를 보고는 미소를 지었다. 괜히 내가 다 우쭐해져서 미소로 화답했다.

로비에 오도카니 앉아 있는 꼬마 유리는 확실히 기운이 없었다. 유리의 엄마는 그 옆에서 무슨 이야기를 하고 있었다.

"유리 공주님, 여동생을 모셔왔사옵니다."

고타가 격식을 차려 말하자 꼬마 유리 공주의 얼굴이 순간 반짝였다. 잉꼬 유리 공주도 언니를 보더니 반가운지 쿄오 하고 소리를 냈다.

"유리야!"

잉꼬 유리를 부르는 꼬마 유리는 정말로 기뻐 보였다. 나와 고타는 눈짓을 주고받았다.

고타와 나의 즉흥적인 이 작전은 애초부터 혼나는 게 불 보듯 뻔했다. 순찰 중이던 점장이 근처에 있었던 데다, 매번 매장에 대한 불평불만을 늘어놓곤 하는 호프만 씨가 다가오고 있었고, 그 옆에는 가시와기 씨도 함께였으니까. 하지만 꼬마 유리의 기운찬 표정을 보게 된 것만으로도 모든 걸 감수하고도 남을 만큼 충분했다.

그렇게 생각했다. 적어도 그 순간까지는.

"잘 지냈어?"

꼬마 유리가 잉꼬 유리의 머리를 손끝으로 쓰다듬었다. 그러자 잉꼬 유리가 꼬마 유리의 얼굴을 똑바로 쳐다보며 이렇게 말했다.

"유리, 주거."

순식간에 유리의 표정이 굳었다. 단순히 어두워졌다고 하는건 모자라고 돌연 깊고 깊은 바닷속으로 가라앉은 듯한 얼굴이었다.

가시와기 씨가 긴장한 표정으로 우리를 봤다. 호프만 씨조차 어이없어하고 있었다. 멀리 떨어져 있던 브라운 씨도 아연실색해서 이쪽을 쳐다봤다. 점장은 가까이 다가오지 않은 채 말없이 우리를 쳐다보고 있었다.

"부탁할게."

고타는 잉꼬 유리를 어깨에 올린 채 종종걸음으로 달려갔다. 그 순간까지도 잉꼬 유리는 "유리, 주거"를 연호하고 있었다.

나는 혼자 넋을 놓고 서 있었다. 눈앞의 유리는 점점 깊은 바닷속으로 가라앉고 있었다.

대체 무슨 일이 일어난 거지? 유리의 엄마도 말없이 굳어 있었다.

잉꼬 유리의 소리가 멀어져갔다. 말도 안 되게 천진한 메아리로 울려 퍼지는, 악의 덩어리 같은 한마디였다.

"……심하네."

나는 순간 떠오른 말을 멋대로 지껄였다.

"누군지 모르겠지만 잉꼬를 싫어하는 사람이 못된 장난을 쳤네. 용서 못 해. 유리에게 '죽어'라고 하다니."

꼬마 유리의 눈이 살짝 커졌다.

"나한테 하는 말 아니었어?"

"어? 왜 그렇게 생각해? 유리가 미움받을 이유는 하나도 없는걸."

속으로 몹시 당황한 탓에 반응이 과하게 나왔지만 그래도 분명하게 전했다. 아이는 잠시 입을 다문 뒤 아주 살짝 고개를 끄덕였다.

"유리야, 가자."

유리의 엄마는 창백해진 얼굴로 내게 인사를 건네고서 딸의 손을 잡고 사라졌다.

사무실에는 나와 고타와 잉꼬 유리, 가시와기 씨, 마키타 씨, 그리고 점장이 있었다.

가시와기 씨는 우리를 혼내지 않고 막무가내 행동을 짧게 나무란 후 유리를 쳐다봤다.

"도대체 어떻게 된 거야?"

"저희가 묻고 싶을 정도라고요."

고타의 어조는 몹시 공격적이었다.

"그런 말을 누가 가르쳤을까요? 열불 나 죽겠네."

긴장된 분위기 속에서 유리가 "유리, 유리" 하고 두 번 울고는 "주거"라고 말했다. 고타의 얼굴이 어두워졌다. 그러고는 유리를 보호하듯 날개를 어루만지며 가시와기 쪽을 휙 쏘아봤다.

생각하고 싶지 않지만, 고타가 내뿜는 분노의 의미가 뭔지 잘 알고 있었다. 유리는 최근 줄곧 사무실에 있었다. 우리 아르바이트생은 매장을 돌아다니므로 유리에게 말을 가르칠 시간은 없었다.

그렇다면 사무실에 있던 누군가 한 짓이었다. 요즘 들어 계속 야근을 해온 가시와기 씨, 매장에 나오지 않는 마키타 씨, 저녁에 잠깐 순찰하는 정도만 나오는 점장. 말을 가르칠 수 있었던 누군가는 이 세 사람뿐이었다.

"고타, 그만해."

가시와기 씨가 단호하게 말했다.

"너희들, 오늘은 그만 퇴근해. 아무튼 잉꼬는 한동안 사무실 안에 두자."

그렇게 말하고 가시와기 씨는 등을 돌렸다. 나와 고타가 서로 마주 보고 있자 그가 덧붙였다.

"사사키 유리 좀 내일부터 잘 봐줘. 부탁해."

고타의 표정이 좀 전보다 더 어두워지더니 당장이라도 울 것처럼 일그러졌다.

매장 근처의 스타벅스에서 고타는 카페라테를 한 모금 마신 뒤 말했다.

"저기 말이야, 가쿠. 결론부터 말하자면 그건 분명히 '죽어'였어. '밥 푸는 주걱' 할 때의 '주걱'이 아니었다고."

나는 끄덕였다. 그건 단연코 '죽어'였다. DIE 말이다.

"주걱부리황새일 리도 없고 말이지."

"그런 거 아는 사람은 고타 너 말고 없어."

고타는 잠시 침묵한 뒤 헛기침을 한 번 했다. 꼭 목에 털 뭉치가 걸린 리트리버 같았다. 그런 다음 나를 물끄러미 쳐다보며 물었다.

"어느 쪽 유리에게 한 말인 것 같아?"

나는 잠시 생각한 후 대답했다.

"인간 유리 쪽."

새에게 아무리 악담을 퍼부어봤자 상처받거나 하지 않을 테니까.

"말하기 껄끄럽지만 내 생각에 범인은 가시 씨 같아."

나도 모르게 카페라테를 쏟을 뻔했다.

"아까 가시 씨가 사사키 유리라고 했잖아. 성을 알고 있었어."

그것만으로 범인이라 단정한다면 좀 심하다 싶어서 나는 반론했다.

"손님이잖아. 안다고 해도 이상할 게 없지."

"유리는 아무것도 안 사."

"유리네 엄마가 샀을 때 알았을지도……."

"너 호프만 씨 본명이 뭔지 알아?"

나는 입을 다물었다. 하루 한 번은 반드시 대화를 나누는데도 이름을 몰랐다.

"아카이 씨조차 그 아이 성을 몰랐어."

아카이 씨는 계산 담당 아르바이트 아주머니다. 솔직히 가게 일에 가장 빠삭한 건 계산 담당이기도 하다. 최종적인 구매는 전부 계산대에서 이루어지며 영수증을 쓰기도 하니까. 손님이 라면 누구든 계산 담당만큼은 얼굴을 마주 보게 된다. 그에 비해 우리 같은 아르바이트생은 고객 응대를 하고 있어도 손님의 이름을 듣는 일은 드물었다.

"수상쩍은 이유는 그뿐만이 아냐."

목에 걸린 털 뭉치와 함께 위액까지 토해내듯 고타는 말을 쏟아냈다.

"어젯밤 10시 무렵에 가시 씨한테 전화를 했었거든. 토란의 사료를 원래 쓰던 것으로 바꾸는 게 좋겠다는 말을 하려고."

거기서 고타는 말을 끊고 시선을 내리깔았다.

"가시 씨는 언제나 제일 먼저 출근하니까……."

가시와기 씨는 누구보다도 일에 열심인 직원이니 의심하고 싶지 않은 마음은 고타도 마찬가지인 것 같았다.

"어제는 개점 준비가 끝나서 모두 일찍 퇴근했잖아. 그런데 전화할 때 새소리가 들렸어."

목욕을 앞둔 고양이처럼 내 몸이 뻣뻣해졌다.

"그래서 '가게에 계세요?'라고 물어봤거든. 그런데 잠시 말이 없더니 '집이야'라고 하더라고…… 이상하지?"

가시와기 씨는 동물을 키우지 않았다. 분명히 우리와 마찬가지로 아파트에서 혼자 살고 있었다.

"그럼 가시와기 씨가 가게에 남아 잉꼬에게 몇 번이고 계속해서 그 이름을 가르쳤단 말이야? 꼬마를 상처 주려고?"

고타는 느릿하게 끄덕였다. 나는 밤중의 펫숍을 상상했다. 가시와기 씨가 어두운 표정으로 유리에게 몇 번이고 "유리, 죽어" 하고 말하는 모습을. 그 모습은 바보 같기도 했으며 광기 어려 보였다.

"더군다나 가끔씩 가시 씨가 매장에서 유리를 뚫어지게 쳐다보고 있을 때가 있었어. 마치 도둑이라도 보는 듯한 눈빛으로."

그 사실에 조금 멈칫했다. 도둑을 경계하고 있을 때의 가시와기 씨는 단순한 육식동물의 레벨이 아니었다. 야생의 재규어 그 자체였다.

나는 반론할 말을 생각해봤지만 아무 말도 할 수 없었다.

고타는 고개를 떨구더니 "나 좀 더 조사해볼래" 하며 커피숍을 나갔다.

가시와기 씨는 우리의 교육 담당으로, 엄격한 부분도 있지만 매장과 우리를 충분히 배려해주고 있는 사람이다.

곰곰 생각해보면 가시와기 씨는 이따금씩 유리에 대해 묻곤 했다. "저렇게 놔둬도 괜찮을까?" 혹은 "다른 손님에게 민폐가 안 될까?" 등등. 그렇게 물을 때마다 가시와기 씨의 표정은 확실히 험상궂게 변하곤 했었다.

나는 얼음이 다 녹아 밍밍해진 카페라테를 한 모금 마셨다.

만약 가시와기 씨가 범인이라면, 동기는 역시나 유리를 가게에 못 오게 하기 위해서일까. 하지만 그렇게 우회적으로, 더구나 그렇게 잔혹한 방식을 취할 사람이라고는 도저히 생각되지 않았다.

나는 사력을 다해 생각하고 있었다. 그런 까닭에 등 뒤에서 "어이, 펫숍 보이"라 부르는 소리를 알아차리지 못했고, 등 뒤에서 어깨를 툭툭 두드린 사람이 도마였다는 사실에 소스라치게 놀랐다.

"몇 번이나 불렀어."

도마는 불만이 가득해 보였다.

"미안. 잠깐 생각하느라……."

도마는 머그잔을 들고 내 맞은편에 앉았다.

"무슨 재미있는 얘기를 하고 있는 것 같아서 말을 못 걸었어."

그렇게 말하며 아주 밝게 웃었다.

대학교에서 우연히 도마의 옆자리에 앉게 되었을 때 나는 말을 걸어보려고 했었다. 하지만 먼저 말을 건 쪽은 그녀였다. "펫숍에서 아르바이트하죠?" 하고. 그녀는 피곤할 때마다 펫숍에서 동물을 보며 힐링하는 게 취미라고 했다.

"괜찮으면 상담해줄게. 그 금발 남자, 굉장히 고민하는 듯 보였고 너도 꽤 그래 보여. 이 누나에게 물어봐."

그녀는 그렇게 말하고서 진지한 표정으로 물었다.

"'인간 유리'가 무슨 말이야?"

어쩌면 도마에게 물어보는 편이 괜찮을지 몰랐다. 이유는 아마도, 제삼자가 냉정한 의견을 준다는 점이 60퍼센트, 그냥 내가 그러고 싶은 마음이 20퍼센트, 그리고 그녀가 항상 미스터리 소설을 읽고 있다는 점이 20퍼센트였다.

내가 이야기해주는 동안 도마는 눈을 감고 응응 하고 두 번 끄덕여 추임새를 넣었다. 역시나 그 모습은 마치 눈 속에서 바람 소리를 듣고 있는 말이나 산속에서 밤하늘을 올려다보며 우는 토끼 같아 보였다.

그녀는 내 이야기를 다 듣고는 검지를 턱에 갖다 댄 채 "정보가 너무 적어"라며 그럴싸한 말을 했다.

"하지만 한 가지는 알겠네."

그렇게 말하며 도마는 왕방울만 한 눈으로 나를 봤다.

"너는 그 가시와기 씨라는 사람을 좋아해. 마음속으로는 그가 그런 짓을 할 리가 없다고 믿고 싶겠지."

나는 크게 끄덕였다. 그런 뒤에야 방금 전 도마가 한 그 말이 선명한 사실로서 내 가슴에 새겨지고 있다는 걸 느꼈다.

"그 금발 남자도 마찬가지야. 하지만 그는 의심하는 쪽을 택했어. 너는 어떻게 하고 싶어?"

"……의심하고 싶지 않으니까 진상을 조사할래."

"좋아, 잘 생각했어."

도마는 생긋 웃었다.

다음 날, 나는 탈의실에서 푸른색 폴로셔츠 유니폼으로 갈아 입고 명찰 스트랩을 목에 걸었다. 평소에는 이렇게 차림을 갖추면 기분이 산뜻해지는데 유리와 관련된 일이 있고부터는 좀처럼 기합이 안 들어갔다. 이대로 놔둬서는 안 됐다.

고민하지 말고 진상을 밝혀야 돼. 일하는 내내 이 생각이 머리를 떠나지 않았다.

저녁이 다 되어 사무실에 들어가니 고타가 가게 소식지를 작성하는 마키타 씨를 상대로 뭔가 한창 이야기 중이었다. 들어보니 가시와기 씨의 최근 동향에 대해 묻고 있었다.

"요즘 바빠 보이던데, 그게 왜?"

마키타 씨는 어리둥절해하다가 이내 눈을 번뜩였다.

"고타…… 너 혹시 가시와기를 의심하는 거야?"

마키타 씨는 가시와기 씨의 동기이자 성실한 일꾼이며 한때는 완전 노는 언니였다. 그래서 위협적으로 나오면 꽤 무서웠다. 고타는 필사적으로 손을 내둘렀다.

가시와기 씨는 다른 점포에 지원을 나가 있었다. 고타는 조사를 해나갈수록 울적해지는지 얼굴이 상당히 어두웠다. 게다가 잉꼬 유리는 계속해서 "주거"라고 외치고 있었다. 사무실에 있자니 도무지 마음이 진정되지 않아서 나는 곧바로 매장으로 나왔다.

강아지용 배변 시트를 보충하면서 생각했다. 고타도 분명 가시와기 씨를 의심하고 싶진 않을 것이라고. 나는 나대로 진상을 밝혀내야 했다. 하지만 어떻게?

필사적으로 고민하고 있는데 "실례합니다" 하고 갑작스레 누가 말을 걸어왔다. 돌아보니 뒤에 유리의 엄마가 서 있었다.

퇴근 시간이 지나고 나는 곧바로 로비로 향했다. 거기에 유리의 엄마와 유리가 있었다. 유리는 시무룩한 표정으로 바로 옆의 도그런 구역을 쳐다보고 있다. 때마침 허스키 세 마리를 기르고 있는 단골이 와 있던 터라 도그런은 북적였다.

고타는 유리를 웃겨보려고 도그런에 들어가 공으로 저글링을 했지만 이내 허스키 세 마리에게 밀려 넘어졌다. 허스키들이 얼굴을 구석구석 핥아대는 바람에 고타는 비명을 질렀다.

"어제 일은 정말로 죄송했습니다."

내가 머리 숙여 인사하자 유리의 엄마는 괜찮다고 했다. 그러고는 "깜박했네요" 하면서 명함 지갑에서 명함을 꺼냈다. 나도 좀처럼 사용하지 않지만 명함은 갖고 있었다. 그렇게 어색하게 명함을 주고받고서 건네받은 명함을 보는데 역 근처 백화점의 의류 매장 상호가 적혀 있었다. 그리고 전화번호와 주소, 당연히 이름도 쓰여 있었다. 그제야 나는 그녀의 이름이 마키코임을 알게 되었다.

"시간 뺏어서 죄송해요. 꼭 물어보고 싶은 게 있어서……."

마키코 씨는 정중하게 고개를 숙였다. 나는 재빨리 고개를 가로저었는데, 그녀의 왼손 약지에 빛나고 있는 단순한 모양의 아주 새것 같은 반지가 눈에 들어왔다.

"원래 잉꼬는 말을 금방 외우나요?"

"그게, 개체마다 차이는 있지만 생후 3개월 정도에 가장 잘 외워요. 다만 다 성장해서도 외우는 경우는 있어요."

마키코 씨는 걱정스러운 듯 어깨를 움츠리더니 "그 잉꼬는 몇 살인가요?"라고 물었다.

"생후 반년 정도 지났어요. 말을 외우기에는 조금 늦은 정도이려나."

"누군가 가게에 와서 그 잉꼬에게 계속해서 말을 걸었다거나 하는……."

마키코 씨는 주변을 살피는 듯 눈빛이 변했다.

"본 적은 없는데요. 그리고 최근에 잉꼬는 사무실에만 있어서……."

내가 그렇게 말하자 마키코는 한숨을 크게 쉬었다.

"그럼 어떻게 그런 말을 했을까요?"

추궁당하는 기분이 들었다. 하지만 마키코 씨는 그저 불가사의하고 이해가 안 된다는 표정을 짓고 있었다.

"저기…… 저희가 악의를 가지고 가르쳤다고는 생각 안 하세요?"

내가 묻자 그녀는 어리둥절한 표정을 지었다. 이 살짝 순진한 표정은 꼬마 유리와 아주 판박이였다.

"대체 왜, 가게 직원이 그런 짓을 할 필요가 있나요?"

도리어 질문을 받아 잠시 주춤했다. 그런 짓을 할 필요라…… 그건 나도 알 수 없었다.

"딸이 폐를 끼쳐서 정말로 죄송하게 생각하고 있어요. 방과 후 돌봄 교실 정원이 꽉 찬 터라 아직 대기 중이라서…… 그래도 이 펫숍 분들은 그런 방법은 쓰지 않을 거라 믿고 있습니다."

"왜 그렇게까지 믿어주시는 거예요?"

"그게, 가시와기가 그렇게 말했으니까요."

가시와기? 고타도 들었는지 왕왕 짖어대는 허스키 무리 속에서 천천히 얼굴을 내밀었다.

"우리는 소꿉친구예요. 가시와기가 항상 그랬죠. 믿을 만한 아르바이트생 둘이 유리와 잘 놀아준다고요. 자기도 잘 감시하고 있으니 아무 걱정 말라고 했어요."

가시와기 씨가 유리를 걱정하고 있었던 줄은 정말로 몰랐다. 그런 사정이 있었다니…… 하지만 동시에 의문이 떠올랐다.

"혹시, 누구 짚이는 사람 없나요?"

마키코 씨는 긴 속눈썹을 내리깔았다.

그녀는 여태껏 이야기를 나눈 적이 거의 없는 나와 고타, 그러니까 점원 모두를 믿고 있었다. 물론 가시와기 씨의 직장 동료니 신뢰가 가겠지. 하지만 그 이상으로, 우리 이상으로 '의심되는 상대'가 있지는 않을까.

그때 마키코 씨의 가방 속에서 진동음이 울렸다. 그녀도 함께 어깨가 움찔하고 떨렸다. 흠칫하고 놀란 그녀는 가방에서 스마트폰을 꺼냈다. 화면을 쳐다보고서야 겨우 안심한 듯이 말했다.

"펫숍에서 온 소식지네요."

마키코 씨는 나른해 보이는 눈빛으로 돌아와 스마트폰을 보면서 중얼거렸다.

"실은 최근에 이상한 메일이 많이 와서요……."

나는 잠시 혼란스러웠다. 두 달 전부터 그녀는 스토커 피해를 당하고 있는 것 같다고 했다. 업무용 메일 주소로 매일 연락이 오고 그 연락은 개인 스마트폰으로 전송되고 있는데 업무상 주소를 바꿀 수도 없어 곤혹스럽다고 했다.

그녀는 마치 싫어하는 것에 닿기라도 한 듯이 검지로 스마트폰을 터치해 화면을 내게 보여줬다.

> 제목: 하얀 옷
> 정말 잘 어울렸어요. 내 취향에 맞춰준 건가(어이)! 유리 와도 맞춰 입었군요. 나도 입어볼까(웃음)!

"와아" 소리가 절로 나왔다. 혐오감으로 등골에 소름이 끼쳤다. 그저 내용만 본 나조차 기분이 이렇게 더러운데. 마키코 씨의 심적 고통이 상당할 것 같았다.

"분위기가 지난주부터는 확 바뀌었어요…… 반지를 끼기 시작한 무렵이에요."

> 제목: 배신자
> 당신은 내 사랑을 알면서도 가지고 논 거야?

단문이었다. 마키코 씨는 스마트폰 화면을 넘겼다.

"방금 전 보여드린 메일이 온 직후에 온 거예요."

제목: 미안해요

내가 전부 잘못했어요. 멋대로 당신을 사랑했으니까. 상처 줄 생각은 없어요. 그냥 사라져주세요. 당신도 당신 딸도 내 눈앞에서 사라져주세요. 연락 또 할게요.

"이거 경찰에는?"

"딸이 걱정돼서 상담하러 갔었어요. 하지만 협박성 글이 아니고 확실한 실질적 손해가 없는 한 움직일 수 없다고…… 주소를 바꾸는 게 최선이라고 하셔서……."

내가 말없이 있자 마키코 씨는 "그만 가봐야겠네요"라며 일어섰다. 유리가 다다다 달려와 마키코 씨의 손을 잡았다.

그때 털북숭이가 된 고타가 일어나 다정한 목소리로 유리를 불렀다.

"유리. 우리가…… 나쁜 녀석 꼭 혼내줄 거야. 약속할게. 그러니까 우리 가게 싫어하지 마."

그렇게 말하는 고타는 진짜 기사처럼 보였다. 공주를 섬기는 품위 있는 기사처럼.

유리는 분명하게 끄덕여주었다.

그 후 나는 적당한 이유를 둘러대며 업무로 돌아가 조금 있으면 일이 끝나는 고타를 기다렸다. 멍하니 있던 탓에 그만 고양이 통조림 더미를 무너뜨려서 허둥지둥 주웠다.

"일도 열심히 하고 젊은이가 참 훌륭하네."

때마침 브라운 씨가 어깨에 가방을 걸친 채 지나가면서 한 말에 일단 웃음으로 무마했다. 브라운 씨는 항상 고양이 통조림한 캔을 사 갔다. 고양이를 기르고 있나.

"펫숍에서 일하는 거, 여러 가지로 걱정거리가 많아 보여요."

브라운 씨가 미소를 지었다. 나는 잠시 망설였지만 손을 내저으며 말했다.

"아뇨, 괜찮아요."

아무리 문젯거리가 많더라도 그것을 손님에게 내보여서는 안 되니까.

브라운 씨가 가고 나서 새삼 그런 생각을 했다.

그래, 물밑의 고단함을 손님에게 보여서는 안 되는 거야. 그러니 우리는 이 사건을 어떻게든 해결해야 해. 항상 웃는 얼굴로 펫숍에 와주는 그 아이를 위해서.

고양이 통조림을 쌓아 올린 뒤 다시 생각에 잠겼다.

스토커는 사라져달라고 말했다. 마키코 씨도, 유리도. 그리고 잉꼬 유리는 "유리, 주거"라고 말했다. 같은 시기에 일어난 이두 가지 사건이 무관하다고는 생각하기 힘들었다. 스토커는, 생각하고 싶지 않지만 펫숍에 있을 가능성이……

"젊을 땐 골똘히 생각하는 것도 중요하다캥거루."

도저히 참기 힘든 뜬금없는 말장난에 놀라 옆을 보니 호프만 씨가 서 있었다.

"잉꼬 문제 때문이라면 걱정 말게나!"

나는 주글주글한 그 얼굴을 바라봤다.

"그 사건은 복을 주는 너구리 차솥*이 벌인 소행일세."

어이없어하는 나를 두고 호프만 씨는 웃으며 사라졌다.

🐾

고타가 일을 마친 뒤 우리는 주차장까지 걸어갔다. 이제부터 고타의 집에서 서로의 생각을 의논하기로 했다.

"그러고 보니 생각났어. 전에 유리에게 엄마가 결혼한다는 말을 들었을 때 나 사무실에 있었거든. 가시 씨와 마키타 씨와 아카이 씨가 있었고…… 아, 점장도 있었나?"

"역시 가시와기 씨는 범인이 아니야. 마키코 씨랑 소꿉친구 잖아."

"하지만 내가 전화했을 때 새소리가 들린 건 설명이 안 돼. 그리고 원래 소꿉친구는 스토커가 되기 쉽다고."

---

* 군마 현 모린지에 전해지는 너구리가 둔갑한 보물 차솥 이야기, 스님이 가져온 차솥이 알고 보니 너구리가 둔갑한 것으로, 밤이 되면 너구리의 다리와 꼬리가 나오고 춤도 추었다고 한다. 절을 찾은 넝마주이에게 스님은 차솥을 건네고 넝마주이는 그 차솥의 곡예로 많은 돈을 벌게 된다. 넝마주이는 다시 절을 찾아와 스님 덕분에 부자가 되었다며 돈의 일부와 차솥을 다시 돌려주었다는 내용이다. '분부쿠차가마'로 발음한다.

그런 고타의 얼굴은 말과는 정반대로 가시와기 범인 추정설을 부정해달라는 것처럼 보였다.

그때 내 스마트폰이 울렸다. 문자메시지였다.

"누구?"

고타가 들여다봤다.

"마키코 씨야. 앞으로도 딸을 잘 부탁한다고."

"반드시 대책을 세워야 해."

그렇게 말한 다음 순간 고타의 전화벨이 울렸다. 고타는 액정을 보며 외쳤다.

"허억! 가시 씨야!"

허둥지둥하는 고타를 우선 진정시키고서 전화를 받게 했다.

"아, 수고하십니다. 네. 지금 가쿠와 같이…… 네! 아뇨, 돈 없는데요. 네? 아, 그럼…… 네."

전화를 끊더니 고타가 말했다.

"지금 한잔하러 가자는데 사 준다고…… 그래서 오케이해버렸어……."

"기회야. 이참에 오해 풀고 와."

나는 고타의 어깨를 두드려주었다.

"이제는 운에 맡기는 수밖에! 마구 캐물어주겠어! 아, 맞다. 가쿠 너도 같이 오래."

나도 모르게 무슨 소리라도 들은 미어캣처럼 뻣뻣해졌다.

술집이 근처에 있어서 우리는 가시와기 씨보다 먼저 도착했다. 고타는 대책이 있다며 큰소리쳤으나 나는 조금 느긋하게 생각하기로 했다. 셋이서 즐겁게 식사를 하다보면 감정이 풀릴 것 같았다. 아마 가시와기 씨도 그러길 바라고 우리를 불러냈을 테다.

그런 생각을 하고 있는데 가시와기 씨가 도착했다. 그의 표정은 진지했다.

"많이 기다렸지?"

숨 막히는 침묵 속에서 가시와기 씨는 우롱차를 주문했다. 그런 뒤 이따금씩 근심 가득한 표정으로 우리를 힐끔거렸다.

"화장실 다녀올게."

결국 가시와기 씨가 자리에서 일어났다.

"정신 똑바로 차리자…… 가시 씨가 돌아오면 작전을 개시하는 거야."

"작전이라니, 도대체 뭘 하려고?"

고타는 히죽거리며 작전의 개요를 말하기 시작했다. 나는 머리를 쥐어뜯고 싶어졌다. 역시 그 작전을 쓰려고 하는 건가…….

가시와기 씨가 돌아오자 대뜸 고타가 말을 걸었다.

"가시 씨!"

"왜 그래?"

"최근에 인터넷에서 엄청 귀여운 영상을 발견했는데요!"

고타의 작전이란 동물의 귀여운 영상을 보여주며 긴장을 늦춘 다음 '동물들은 참 천진해요, 그렇죠? 그에 비해 인간은요' 하고 죄책감을 부추겨 가시와기 씨가 '내가 잘못했어!' 하고 자백하기를 기다리는 것이었다.

　쉽게 말해, 턱도 없는 작전이란 거다…….

　덧붙여 이 '귀여운 동물에 의지'하는 작전을 시도한 건 이번만이 아니었다. 예전에 고타가 데려다주겠다고 해서 나잇값 못하고 스쿠터에 둘이 탔다가 순찰차에 붙잡혔던 때도 이 작전을 써먹었다. 하지만 씨알도 안 먹힌 채 고타는 벌점을 받았고 나는 호되게 혼났다.

　"귀엽네."

　가시와기 씨가 액정을 보며 미소 지었다.

　"아, 가시 씨는 햄스터를 좋아하니까 이쪽이……."

　고타가 액정을 누른 직후 쾅당! 하는 소리가 났다. 소리 난 쪽을 보니 가시와기 씨의 몸이 뒤로 넘어가 있었다. 액정을 들여다보니 사이좋게 서로를 쳐다보는 문조새와 햄스터가 있었다.

　"우와, 가시 씨…… 설마, 설마!"

　고타가 숨을 삼키고서 힘겹게 말을 이었다.

　"햄스터를 좋아한다는 거, 거짓말이었어요?"

　아니, 그건 중요하지 않았다. 마침내 가시와기 씨는 고개를 떨구며 말했다.

"전부 얘기할게……."

말도 안 돼, 설마…… 작전 성공인 건가?

그 후 가시와기 씨는 평소답지 않게 맥주를 시키더니 한 모금 마셨다. 직후 곧바로 얼굴이 새빨개진 가시와기 씨는 드디어 무거운 입을 열었다.

"얘기가 길어. 바야흐로 20년 전의 일이야."

20년. 우리가 태어난 무렵의 이야기다. 당시 가시와기 씨는 예닐곱 살이었고 마키코 씨를 만난 것도 아마 그 무렵이었던 것 같다. 어쩌면 아주 오래된 인연이 이 사건에 얽혀 있는 걸지도 몰랐다.

"기분 좋은 바람이 부는 가을이었지."

먼 곳을 바라보는 가시와기 씨의 초점이 흐려지기 시작했다.

"학교에서 돌아오는 길이었어. 하늘이 갑자기 어두워지길래 한바탕 비가 퍼부으려나 싶어 고개를 들었지. 그런데 거기에……."

"거기에?"

고타와 나는 동시에 침을 삼켰다.

"거기에…… 큰 까마귀가 있었어. 내 책가방 위에 앉으려고 하길래 필사적으로 소리치며 도망쳤어. 집 쪽으로."

가시와기 씨는 맥주를 또 한 모금 마시고서 후우 숨을 뱉었다. 1분이 지나고 2분이 지났다. 가시와기 씨는 또 한 모금, 핥아대듯 맥주를 마셨다.

"······가시 씨, 그래서요?"

"내가 다짜고짜 뛰니까 까마귀가 도망가더라고."

"까마귀 이야기는 이제 됐으니까 본론으로 들어가죠."

고타가 재촉했다.

"아니, 이게 단데?"

"뭐라고요?"

나와 고타는 동시에 야유했다.

"아니, 그게…… 그러니까."

"그래서요?"

우리가 또다시 묻자 비통한 외침이 술집에 울렸다.

"그 이후로 나는 새를 무서워하게 됐다고!"

그런 다음 가시와기 씨는 입에 모터를 단 듯 떠들어댔다. 새는 농작물을 먹기 때문에 농경민족인 우리의 DNA에는 틀림없이 공포심이 심어져 있다. 새가 반려동물로서 친숙해지게 된 것은 불과 수백 년밖에 안 된 일이므로, 몇 천 년간 계속되어온 새와의 싸움이 그걸로 종결된 것은 아니다. 그 증거로 〈새〉라는 영화가 있다. 이 작품은 공포 영화의 고전이라 일컬어지고 있으며 어쩌고저쩌고…….

요약하자면 "새가 무서워"라는 한마디뿐이었다.

열변을 펼치는 가시와기 씨에게 고타가 "가시 씨, 보세요" 하며 조금 전의 햄스터와 문조새 영상을 보여주자 가시와기 씨가 아까처럼 몸을 젖히며 "기습 공격 좀 그만해!"라고 말했다. 그러자 고타가 아주 깔깔 웃으며 뒤로 넘어갔다.

두 사람의 응어리진 감정은 풀린 듯했다. 사건에 대한 진전은 없지만, 뭐 괜찮다 치자. 가시와기 씨는 자포자기했는지 맥주를 단숨에 들이키고는 차분히 말했다.

"마키코는 소중한 소꿉친구야. 걔의 딸도 우리 펫숍에 있는 동안엔 내가 보살펴야 해."

가시와기 씨가 유리를 감시하고 있던 이유는 소꿉친구의 딸을 지키기 위해서였다. 나와 고타는 사건에 정신이 팔려 중요한 사실을 잊고 있었다. 이 사람은 누구보다도 책임감이 강한 사람이라는 것을.

"아, 마키코한테 문자가 왔네."

가시와기 씨의 눈빛이 부드러워졌다. 문자를 다 읽은 후 그는 "역시……" 하고 읊조리며 우리에게 화면을 보여줬다.

제목: 가게

가게가 말끔해졌더라. 그런데 벌레가 무서워서 열대어 코너를 못 보러 간다며 유리가 슬퍼하더라고.

우리가 문자를 다 읽자 가시와기 씨가 말했다.

"그래서 나는 반대했었어, 곤충류 선반 이동하는 거. 딱 아이 눈높이잖아."

개장 후 유리가 기운이 없어 보였던 이유를 이제야 알게 되었다. 매일의 일과인 매장 순찰을 할 수 없게 되었기 때문이었다.

고타는 고개를 갸웃했다.

"그런데 가시 씨, 전에 제가 전화했을 때 뒤에서 새소리가 들렸는데 그건 왜죠?"

"가게에 있었어! 야근 후에 점장이 퇴근하라고 했지만 새 공포증을 고백하고 남았었지. 배치 변경으로 새 코너의 면적이 커지니까 적응하게 해달라고 말이야."

우스워 보이지만 가시와기 씨에게는 무엇보다 중요한 일이었을 것이다.

그때 갑자기 어떤 생각이 머리에 스쳤다. 나는 가시와기 씨에게 질문 공세를 퍼부었다.

"점장의 반응은요?"

"처음에는 거절당했어. 바보 같다고. 하지만 필사적으로 설득했지."

"몇 시부터 몇 시까지 남아 있었어요?"

"일을 끝내고 10시부터 녀석과 대화를 시작했어. 고용노동청이 난리 치니까 12시에는 무조건 퇴근하라는 말을 점장에게 들었지."

"유리를 상대로 어떤 대화를 나눴죠?"

고타가 물었다.

"어떤 대화라니…… 평범하게 우선은 자기소개부터 했지."

진지한 얼굴로 말하는 가시와기 씨 때문에 우리는 그만 웃음이 터졌다. 가시와기 씨가 맥주를 한 잔 더 주문하려고 했지만 이대로 무너지면 절대 안 되기에 나는 주문을 막으며 질문을 이어갔다.

"펫숍에 있는 동안에는 가시 씨 말곤 아무도 없었죠?"

"11시 정도에 점장이 휴대전화로 연락했어. 아직 남아 있냐고. 그다음부터는 나랑 토끼랑 새만 남았지."

그렇게 말하고는 가시와기 씨가 테이블에 풀썩 엎드리더니 혀 꼬부라진 소리로 중얼거렸다.

"그러고 보니 그 토끼, 이상했었어."

"토란이요."

고타가 즉각 대답했다.

"그 녀석 처음에는 얌전했었는데, 점장이 돌아간 무렵부터니까 9시가 지났을 땐가. 갑자기 발을 바닥에 확 내려쳤어. 스탬핑이라고 했던가?"

고타가 끄덕였다. 분명 스탬핑은 토끼가 화나거나 불안을 느꼈을 때 행하는 동작이다.

"안아줬더니 안심한 듯했었어. 나도 안심했고. 토끼를 안고서 나는 새와 대화를 계속했지. 역시 포유류는 좋아…… 귀여워…… 후아아."

그 말을 끝으로 가시와기 씨는 코를 골며 자기 시작했다.

내 머릿속에서 뭔가 반짝반짝 불을 밝히고 있었다. 나는 그것을 긁어모았다. 지금까지의 여러 가지 사건들이 머리를 스쳤다. 사건의 조각들이 노란빛을 내뿜고 있었다.

스토커는 마키코 씨의 주소를 알고 있었다. 고타는 마키코 씨의 결혼에 대해 사무실에서 이야기한 적이 있었다. 가시와기 씨의 개장안은 반려당했고 그 결과 곤충 선반이 옮겨졌다. 밤이 된 사무실에서 토끼는 스탬핑을 시작했다. 우리는 호프만 씨의 불평불만을 녹음하는 걸 관뒀다.

노란빛의 조각들이 모여 하나의 큰 빨간빛이 되었다.

"푼 것 같아."

내 말에 고타는 의아한 듯한 표정을 지었다.

❖

다음 날 나는 마키코 씨에게 연락해 부탁했다.

일이 끝난 뒤 옷을 갈아입고서 펫숍으로 와달라고 부탁하니 마키코 씨가 알았다고 했다. 그 옷은 스토커가 언급했었던 하얀 옷이었다. 괴롭겠지만, 내 생각이 맞는다면 전부 경찰에 이야기할 수 있었다. 우리도 증언할 예정이었고.

가시와기 씨는 개장하는 데 드는 예산 건으로 큰 실수를 저질렀다며 점장에게 보고했다가 야단을 맞았다.

"죄송합니다. 11시경에는 마무리 짓겠습니다."

가시와기 씨의 말에 점장은 이렇게 말했다.

"나도 클레임 처리가 있으니까 남겠네."

자, 이렇게 그날 밤과 같은 상황이 만들어졌다.

'사사키 마키코 님 등록 주소 ○×△@□○△ JP.'

나는 회계용 책상으로 가서 손님 정보를 검색해 몰래 메일 주소를 바꿔 썼다. 고타가 자기 연락처를 써도 된다고 그래서 사양 않고 그렇게 했다.

"이럴 수가! 저번에 보낸 소식지가 반송됐잖아! 어디 보자, 사사키 마키코 님이군. 아, 등록했던 주소가 바뀌었구나."

고타가 뉴스레터 송신용 컴퓨터 앞에서 놀라 자빠질 정도로 어색하게 발연기 대사를 쳤다. 최후의 마무리였다.

5시가 지나자 점장은 매장을 둘러보러 나갔다.

나와 고타는 방범 카메라 모니터를 처다봤다. 로비에 마키코 씨가 서 있었다.

7시쯤이 지났을 때 우리는 일단 퇴근하기로 했다. 주차장에 도착했을 때 고타의 스마트폰이 울렸다.

"우와, 진짜다. 가쿠, 딱 들어맞았어."

스토커는 멋대로 메일 주소를 바꾼 것에 대한 분노, 그럼에도 하얀 옷이 잘 어울린다는 칭찬, 역시나 당신을 잊지 못하겠다는 토로, 이별은 괴롭다며 징징거리는 소리를 한바탕 지껄여놨다.

가시와기 씨에게서 연락이 오기 전까지 우리는 패밀리 레스토랑에서 대기하고 있었다. 나도 고타도 별말을 하지 않았다.

11시가 지났을 무렵 가시와기 씨로부터 연락이 와서 우리는 서둘러 펫숍으로 향했다. 점장의 자동차는 주차장에서 사라지고 없었다.

펫숍에 들어서니 가시와기 씨는 약간 피곤한 얼굴로 우리를 봤다.

대그락대그락 케이지에서 소리가 났다. 스탬핑이었다.

"점장님한테는 10분 후에 퇴근한다고 말했어. 그리고 조금 전, 시작되었어."

나와 고타는 말없이 끄덕였다. 역시 아직도 계속되고 있었던 것이다. 꼬마 유리를 상처 주기 위한 짓이.

고타가 잉꼬 유리가 들어 있는 케이지를 열었다. 유리는 고타의 어깨에 사뿐히 올라타 "유리, 주거"라고 말했다. 고타는 눈을 내리깔고서 날개를 어루만지며 타일렀다.

"그런 말 하면 안 돼."

우선은 그 물건이 제자리에 있는지를 확인해봐야겠다, 그렇게 생각하며 캐비닛 안을 살폈다. 그러자 그 안에 당연히 있어야 할 물건이 사라지고 없었다.

"믿고 싶지 않아."

가시와기 씨는 분한 듯한 목소리로 중얼거렸다.

"가시 씨, 지금은 꼬마 유리만 생각해요."

고타가 가시와기 씨의 등을 살살 두드렸다.

"고타는 다른 캐비닛 안을 전부 뒤져봐. 가시와기 씨는 사무책상 좀 부탁해요. 나는 커튼레일 뒤랑 매장을 전체적으로 조사할게요."

고타가 유리를 케이지에 다시 넣으며 "기다려" 하고 말했다.

얼른 조사를 끝내고 싶었다. 믿고 싶지 않았다. 그래서 가장 수상한 장소는 마지막에 조사하기로 했다.

"없어, 가쿠."

고타가 그렇게 말하자 가시와기 씨는 "여기도 없어"라고 말했다.

역시 저긴가. 나는 가장 수상한 장소로 향했다.

점장의 책상은 한 번도 건든 적이 없었다. 그래서 서랍에 자물쇠가 채워져 있는 것조차 몰랐다. 서랍에 귀를 갖다대봤다. 하지만 토란이 스탬핑하는 소리가 시끄러워 아무 소리도 들리지 않았다.

"가시와기 씨, 점장 서랍 열쇠 어디 있는 줄 모르죠?"

그는 잠시 생각하더니 고개를 가로저었다.

"지갑에 열쇠 넣어둔 거 본 적 있어 …… 12시 지났다."

고타가 그렇게 말함과 동시에 가시와기 씨의 스마트폰이 울렸다. 가시와기 씨는 우리에게 눈짓으로 신호를 보내고는 화장실에 다녀왔다.

"이미 집이라고 말해뒀어."

12시 반을 조금 넘긴 때에, 우리는 마침내 듣고 말았다.

"사사키 유리."

엉겁결에 소리가 난 쪽을 쳐다보자 잉꼬가 고개를 갸웃거리고 있었다.

"사사키 유리, 죽어. 사사키 유리, 죽어. 사사키 유리, 죽어."

들어본 적 있는 목소리였다. 다만 우리에게 명령할 때의 무심한 목소리가 아니었다. 거무칙칙하고 이기심으로 가득 찬 목소리였다.

"가시 씨, 죄송하지만……."

고타가 진지한 표정으로 말했다.

"유리가 들어 있는 케이지를 들고 나가줄 수 있겠어요?"

가시와기 씨는 머뭇거리면서도 케이지를 손에 쥐었다.

"공구 상자라면 내 책상 밑에 있어. 너희가 뭘 하든 나는 못 본 거야."

그렇게 말하며 가시와기 씨는 사라졌다.

고타와 나는 공구 상자에서 쇠망치와 드라이버를 꺼내 점장의 서랍을 억지로 뜯기 시작했다.

∵

아침이 되어 출근한 점장은 가시와기 씨를 흘끗거리며 약간 신경 쓰이는 듯 말했다.

"일찍 나왔네."

나와 고타에게는 평소와 같이 무시하는 태도를 보였다.

우리 셋은 전날 밤 집에 돌아가지 않았다. 그래서 수면 부족과 분노로 가득 찬 영락없는 빨간눈청개구리 세 마리가 되어 있었다.

점장이 책상 쪽으로 갔다. 의자에 앉아 지갑에서 작은 열쇠를 꺼냈을 때 마침내 알아챈 듯했다.

"뭐야, 이거!"

점장은 소리를 버럭 지르며 우리 쪽을 쳐다봤다.

"보고가 늦었습니다. 가게에 악영향을 끼쳐서 제가 부숴버렸습니다."

고타가 손을 들었다. 그 손에는 녹음기가 들려 있었다.

점장은 고타를 매섭게 쏘아볼 뿐 아무 말도 하지 않았다. 어떻게 둘러댈지 생각하고 있는 듯했다.

녹음기에 담긴 내용은 가시와기 씨의 컴퓨터로 이미 다 확인했다. 한 시간 반짜리 무음 파일과, 670개의 음성 파일이 들어 있었다.

670개의 음성 파일은 전부 같은 내용이었다. 10초 간격으로 단 일곱 글자의 말을 천천히, 잘 알아들을 수 있게끔 또박또박 녹음한 "사사키 유리 죽어"라는 내용. 녹음기에 타이머 재생 기능이 달려 있지 않은 까닭이었다.

점장은 처음, 가게에 아무도 없을 때 음성 파일을 재생시켜놓고 퇴근했을 것이다. 하지만 가시와기 씨의 갑작스러운 부탁으로 무음 파일이 필요해졌다.

어젯밤도 마찬가지였다. 가시와기 씨가 야근을 해서 무음 파일을 틀어두었던 것이다. 무음 파일은 인간의 귀에는 들리지 않는 재생음이 녹음되어 있어 그 소리에 놀란 토란이 스탬핑을 했던 것이다.

우리가 제멋대로 잉꼬 유리를 데리고 나갔다가 잉꼬가 "유리 죽어"라고 했을 때, 바로 그 자리에 점장이 있었다. 나는 잉꼬를 싫어하는 사람이 못된 장난을 쳤다고 설명했다. 그 말을 들은 점장은 녹음 파일을 "사사키 유리"로 바꾼 거였다.

"당신. 정말 용서 못 해."

"그만해."

가시와기 씨는 재빨리 고타를 제지한 뒤 점장에게 말했다.

"설명해주시겠습니까?"

점장은 아무 말도 하지 않았다. 묵비권으로 끝까지 버틸 작정이겠지.

"경찰 부를까요?"

내가 그렇게 묻자 점장은 웃었다. 이 사람이 웃는 모습을 처음으로 본 거였다. 실로 사악한 웃음이었다.

"그깟 구관조가 한 말로 경찰이 수사를 할 거라고 생각하는 거야? 가방끈도 짧은 것들이."

"구관조가 아니라 잉꼬거든."

고타가 응수했다.

"손님의 연락처를 사적으로 사용했죠? 본사에 보고 올리겠습니다."

가시와기 씨가 그렇게 말함과 동시에 고타가 스마트폰을 들었다. 고타는 "스토커는 당…신…이…었…어…"라고 중얼대며 스마트폰을 눌렀다.

"전송."

그러자 점장의 휴대전화가 울렸다. 점장은 망연자실한 표정으로 변했다. 이렇게 체념하는가 싶었는데 점장은 태연자약하게도 거리낌없이 지껄였다.

"백화점에서 그 여자한테 명함을 받았거든. 어제는 그만 깜박하고 송신처를 착각해버렸지 뭐야."

점장이 고타의 개인 연락처를 알 리 없었다. 하지만 직원들의 연락 장부에는 메일 주소도 들어 있었다. 그것을 봤다고 말한다면 본사는 납득할 수 없더라도 유출 사건으로 번지는 것보다야 낫다고 생각할지도 몰랐다.

"그리고 뭔가 착각하고 있는 것 같은데 나는 스토커가 아냐. 꼬맹이가 돌아다니면 위험하니까 그 모녀를 펫숍에 못 오게 하려고 어쩔 수 없이 그런 거야. 그 꼬맹이가 다치기라도 하면 우리 펫숍이 큰일 난다고."

지나치게 구차한 변명이었다. 나는 어이가 없어서 허둥지둥 지껄이는 점장을 멀뚱히 쳐다봤다.

"아무리 그래도 방법이 너무 비열합니다."

가시와기 씨의 목소리는 냉정했다.

"말조심해."

점장이 위협하자 고타가 책상을 내려치며 소리쳤다.

"비열해! 죄 없는 그 아이를, 죄 없는 동물을 이용해 상처를 주다니. 그걸 비열하다고 안 하면 뭐라고 하지?"

"닥쳐. 너는 해고야."

"해고하든 말든 상관없어! 나는 당신을 절대로 용서 안 해!"

벌떡 일어선 고타는 주먹을 꽉 쥐고 있었다.

"그만해!"

나는 고타를 뒤에서 꽉 잡았다. 그러니까, 그다음에 벌어진 일은 고타의 어깨 너머로 본 것이다.

가시와기 씨가 야생의 재규어 한 마리처럼 점장 가까이로 번개같이 다가가 그 얼굴에 강한 일격을 가했다. 점장은 코피를 뿜으며 바닥에 나뒹굴었다. 상당한 타격을 입었는지 한동안 죽는소리를 하더니 "병원!"을 외치며 달려 나갔다.

가시와기 씨는 멀뚱히 보고만 있는 우리를 쳐다보며 씨익 웃었다.

"가끔은 기습 공격도 괜찮네."

하지만 곧바로 미소는 사라졌고 중얼거림만 남았다.

"나, 해고되려나."

·❀·

그 후 점장은 휴가를 받았다. 동시에 가시와기 씨를 본사에 고발했다. 최소 시말서, 최악의 경우에는 해고를 당하거나 경찰 출동 사태로 번질 수 있었다. 우리는 그 인간이 당연히 후자로까지 끌고 갈 거라고 예상했다.

나와 고타는 마키타 씨와 아카이 씨에게 부탁해 탄원서를 작성했다. 점장이 한 짓과 가시와기 씨가 얼마만큼 가게에 필요한

지를 전달하기 위해서였다.

하지만 가시와기 씨는 단호하게 잘라 "필요 없어"라고 말했다. 분명 우리에게 불똥이 튈까봐 걱정돼서 그런 거였다.

점장이 없는 동안 가시와기 씨는 점장의 업무까지 대신했다. 나와 고타도 최대한 능력이 닿는 데까지 도우며 바쁜 나날이 이어졌다.

마키코 씨의 말에 따르면 스토커에게서 오던 메일은 딱 멈췄다고 한다. 그래, 스토커는 치료받느라 바쁠 테니까.

유리는 변함없이 기운 없어 보였지만 나는 해줄 수 있는 마땅한 말을 찾지 못했다. 고타는 몇 번이고 웃게 하려고 노력했으나 그 얼굴이 맑아진 적은 없었다.

그렇게 일주일이 지났다.

나와 가시와기 씨가 호프만 씨의 긴 푸념과 재미없는 말장난을 듣고 있는데 아카이 씨가 달려왔다.

"제가 듣겠습니다."

아카이 씨는 상냥한 말투로 호프만 씨에게 말하고서 우리에게 목소리를 낮추어 "사무실로 가봐"라고 속삭였다. 무슨 일인가 싶었으나 등 뒤에서 호프만 씨를 상대하는 아카이 씨의 목소리가 묘하게 밝았다.

사무실에 들어서니 고타와 마키타 씨가 하이 파이브를 하는 중이었다. 고타는 그 후에도 미처 날뛰고 있었기에 나와 가시와기 씨는 눈앞에서 먹이를 기다리는 개처럼 그저 가만히 기다렸다. 그제야 겨우 고타가 우리를 발견했다.

"해냈어! 해냈다고요, 진짜로! 대박!"

유리와 함께 날뛰던 고타가 A4 용지 한 장을 내밀었다. 본점에서 온 팩스였다.

인사이동

아래의 인물을 이동한다.

- 우뉴 게이지: 본점 서무 고객 콜센터
- 가시와기 료야: 가미조 지점 펫패밀리 점장

가시와기 씨가 점장? 나는 눈이 휘둥그레졌고 가시와기 씨는 팩스 문서를 한 손에 든 채 눈을 희번덕거리고 있었다.

"동기 중에서 제일 출세했네."

마키타 씨가 가시와기 씨의 어깨를 쳤다. 가시와기 씨는 얼떨떨한지 "아아……" 소리를 내며 우리를 쳐다봤다.

"어쩌다 이렇게 된 건지 모르겠어…… 하지만, 말로는 잘 표현 못 하겠는데 전력을 다할 생각이야. 그러기 위해서 힘을 빌려줘."

"네!"

우리는 동시에 끄덕였다.

퇴근 후 돌아가는 길에 나는 고타와 조촐한 축하 파티를 열었다. 가시와기 씨도 부르고 싶었으나 본점에 확인을 받으러 간 것 같았다. 우리는 둘이서 축배를 들었다.

"왠지 여우나 너구리한테 홀린 것 같은 기분이야. 그러고 보니 호프만 씨가 이 사건의 범인을 복을 주는 너구리 차솥의 소행이라고 했는데 범인이 너구리 아저씨였다는 의미에서는 맞는 것 같아."*

웃으며 담담하게 말하자 고타는 젓가락질을 뚝 멈췄다. 그러더니 진지한 얼굴로 나를 쳐다본 후 불쑥 말을 꺼냈다.

"분부쿠차가마라는 이름을 가진 생물이 있어."

"뭐? 너구리가 아니고?"

"아니, 이거야."

고타는 마음을 크게 먹고 주문한 싱싱한 우니**를 가리켰다.

"설마 우뉴를 우니로…… 평소 같은 그런 말장난인 거였어?"

"응. 아마도. 우뉴 점장이 범인이라는 걸 처음부터 알고 있던 거야."

---

* '너구리'를 의미하는 '다누키(狸, タヌキ)'는, 너구리가 둔갑한다는 데서 교활하거나 능구렁이 같은 사람을 비유적으로 나타내는 의미로도 쓰인다.
** '성게'의 일본식 발음. 염통성게를 '분부쿠차가마'로 발음한다.

연륜의 힘인 걸까…… 아니면 늘 펫숍에 있으니 우뉴 점장의 수상한 시선을 알아챘던 걸까. 으음, 어느 것도 확 와 닿지 않았다. 더구나 우뉴 점장이 가시와기 씨를 경찰에 고소하지 않은 것도 마음에 걸렸다. 하지만 고타가 밝은 목소리로 말해주었다.

"일단 오늘은 실컷 마시자! 생각은 나중에!"

축하하고 싶은 일이 거듭되었다. 오늘만큼은 아무 생각도 하지 않고 취하고 싶었다. 우리는 술집이 문을 닫을 때까지 밤늦도록 마셨다.

❧

"어이, 오늘도 햄스터처럼 쪼르르 뛰어다니네."

펫숍에 도마가 찾아왔다. 그녀에게는 이미 사건의 경위를 전부 말해준 뒤였다. 불가사의한 인사이동에 대해서 도마는 뜬구름 잡는 말을 하며 눈을 동그랗게 떴었다.

"신은 존재해."

도마가 온 이유는 견학 목적으로 가시와기 씨를 만나러 온 거였다. 나로서는 내심 즐겁지 않았지만 도마는 꼬마 유리를 보살펴준 가시와기 씨의 배려를 "대박 멋지다!"라고 표현했다. 분하지만 나도 동감하는 바였다.

도마가 찾아온 날은 신기하게도 대망의 첫선을 보이는 그날이었다. 이날을 위해서 나와 고타와 가시와기 씨는 주구장창 야근을 했다.

도마는 먼발치에서 유리를 바라보며 말했다.

"귀여운 아이네."

그러더니 작은 소리로 덧붙였다.

"괜찮아. 이제 곧 전부 끝날 거야."

그래, 전부 끝날 것이다.

점장이 한 짓은 절대로 용서할 수 없는 일이다. 하지만 그놈은 더 이상 우리 펫숍에 오지 않는다. 그러니 이곳에 있는 우리가 대신 유리에게 속죄할 수밖에.

가시와기 씨가 등장했다. 걷는데 오른쪽 손발과 왼쪽 손발이 함께 움직여서 어색하기 짝이 없었다. 그도 그럴 것이, 그의 어깨에는 잉꼬 유리가 올라타 있었기 때문이다. 어린 시절부터 두려워하던 것을 갑자기 좋아하게 될 수는 없겠지.

꼬마 유리의 얼굴이 어두워지자 고타가 서둘러 달려와 말해 줬다.

"괜찮아."

가시와기 씨가 꼬마 유리의 코앞에 섰다.

"이 아저씨들은 네가 좋아. 지난번에는 정말로 미안해. 일종의 실수였어. 하지만 우리들은……."

"엄마한테 들어서 괜찮아요."

유리는 아주 연하게 미소 지었다. 그래도 역시 어긋난 자매의 인연은 그리 간단하게 받아들이기는 힘든 것 같았다.

가시와기 씨는 할 말을 잃고 그저 서 있었다.

그때였다.

"유리 미안, 유리 미안."

꼬마 유리의 눈이 왕방울만 해졌다.

"유리 좋아. 유리 좋아, 좋아."

해야 할 말을 딱 좋은 타이밍에 잉꼬 유리가 해주었다.

우리의 진심. 그리고 아마도, 잉꼬 유리의 진심. 꼬마 유리의 얼굴이 서서히 밝아졌다. 그 얼굴을 본 것만으로도 야근의 피로가 싹 가시는 것 같았다.

"유리도 유리가 정말 좋아!"

유리가 그렇게 말함과 동시에 유리는 날개를 퍼덕이더니 유리의 어깨에 올라탔다.

한 명의 사람과 한 마리의 새는 마치 마음이 서로 통한 것처럼 보였다.

펫숍에서 일하며 정말로 큰 보람을 느낄 때는 바로 이런 순간을 마주할 때다. 인간과 다른 동물의, 마음에서 우러나온 인연이 탄생하는 순간.

우리의 작은 사건은 이렇게 끝이 났다.

그렇지만 이곳, 즉 펫숍에는 여전히 사건이 넘쳐난다. 고타가 흥에 취해 저글링을 시작하다가 실패해 공이 호프만 씨의 발밑으로 굴러가 야단맞기도 하고, 이번에는 거북이가 탈주해서 가게 구석구석을 뒤지기도 하는 등…… 이런 식으로 나의 아르바이트 일상은 앞으로 계속될 것이다.

고양이를 닮은 그녀

1 | 2
3 | 4

유월의 한중간, 며칠 새 비가 내리더니 오랜만에 맑은 하늘이 기분 좋게 내비친 날이었다. 모두가 조금 긴 점심 휴식을 취하며 공부나 일에서 잠깐 손을 떼고 싶어질 만한 날씨였다.

하지만 우리 세 사람은 완전히 맥이 빠진 상태였다.

고타가 심각한 얼굴로 수조의 수온계를 쳐다본 후 끄덕였다.

"오케이. 가쿠, 시작하자."

나도 힘주어 끄덕인 뒤 큰 비닐 봉투를 고타에게 건넸다.

우리의 존경하는 상사이자 지난달에 갓 점장이 된 가시와기 씨가 말했다.

"좋아. 고타, 가쿠토. 시작해."

웬일인지 주변에 있는 손님들도 손에 땀을 쥐고 있었다.

고타가 비닐 봉투를 수조 위에 덮은 다음 살짝 비스듬히 기울였다. 안에 있는 것은 다 자란 아로와나*였다. 수조로 옮기는 동안에 눈이나 비늘이 상하지 않도록 세심하게 주의를 기울여야 했다. 비닐 봉투에 든 물이 수조의 물과 뒤섞였다.

바로 그때…… 비닐 봉투가 푸드덕거리며 요동쳤다.

"으아앗! 아로와나 님, 진정하세요!"

고타는 비명을 지르면서도 절대로 비닐 봉투를 놓지 않았다. 나는 그 밑에 손을 받쳐 있는 힘을 다해 들어 올렸다. 가시와기 씨는 수조의 두꺼운 뚜껑을 들어 올리고 있었다.

텀벙 하는 소리와 함께 아로와나는 무사히 수조로 옮겨졌다. 가시와기 씨가 곧바로 뚜껑을 덮고 걸쇠를 딸깍 걸어 잠갔다.

널찍한 수조 안에서 아로와나가 유유히 헤엄치기 시작했다.

"후우, 위험했어."

고타가 미소를 지었다.

"일촉즉발의 상황이었네."

나도 웃음으로 되받아쳤다.

"하토야였지!"

가시와기 씨가 웃으며 말하자 나와 고타는 동시에 물었다.

---

* 골린어목 골린어과에 속하는 민물어류의 통칭.

"하토야가 뭐예요?"

"너희 하토야 몰라?"

우리는 마주 본 채로 끄덕였다.

"하토야 온천 리조트 광고에서…… 지금도 엄청 인기가 많은데…… 아, 됐어."

가시와기 씨는 눈썹을 그린 잡종견 같은 표정을 지었다.

"나는 알고 있다네."

호프만 씨가 느긋하게 말했다.

"세대 차일세. 그런 일도 있잖아로와나."

어설픈 동물 말장난에 가시와기 씨가 축 어깨를 늘어뜨리자 손님들이 크게 웃었다.

이곳은 펫숍. 한시도 조용할 틈 없는 우리의 직장이다.

🐾

"이제야 한숨 돌리네."

고타가 힘 빠진 목소리를 냈다.

나와 가시와기 씨도 땀을 닦으며 끄덕였다. 아로와나를 옮긴 뒤 한 시간이 지나고 나서야 우리들은 겨우 휴식을 취하려던 참이었다.

아로와나를 옮긴 직후에는 그야말로 정신이 하나도 없었다.

고타는 비늘과 눈에 상처가 나진 않았는지 몇 번이고 확인했고 나는 나대로 이런저런 질문을 하는 손님들을 응대했다. 가시와기 씨는 일손이 부족한 다른 코너를 분주하게 오갔다.

고타가 정수기에서 종이컵에 물을 세 잔 받아 건네주었다. 가시와기 씨는 단숨에 마시고는 후우 하고 크게 숨을 내뱉으며 일어섰다.

"나는 매장으로 돌아갈 테니까 너희는 충분히 쉬어."

우리는 좀 시원찮게 고개를 끄덕였다. 가시와기 씨는 5분은커녕 1분도 못 쉰 거였으니까.

최근의 인사이동으로 가시와기 씨는 점장이 되었다. 지금 생각해도 이례적이고 불가사의한 이동이었지만 기쁜 일임에는 틀림없었다.

그러나 한 달이 지나자 여러 가지 문제가 생겼다. 당장 일손이 부족해졌다는 게 문제였다. 가시와기 씨는 안간힘을 다해 점장 업무와 매장 담당의 두 가지 일을 해내고 있었는데 최근에 들어선 피곤한 기색이 역력했다.

물론 우리 아르바이트생들도 정신없긴 마찬가지였다. 고타에게 푸념을 좀 하자 "그럼 물고기 수조를 비우면 되겠네" 하고 멍한 초점으로 왠지 섬뜩하게 웃었다. 이해하는 데 시간이 걸렸지만 아무래도 불가사리를 수조에 채우겠다는 말장난인 듯했다.* 호프만 씨도 아니고 동물 말장난이라니, 이 친구도 상당히 지쳐 있는 게 틀림없었다.

이 일손 부족 문제를 해결하고자 새로운 아르바이트생을 모집하기로 했다. 하지만 당장에 제 몫을 해줄 수 있는 아르바이트생을 찾는 일은 무척 어려웠고 덕분에 나와 고타의 근무 시간표는 완전 꽉 차 있었다. 물론 우리는 일을 사랑했으며 업무 시간이 길어진 만큼 급여도 착실하게 나왔다.

다른 것보다 고타와 나를 도저히 견디기 힘들게 만든 건 우리를 지나치게 신경을 써주는 가시와기 씨의 배려였다.

"가쿠토, 학교 수업 있지? 시험이랑 과제도 있을 거고. 그러니까 거절해도 돼!"

가시와기 씨는 늘 미안해하는 표정을 지었다. 나는 나대로 시원스레 "시험도 과제도 아직까진 괜찮아요"라고 말할 수 있으면 좋았겠지만 실제로는 여유 따윈 개미 똥구멍만큼도 없는 게 현실이었다.

"괜찮아요. 나는 프리터니까."

고타는 긴 금발을 손가락으로 빙빙 돌려가며 객기를 부려댔지만 아무래도 가시와기 씨는 마음이 불편한 것 같았다.

그런 나날이 이어지던 중 회계 담당인 마키타 씨가 말했다.

---

* '일손'을 뜻하는 '히토데(人手, ヒトデ)'는 '불가사리'의 의미도 지닌다.

"나도 매장 나갈까?"

그녀는 원래 다른 점포에서 매장을 담당했었던 것 같았다. 가시와기 씨는 녹초가 된 목소리로 "부탁해"라고 답했다.

마키타 씨가 매장으로 나와준 덕에 꽤 편해졌다. 하지만 역시 그로 인한 문제가 생기기 마련이었다. 이번에는 본점에서 마키타 씨의 회계가 잘못되었다며 계속해서 전화가 걸려왔다.

하는 수 없이 가시와기 씨는 본점과 의논하기로 했다. 신입 사원의 연수가 끝나는 시기라 그중 괜찮은 신입 한 명을 회계 담당으로 잠시 보내줄 수 없겠냐고 부탁한 모양이었다.

"자, 모두 들으세요. 다음 주부터 두 달간 회계를 도와줄 담당 직원이 올 겁니다."

가시와기 씨의 한마디에 가게가 통째로 열광한 게 불과 어제 토요일이었다.

"으랏차!"

고타가 소리를 내며 일어섰다. 다음 날부터는 회계 담당 직원이 올 테니 마키타 씨는 매장에만 전념하면 될 터였다. 이로써 가시와기 씨도 본점에서 끊임없이 걸려오는 시끄러운 전화에 대응하는 일도 사라질 거라 기대했다.

"가쿠, 내일 휴무지?"

"응. 일단은 휴문데 영업시간 전에는 나와서 얼굴 비추려고.

가시와기 씨가 연수로 본점에 간다니까."

"그래. 아, 도와주러 온다는 그 사람 말이야. 연수 마치고 가시
씨가 데려올 건가봐. 여자라던데. 으쌰, 힘내자고."

힘내자고 말하는 고타의 목소리에는 어쩐지 힘이 빠져 있었
다. 우리는 힘없이 웃으며 매장으로 돌아갔다. 역시나 상상을
초월하게 바빴다.

여기저기에서 "저기요" 하고 불러 세우는 바람에 물량 보충
이나 손님 대응이 어정쩡해지는 게 괴로웠다. 오늘도 브라운 씨
의 질문을 못 듣고 지나쳐버리며 "아하하" 하고 사무적인 웃음
으로 대응하고 말았다.

하지만 이런 것도 내일이면 바뀔 거야, 그렇게 생각하니 마음
이 조금 편안해졌다.

바삐 돌아다니는 가시와기 씨는 평소처럼 웃는 낯이었지만
좀 아픈 것 같아 보였다. 어느새 옆에 다가온 호프만 씨가 내 귀
에 속삭였다.

"새로운 점장의 위장을 내걸고서 빈둥대던 뺀질이 벌레를 제
거한 심정은?"

"……음, 그러니까 쿡쿡 찔리는…… 아이 참, 나 뭐라는 거야."

"제법일세!"

호프만 씨는 내 어깨를 탁 치며 힘차게 말해주었지만 바로 근
처에서 잉꼬 유리와 놀던 꼬마 유리가 "우와. 가쿠 오빠. 재미있

다"라고 말했을 때 다분히 동정심이 밴 그 말투에서 순식간에 피로가 몰려들었다.

아, 아무튼 이 정신없이 바쁜 날도 내일까지다! 힘내자…….

❧

대망의 그날이 찾아왔다. 나는 인사를 하려고 출근한 김에 영업 준비를 도왔다. 오전 8시 반. 30분만 지나면 영업 개시다. 준비도 끝났겠다, 한숨 돌리려 작은 케이지 앞에 앉았다.

강아지풀을 본뜬 장난감을 케이지 앞에서 살랑살랑 흔들자 핑크색 발바닥이 튀어나와 분주히 움직였다. 아주 작은 울음소리가 "야옹" 하고 들려왔다.

아메리칸 쇼트헤어 수컷. 내가 담당하고 있는 동물이었다. 붙임성이 아주 좋고 건강 상태도 매우 양호했다. 예방접종도 당연히 다 마친 상태였다.

하지만 입양이 안 되고 있었다. 생후 3개월에 펫숍에 온 이후로 두 달이 지났다. 돌보는 시간이 길어질수록 정이 들었다. 그리고 동시에 입양이 안 될수록 앞으로의 일이 걱정됐다.

"네 잘못이 아냐……."

새까만 눈동자가 나를 향했다. 고양이가 고개를 갸웃거렸다. 그 몸짓이 못 견디게 사랑스럽고 못 견디게 애달파서 눈물이 나올 것 같았다.

넘쳐흐르는 이런저런 생각을 끊어내려 애쓰고 있는데 볼 언저리에 갑자기 차가운 감촉이 느껴져 심장이 멎는 줄 알았다. 고타가 내 볼에 차가운 콜라 캔을 갖다 대서 나도 모르게 비명을 지르며 뛰어올랐고 그 몸짓에 고양이도 따라 뛰어올랐다.

"왜 그렇게 처져 있어?"

"깜짝 놀랐잖아!"

"가끔은 이런 장난이 꼭 필요한 법이라고."

어제와는 전혀 다르게 고타는 피로 따윈 조금도 느끼지 않는다는 듯 웃고 있었다. 역시 오늘부터 회계 담당 직원이 온다는 사실이 기분을 한껏 끌어올렸을 것이다.

고타는 케이지 안의 아메리칸 쇼트헤어를 안아 올렸다.

"진짜 사랑스러운데. 왜 얘만, 그러니까 그게…… 운도 필요하니까."

"좀 더 노력해볼게."

고타는 말 꺼내기가 조심스러운지 표정이 어두워졌다.

"가시 씨가 그러는데, 다음 달 말까지래."

이번에야말로 진짜 심장이 멎을 것 같았다. 나는 지금껏 맡은 동물을 어떻게든 입양 보내왔다. 물론 고타의 도움이 컸고 운이 좋았던 경우도 있었다. 내가 담당하게 된 바로 다음 날 입양을 보냈던 경우도 적지 않았다.

그러니까, 이렇게 입양이 안 되는 경우는 처음이란 말이었다.

무의식적으로, 고타에게서 아메리칸 쇼트헤어를 옮겨 받아 끌어안았다.

"미안해. 그렇지만 노력할 테니까······."

품에 안긴 고양이가 또다시 "야옹" 하고 울었다.

결국 영업 준비 때까지만 매장에 있을 예정이었던 나는 가시와기 씨가 돌아올 때까지 남게 되었다. 도무지 고양이가 신경 쓰여 그냥 갈 수가 없었다. 고타도 자기가 담당하는 열대어 코너에서 짬이 날 때마다 고양이의 입양 홍보를 도와주었다.

마키타 씨는 마치 바나나를 떨이로 팔 때처럼 당당한 기세로 거침없이 용품을 팔아 치웠다. 사실 펫숍은 용품 매상이 큰 부분을 차지한다. 마키타 씨 덕분에 흑자겠네, 생각했지만 여전히 마음은 초조했다.

아무래도 동물들이 있는 구역에 모여드는 손님이 적은 것 같았다. 그 이유는 내가 벌레라도 씹은 것 같은 표정을 하고 있어서일까, 이런 표정으로 곤충 코너에 있으면 고객들의 항의가 쏟아지려나, 반대로 파충류 코너에 가면 어쩐지 동질감을 느낄 수 있지 않을까······ 이런 피해망상에 사로잡혀 있었다.

"제법 붐비는 것 같아 보이네만, 당장 몸져누울 기세군."

호프만 씨가 나를 보며 말했지만 평소처럼 억지웃음으로 되받아칠 여유도 없었다. 호프만 씨는 케이지 위로 손을 집어넣어 아메리칸 쇼트헤어의 머리를 쓰다듬었다.

"녀석, 많이 컸구나. 이 상태라면 이달이나 다음 달 말이려나."

평소엔 말만 많은 호프만 씨이지만 펫숍 돌아가는 사정에 관해서는 참으로 빠삭했다. 그 말에 나도 모르게 탄식하며 "네"라고 대답했다.

문득 강한 시선이 느껴져 주변을 둘러보니 가시와기 씨와 젊은 여자가 바로 근처를 걸어가고 있었다.

시선의 주인은 여자였다. 짧은 머리에 검은자위가 큰 땡그란 눈이 꼭 고양이 같았다.

저 여자가 오늘부터 출근하기로 한 회계 담당인가. 그런 생각과 동시에 어쩐지 불안해졌다. 그 시선은 매우 강렬했고 마치 새끼를 뺏긴 어미 고양이 같은 사력이 배어났다.

5시가 지난 무렵, 꼬마 유리와 놀고 있던 고타와 함께 사무실로 들어갔다. 때마침 가시와기 씨가 회계용 컴퓨터 앞에서 여자와 이야기를 나누고 있던 참이었다. 우리의 기척을 느낀 가시와기 씨가 말했다.

"가쿠토도 와주었네. 고마워."

내가 어깨를 으쓱하는 동시에 사무실 밖에서 북적이는 소리가 들렸다.

"역시 매장은 뜨겁네. 난 원래 이쪽이 성격에 맞는지도 몰라."

"마키타는 시원시원하니까."

목이 쉰 마키타 씨가 아카이 씨와 함께 들어왔다.

"때마침 잘됐네. 모두에게 소개할게요. 오늘부터 두 달간 회계 업무를 봐줄 시카다 씨입니다."

나와 고타보다 한두 살 정도 많아 보이는 여자가 일어서며 코에 털이 묻은 고양이처럼 킁킁거렸다.

"시카다 미코입니다. 잘 부탁드립니다."

그녀는 아까처럼 차가운 눈빛으로 나를 쏘아보았다. 아니, 비단 나뿐만이 아니었다. 고타, 마키타 씨, 아카이 씨를 보는 눈도 그랬다.

인사를 마친 뒤 시카다 씨는 더 이상 볼일 없다는 듯이 컴퓨터 쪽으로 갔다. 마키타 씨가 아카이 씨를 보며 인상을 썼다.

"저기, 시카다 씨. 자기소개를 좀 더…… 좋아하는 동물이라든지……."

당황한 가시와기가 말을 걸었지만 그녀는 우리에게 눈도 돌리지 않고 불쑥 말했다.

"동물이라면 다 좋아요."

그 직후 나는 그날 세 번째로 심장이 멎을 뻔한 충격을 받았다. 고개를 돌리더니 시카다 씨가 툭 뱉어 덧붙인 한마디 때문에.

"하지만 동물을 판매하는 펫숍은 정말 싫어요!"

그 이후 벌어진 상황은 여러모로 대단했다…… 완전히 노는 언니 말투로 돌아온 마키타 씨와 그것을 필사적으로 막는 아카이 씨. 그 옆에서 "펫숍이 뭐가 나빠!" 하며 덤벼드는 고타와 그것을 막는 나. 우리를 말려야 할지 시카다 씨를 혼내야 할지 망설이던 가시와기 씨가 그 자리에 있는 모두에게 "시카다는 동물을 좋아하고, 우리는 인간이라는 이름의 동물입니다!"라며 조금 철학적인 선언을 했고, 정작 문제를 일으킨 장본인인 시카다 씨는 그 옆에서 키보드를 타닥타닥 두드리고만 있었다. 이른바 혼돈의 카오스였다.

마키타 씨가 혀를 차며 나가버리자 아카이 씨도 그 뒤를 따랐다. 그러든지 말든지 무시하고 있는 시카다 씨에게 고타는 화를 내며 소리쳤다. 가시와기 씨는 고타를 말리면서 필사적으로 시카다 씨를 설득하려 애쓰고 있었다. 그리고 나는 가시와기 씨에게 물과 위장약을 건네기 위해 구급상자를 찾으러 갔다.

최악의 만남이었다. 앞으로 두 달, 나는 이 펫숍을 아주 싫어하는 펫숍 직원과 얼굴을 마주하면서 아메리칸 쇼트헤어를 입양 보내야만 하는 상황에 처했다.

열심히 하자. 나는 마음속으로 자위했다.

가쿠토, 힘내자. 겸사겸사 가시와기 씨의 위장도 힘내자.

그로부터 일주일쯤 지났을 무렵 브리더인 구도 씨가 사무실로 찾아왔다. 텁수룩한 수염에 화려한 알로하셔츠, 배불뚝이 체형에 선글라스를 끼고서 항상 힛히, 하고 기분 나쁜 웃음을 짓고 있는, 손님이었다면 백 퍼센트 감시 대상이었겠지만 결코 나쁜 사람은 아니다.

구도 씨는 물고기 전문 브리더인데, 아무튼 얼굴이 넙데데하다는 게 특징적이다. 최근에는 시내에서 활동하는 브리더 전원을 모아 의견을 주고받거나 신규 브리더에게 교육을 실시하는 등의 활동도 하고 있는 인망 두터운 분이다.

우리 매장과는 오래 알고 지내왔으며 한 달에 한 번 희귀 물고기를 가져와주고 있다. 고타는 진귀한 물고기를 보여주는 구도 씨를 좋아해서 구도 씨가 오는 날엔 항상 그 옆에 달싹 붙어 다닌다.

"가시와기, 전에 있던 점장 쫓아내고 그 후임이 됐다며? 여전히 방법이 잔인해."

말은 그렇게 하면서도 가시와기 씨의 어깨를 주무르는 구도 씨의 표정은 기뻐 보였다. 이렇게나 기분이 좋아 보이는 구도 씨는 처음 봤다.

구도 씨는 원래부터 가시와기 씨와 사이가 좋았다. 점장이 바뀌기 전에는 이렇게 공언한 적도 있었다. "내가 이 세상에서 싫어하는 건 딱 두 가지. 더러운 수조와 그 제기랄 점장!" 그러니까 우리와 마찬가지로 가시와기 씨의 점장 취임을 기뻐하는 게 분명했다.

시카다 씨가 조용히 차를 내왔다. 이 사람은 변함없이 기분이 나빠 보였다.

"구도 씨, 오늘 가져온 거 빨리 보여줘요!"

고타가 아이처럼 들뜬 목소리로 말했다.

"오늘은 가시와기의 승진 축하 선물로 수조째 가져왔지."

구도 씨는 발치에 놓인 보스턴백을 열었다. 그 안에 든 것은 운반용 원기둥 수조였고 평소처럼 검은 비닐 봉투로 덮인 채였다. 눈을 빛내고 있는 고타에게 "기다려, 기다려" 하면서 실컷 애를 태운 뒤에서야 구도 씨는 비닐 봉투를 걷어냈다.

"와아……."

고타뿐만 아니라 나도 환호성을 질렀다.

원기둥 수조 안에는 옅은 오렌지색의 큰 꽃이 가득 피어 있었다. 장마철인데 마치 단숨에 봄이 찾아온 듯 선명한 색을 뿜내는 말미잘 무리였다. 촉수를 펼친 상태의 몸통 직경이 5센티미터 정도 되는 크기였다. 쉰네 마리 정도 되어 보이는 말미잘 무리가 수조 안에서 하늘하늘 춤추고 있었다.

"진짜 예쁘다…… 작은집게말미잘이잖아."

고타가 얼이 빠진 채 중얼거렸다. 이름이 뭔지도 몰랐던 내가 보기에도 정말로 아름다웠다. 우리와 전혀 다른 형체를 하고 있지만 우리와 같은 생물. 작은 촉수를 살랑살랑 흔드는 그 모습은 어쩐지 우리보다 더 깊이 생명의 신비와 비밀에 대해 알고 있어서 "어이, 인간들이여. 질문은?" 하고 당장에라도 말을 걸어올 것 같은 장난꾸러기 요정 같아 보였다.

"예쁘게 피어 있어서 관상용으로 제격이지. 고타와 가쿠토, 나중에 자세히 설명해줄 테니까 잘 들어둬."

구도 씨는 우리의 반응에 만족했는지 기쁜 표정을 지었다.

"금액 지불은……" 하고 가시와기 씨가 말을 꺼내자 구도 씨는 빙그레 웃으며 말했다.

"이 녀석들은 승진 축하 선물이라고 했잖아. 이걸 두면 매장 분위기가 더 밝아질 테니 앞으로도 잘 부탁해."

구도 씨의 길고 긴 설명을 착실히 들은 후 고타는 들뜬 마음으로 말미잘이 눈에 띄도록 오브제를 넣어 수조를 꾸몄다. 말미잘은 야행성이기 때문에 특히 조도에 신경을 많이 썼고 수온에도 각별한 주의를 기울였다. 이럴 때 보면 고타는 엄청난 장인 같았다.

작은집게말미잘의 수조는 아로와나 옆에 놓기로 했다. 드넓은 바다를 연상케 하는 커다란 수조 속에서 유유자적 헤엄치는 아로와나와 미지의 심해를 연상시키는 말미잘. 틀림없이 열대어 코너는 분위기가 한층 좋아질 거라 기대했다.

그러면서도 어쩐지 좀 우울해졌다. 손님들이 열대어 코너로 모이면 아메리칸 쇼트헤어가 있는 곳에는 발길이 뜸해질 것 같았기 때문이었다.

"오오. 잘했네."

그 소리에 뒤돌아보니 가시와기 씨가 서 있었다.

"훨씬 보기 좋아. 역시 예뻐."

가시와기 씨는 그렇게 말하며 하얀 이를 보였다. 그러고는 잠시 우리의 얼굴색을 살피더니 말문을 열었다.

"그나저나 두 사람을 믿고, 할 얘기가 있어."

가시와기 씨는 점장이 되기 전부터 가게와 손님, 동물들, 그리고 이곳에서 일하는 우리 같은 사람들을 전부 지켜주는 역할을 맡고 있었다. 그러니 나도 고타도 가시와기 씨를 위해서라면 무슨 일이든 할 수가 있었다. 우리는 가시와기 씨의 다음 말을 기다리지도 않고 동시에 끄덕였다.

"시카다 미코 말이야. 그 사람에 대해 어떻게 생각해?"

그 말에 우리는 동시에 고개를 가로저었다. 시카다 씨가 그런 말을 한 이후로 모든 사람들이 그녀와 거리를 뒀다. 그 정도로 그 한마디의 파급력은 엄청났다. 어쩌면 당연한 결과인지도 몰랐다. 아르바이트생인 나조차도 펫숍에서 일하는 것에 자부심을 가지고 있으니까. 고타나 다른 사람은 나보다 훨씬 더할 것이다.

시카다 씨는 자기 나름대로 회계 담당으로서 잘하고 있는 것 같았지만 어찌됐건 모두와 친해지고 싶은 생각은 없는 것 같았다. 항상 부루퉁한 표정으로 타닥타닥 키보드만 쳤고, 식사도 홈센터의 푸드 코트에서 사 온 듯한 피시앤칩스를 자기 책상에 앉아 먹었다. 상태가 안 좋아 사무실에 옮겨둔 동물들에게는 잘도 웃어주면서 우리를 보면 인상을 팍 썼다.

"가시 씨, 노골적으로 적의를 드러내는 고양잇과 동물은 진짜 위험하다니까요."

고타가 심각한 얼굴로 말하자 가시와기 씨도 머리를 벅벅 긁었다.

"그 사람, 실은 유어셀프 상무의 연줄이야."

역시, 아무리 가시와기 씨라 해도 점장이 되면 윗사람의 비위를 맞춰야 할 때가 있겠지. 순간 그런 생각이 스쳤다.

"그래도 노력파야. 졸업 전에 전산회계 자격증을 땄고 회계 프로그램도 다룰 줄 알고, 낙하산 소리 안 듣도록 노력했어. 하지만 역시 신입들 사이에서는 표가 나지. 그래도 모처럼 인연이 닿아 우리 매장에 왔으니 적어도 좋은 경험을 만들어주고 싶어. 그런데 아무리 우리 쪽에서 부탁한 거라 해도 펫숍을 싫어하는데 펫숍으로 배치되다니 시카다 씨도 참 운이 없네."

가시와기 씨는 깊은 한숨을 내쉬었다. 시카다 씨를 위해. 그녀와 사이좋게 지내길 바란다, 그런 뜻인 셈이었다. 나와 고타는 마주 보며 웃음을 터뜨렸다.

하는 수 없지. 팔 벗고 나서볼까.

고타와 나는 사무실로 들어섰다. 그런 다음 키보드를 치면서도 말 걸지 말라는 기운을 온몸으로 뿜어내고 있는 시카다 씨에게 다가갔다.

"가쿠, 우선은 핸들링부터야. 경계심을 풀자고."

핸들링이란 부드럽게 동물을 쓰다듬는 것을 말한다. 그녀를 만지려 했다가는 손톱에 긁힌 생채기는 기본이고 성희롱으로 고소당해 경력에 큰 흠집이 나버릴지도 모를 일이었다.

"동물을 다루는 건 고타가 더 잘하잖아. 그러니까 이 일은 고타가……."

"두 사람, 뭐예요?"

시카다 씨는 여전히 등을 돌린 채로 말했다. 자동차 네비게이터에서 나오는 것 같은 무미건조한 목소리였다.

고타가 작게 중얼거렸다.

"어떤 동물 울음소리보다도 감정이 안 담겨 있네……."

아무래도 고타는 포기한 모양이었다. 그러니 이 건은 내가 나서는 수밖에 없었다.

"아니 그, 우리가 시카다 씨에 대해서 아는 게 하나도 없어서, 나이도 비슷하고. 그래서 친구랄까…… 지인 정도의 사이가 됐으니까 잘 부탁해요."

내가 횡설수설하자 고타가 천장을 올려다보며 핀잔을 줬다.

"가쿠, 방금 진짜 작업 못 거는 쪼다 같았어."

그 말에 발끈해서 나도 뭐라고 한마디 하려는데 시카다 씨의 손이 멈췄다. 타닥타닥 하는 소리가 그치자 취침 시간의 파충류 코너 같은 정적이 찾아왔다. 후우 하고 작게 뱉어내는 숨소리가 났다.

"나는 펫숍 직원과 친하게 지낼 생각 없어요. 업무 외의 일에 대해선 이야기하고 싶지도 않고요. 이제 볼일 끝났죠?"

그녀의 목소리는 차갑고 거칠었다. 나는 이 사람과 친해지는 건 절대로 불가능한 일임을 깨달았다. 백 미터 두께의 얼음을 두 달 만에 녹일 수 있는 생물체가 세상에 과연 있을까? 그렇다면 만나보고 싶을 지경이었다.

"그러니까 펫숍의 뭐가 나쁘냐고!"

아니나 다를까, 고타가 폭발했다. 시카다 씨는 앉은 채로 빙그르르 의자를 돌려 우리를 정면으로 쳐다봤다.

"나는 동물을 좋아해. 당신들과 다르지. 잘 팔리는 동물만 모아놓고는 유행 지나면 휙 갖다 버리는 짓 너무 무책임하지 않아? 인기 있는 종류만 모아놓고선 그다음은 나 몰라라 하고. 진짜 싫어."

"우리는 그런 안일한 생각으로 일하고 있지 않아!"

나도 모르게 그만 큰 소리가 나왔다. 시카다 씨가 눈을 동그
랗게 떴다. 그러나 곧바로 입술을 삐죽 내밀더니 깔보는 듯한
표정을 지었다.

"그럼 최근의 뉴스에 대해서는 어떻게 생각해?"

나는 주먹을 쥐고 있었다. 시카다 때문에 화가 치솟아서 그런
게 아니었다.

최근에 어느 펫숍의 직원이 안 팔리는 동물 여러 마리를 죽여
서 버린 사건이 화제가 된 적이 있었다. 사건이 일어난 날 나와
고타는 화가 나서 아침까지 술을 퍼마셨다. 그 일로 펫숍 업계
에 대한 비난도 거세졌는데 그런 건 아무래도 상관없었다. 죽임
당한 동물들이 불쌍해서 견딜 수 없었다. 손톱이 손바닥을 파고
들었다.

"고타, 가자. 이런 사람에게는 무슨 말을 해도 소용없어."

"동감."

우리는 사무실을 나와 아르바이트 입사 후 처음으로 가시와
기 씨에게 "못 해요"라고 말했다.

칠월도 중반에 접어들었다. 활짝 갠 날이 계속되었지만 내 기분은 날이 갈수록 흐려지는 것 같았다.

작은집게말미잘은 반 정도 팔렸는데 아메리칸 쇼트헤어는 아직도 매장에 있었고 시카다 씨는 변함없이 퉁명스럽게 굴었다. 우리 매장에 없어서는 안 될 존재인 가시와기 씨도 점장 연수가 잦아져 좀처럼 만날 기회가 없었다.

나는 필사적으로 손님에게 아메리칸 쇼트헤어가 얼마나 사랑스러운지, 얼마나 건강한지 설명했다. 하지만 최근에 깨달은 건데 손님의 반응만으로 입양이 결정되진 않는 것 같았다.

"가여워라…… 이미 다 커버려서 입양이 안 되는구나."

아메리칸 쇼트헤어 앞에 멈춰 선 브라운 씨가 하는 말을 듣고 나는 홧김에 딱 잘라 말했다.

"보란 듯이 입양 보내겠습니다."

그 목소리는 다 뒤집힌 데다 힘도 없어서 정말이지 한심하게 들렸지만 뭐, 하는 수 없었다.

브라운 씨가 나가자 교대하듯 유리가 들어왔다.

유리는 고양이를 "냥다로"라고 부르면서 어루만졌다.

"그렇게 이름으로 부르면 안 돼. 기억해버리거든."

유리는 누구처럼 동물을 참 좋아하지만 그 누구와는 다르게 남의 말을 잘 알아듣는 아이였다.

"음. 고타 오빠는 동물들을 이름으로 부르던데."

"그래…… 미안."

"그럼 마지막으로 한 번만 더 부를게. 냥다로……."

아메리칸 쇼트헤어가 참으로 천진한 얼굴로 유리의 손을 팡팡 두드렸다. 행여 손님에게 상처 내지 않도록 발톱은 매일 아침 내가 깎아줬다. 천진한 고양이와 아이를 쳐다보며 나는 결의를 새롭게 다졌다. 이번 달 중으로 무조건 보란 듯이 입양 보낼 거라고.

"가쿠 오빠, 얼굴이 무서워."

유리의 지적에 나는 고개를 휘휘 가로저었다.

"미안 미안해. 그나저나 유리도 고타한테 이름 붙이는 버릇이 옮았네. 이름 짓는 센스가 쇼와*스러워."

"쇼와가 뭐야?"

어라. 아니, 나도 헤이세이시대** 출생인데 이 정도로 세대 차이가 날 줄이야, 조금 놀랐다.

"근데 이름 내가 붙인 거 아냐."

그럼 고타인가, 하고 있는데 바로 그 당사자가 왔다.

"큰일이야! 위험해, 위험해!"

---

* 1926년부터 1989년까지를 이르는 일본 연호.
** 일본의 현재 연호로 1989년부터 이어져오고 있다.

고타는 그 어떤 바쁜 때보다도 전력으로 달려오고 있었다. 분명 무슨 큰일이 벌어진 게 틀림없다는 생각에 내 표정도 긴장감으로 굳었다.

"가쿠, 열대어 코너로 가! 손님이 와 있어. 작은집게말미잘을 유심히 보고 있다고! 근데 나 지금 꼭 가야 하는 데가 있어!"

"뭐? 어딘데?"

"화장실!"

"고타 오빠, 잘 다녀와."

유리는 그렇게 말하더니 "가쿠 오빠도 잘 다녀와. 고양이는 내가 보고 있을 테니까 걱정 안 해도 돼"라고 덧붙여주었다. 마음만은 참 고마웠다.

나는 한숨을 쉬면서 마키타 씨에게 마이크 헤드셋으로 "포유류 코너 좀 봐주세요"라고 얘기한 뒤 열대어 코너로 향했다.

손님은 사십대의 체격 좋은 스포츠머리 남성이었다. 나를 보고는 가볍게 고개를 숙인 뒤 작은집게말미잘을 바라보며 흐뭇한 미소를 지었다. 처음 보는 손님이었지만 틀림없이 열대어를 기르고 있다는 확신이 들었다. 열대어를 기르는 사람은 새로운 어종을 보면 수조를 어떻게 꾸밀지 생각하며 히죽거리기 마련이니까.

나는 잠시 가만히 있기로 했다. 판매에 정신이 팔려 손님 스스로 생각할 시간을 뺏는 것은 동물에게도 손님에게도 좋지 않다고 가시와기 씨에게 귀에 못이 박히도록 들었기 때문이었다.

"죄송한데 저기요. 이거, 독이 있나요?"

손님은 작은집게말미잘 수조에 붙어 있는 설명서를 내려다보며 나직하게 중얼거렸다. 집중하고 있지 않았다면 못 들을 뻔했다.

"모든 말미잘은 촉수 부분에서 독을 쏘아 작은 물고기나 플랑크톤을 잡아먹지요. 인간을 공격하는 종류도 있긴 하지만 이 아이들이라면 괜찮아요."

구도 씨에게 들은 설명을 정확하게 전달했다.

"다른 열대어와 함께 키울 예정이신가요? 만약 열대어 번식 같은 걸 하신다면……."

'치어에게는 위험할…'이라고 말하려는 찰나에 손님이 한 손을 들어올렸다. 아무래도 다른 물고기와 함께 기를 생각은 아닌 것 같았다.

"그런데 예쁘네요. 수조도 예쁘고."

"아, 네. 자화자찬이지만 코너 담당이 성심성의껏 꾸몄어요."

그 말을 듣더니 손님이 웃었다.

"열다섯 마리 정도 살 수 있을까요? 그리고 혹시 괜찮다면 열대어 코너 담당을 만나보고 싶어요. 이런 느낌의 수조를 집에도 만들어두고 싶거든요."

마이크 헤드셋으로 고타를 부른 뒤 구입 절차를 밟으며 남은 설명을 빠짐없이 해드렸다. 손님은 표정이 풍부하다고는 할 수 없었지만 매우 예의가 발라 도리어 이쪽이 송구스러워질 것 같은 사람이었다. 마치 무협 영화 스타 같다고 생각했을 때 고타가 등장했다. 나는 인사를 하고 포유류 코너 쪽으로 뛰어 돌아갔다.

아메리칸 쇼트헤어는 내 얼굴을 보자 기쁜지 "야옹" 하고 울었다. 하지만 소리에 힘도 없고 울음소리를 낸 직후 바로 드러누웠다. 최근 며칠 사이에 내가 필사적으로 손님을 불러들인 탓에 이 아이는 많은 사람과 만났다. 아직 어린 이 아이에게는 스트레스와 피로감으로 이어졌을 테다.

영업을 마친 뒤 세가와 선생님이 방문하기로 되어 있었다. 세가와 선생님은 멋진 수의사로 매장이 문을 열었을 때부터 함께해온 것 같았다. 지금까지도 일주일에 한 번은 꼭 개체들의 건강 상태를 살피러 방문한다.

선생님이 오시면 뒤뜰로 옮겨서 진료를 받도록 해야지.

"미안해."

손 안의 보드라운 생명체에 말을 걸었다. 아메리칸 쇼트헤어는 또다시 "야옹" 하고 울었다.

이제 사무실의 키보드 소리는 배경음이 되어 있었다. 그렇다고 우리가 시카다 씨를 무시하는 건 아니었다. 오히려 시카다 씨가 우리를 무시하는 거였다. 그래서 고타와 나도 오기가 생겨서 그녀를 신경 쓰지 않고 둘이 있을 때처럼 아무렇지 않게 이야기를 나눴다.

캔 커피를 마시던 고타가 말했다.

"조금 전에 오신 손님 말이야. 차분한 사람이었어. 일도 잘할 것 같고. 멋진 어른이야. 나도 그렇게 되고 싶다."

"그러려면 금발은 포기해야 돼."

"음, 고민되네. 금발은 나름대로 내 철학이 담긴 건데."

그렇게 둘이서 웃고 있었다.

손님이 작은집게말미잘 외에도 다른 열대어를 입양하겠다고 해서 고타의 만면에 웃음이 피었다. 덧붙이자면 고타가 만면에 웃음꽃을 피울 때는 단순히 매상이 올랐을 경우가 아니라 '좋은 사람' 같아 보이는 손님에게 제대로 개체를 입양 보냈을 경우에만 그랬다. 그 표정을 볼 때면 늘 나도 전염되어서 만면에 웃음꽃이 피고 말았다.

고타가 좋은 사람이라 확신하는 경우 예외는 없었다. 최근에는 나도 그 느낌이 뭔지 알게 되었다. 진심으로 이 아이를 행복하게 해주겠다는 각오를 지닌 손님과 동물의 만남. 펫숍에서 일하는 사람만이 맛볼 수 있는 만족감과 행복으로 물드는 한순간이었다.

아메리칸 쇼트헤어도 그런 마음씨를 지닌 손님에게 입양 보내고 싶었다. 그러기 위해서는 어떻게 해야 좋을까. 그런 생각을 하고 있을 때 가시와기 씨의 한마디가 날아와 꽂혔다.

"가쿠토, 잠깐 시간 괜찮아?"

위장이 꽉 조여오는 기분이 들었다.

"고양이는 입양이 안 되네. 벌써 생후 6개월인데."

나는 고개를 푹 숙였다. 가시와기 씨는 결코 거칠게 말하는 법이 없었다. 게다가 동물을 입양 보내는 데에는 운이 크게 작용한다는 사실도 잘 알고 있었다. 그렇기에 입양이 안 되는 상황에선 어쩐지 말투가 어르듯 변하곤 했는데 오히려 그런 목소리라서 더욱 가슴에 와 닿았다.

"다음 달 중으로 입양이 안 되면, 너한텐 미안하지만……."

가시와기 씨가 괴로운 듯이 말을 이었다. 나는 풀이 죽은 채로 끄덕였다.

"크게 고민하지 마. 우선은 보건소에 보낼 서류 좀 부탁해."

그때 쾅! 하는 큰 소리가 났다. 무심결에 뒤돌아봤지만 멍한 표정을 지은 고타만 있을 뿐이었다.

"시카다, 무슨 일이야?"

가시와기 씨가 그렇게 말했을 때야 나는 소리를 낸 사람이 시카다 씨였음을 알아챘다.

타닥타닥 울리던 키보드 소리가 멎었다. 시카다 씨는 일어서며 말했다.

"죄송해요, 몸이 안 좋아서 반차 낼게요."

가시와기 씨는 황당해하면서도 "괜찮아?" 하고 물었으나 그녀는 인사만 하고는 돌아보지도 않고 걸어 나갔다.

"고타, 또 쓸데없이 참견한 거 아냐?"

"안 했어요! 상상만으로도 무섭다고요!"

아무래도 아메리칸 쇼트헤어에 대한 이야기는 끝난 듯싶었다. 나도 마침 퇴근 시간이라 탈의실로 향했다.

남자 탈의실과 여자 탈의실 사이에서 시카다 씨가 멍하니 서 있었다.

"괜찮아?"

나도 모르게 물었다. 어쩐지 가라앉는 모습이 아메리칸 쇼트헤어와 겹쳐 보였다.

"……저기."

그녀는 땡그란 눈을 하고 내 얼굴을 바라봤다. 하지만 눈자위가 올라가 있는 걸로 보아 화가 난 게 틀림없었다.

나는 아무 말도 하지 않았다. 잠시 그렇게 있는데 시카다 씨가 중얼거렸다.

"당신도 동물 좋아하는구나. 괴롭지 않아?"

마치 혼잣말 같았다. 그래서 나도 혼잣말처럼 대답했다.

"괴로워…… 당연하잖아."

다음 달까지, 아메리칸 쇼트헤어에게 남은 시간은 그리 길지 않았다. 그녀는 속눈썹을 내리깔고서 초점을 지우고 말했다.

"그렇구나."

어쩐지 처음으로 평범한 대화를 주고받은 기분이 들었다.

"저기, 그보다 빨리 집에 가는 게……."

그렇게 말했을 때 관계자용 출입문이 열렸다. 세가와 선생님이었다. 흰옷에 청진기, 산발한 머리에 화장기 하나 없는 얼굴. 닳아빠진 운동화 차림으로 걸어오는 그 모습은 책임을 한 몸에 짊어진 것 같았다.

우리 매장과는 꽤 오랜 시간 함께해왔을 텐데 나이는 전혀 알려지지 않았다. 사무적이어서 우리와는 일절 잡담하지 않고 오직 동물의 건강 상태만을 진지하게 진료해주는 이 사람에게 우리는 의지하고 있었다.

내가 인사를 하자 세가와 선생님도 알은체를 하더니 서두르듯 질문했다.

"근처에 왕진이 있어서 너무 일찍 와버렸네요. 지금 진료받을 수 있는 아이가 있나요?"

내가 아메리칸 쇼트헤어에 대해 설명하자 선생은 뒤뜰로 달려갔다. 엉겁결에 뒤를 쫓아가는데 무슨 일인지 시카다 씨도 따라왔다.

세가와 선생님은 아메리칸 쇼트헤어의 심장 소리를 들은 후 눈앞에서 손가락을 흔들었다. 아메리칸 쇼트헤어는 앞발을 뻗어 만지려고 휘저었다. 선생님이 주머니에서 먹이를 꺼내 먹이자 와삭와삭 기분 좋은 소리가 들렸다. 세가와 선생님이 작게 웃고 있는 게 등 너머로 느껴졌다. 지금껏 선생님이 웃는 걸 본 때는 아무 걱정 없는 아이를 바라봤을 때뿐이었다.

"괜찮네. 문제없어."

믿을 수 있는 건강 보증서 같은 선생님의 대사가 나왔다. 그 말을 들은 것만으로도 나는 마음 깊은 곳에서부터 안도했다.

"식욕도 있고, 단순 피로네. 조금 무리했나."

그렇게 말하며 아메리칸 쇼트헤어의 턱을 간질였다. 선생님의 목소리는 너무도 부드러웠다.

"이 아이 담당이 누구죠?"

내가 손을 들었다.

"초초한 마음은 알겠지만 충분히 신경을 써주세요."

선생님의 한마디에 나는 고개를 푹 숙였다. 내 바로 옆에서 시카다 씨도 고개를 푹 숙였다. 나보다도 깊숙이, 마치 신성한 무언가를 본 것처럼.

다음 날, 전화벨 소리에 눈이 번쩍 떠졌다. 스마트폰 화면에는 가시와기 씨의 이름이 찍혀 있었다.

"오늘은 낮에 출근하는 날이지? 미안한데 여러 가지 일이 좀 생겨서 정말로 미안하지만 10시 정도까지 와줄 수 있겠어?"

나는 눈을 비비며 시간을 확인했다. 이제 막 아침 9시가 된 참이었다. 한 시간이나 남았으니 준비를 마치고 매장으로 나가기에 충분했다.

"고마워. 그리고, 혹시 정장 가지고 있어?"

"정장이요? 있긴 한데……."

"실은 말이야, 클레임은 아닌데 조금 성가신 일이 생겨서 손님 댁에 함께 갔으면 해. 아무튼 나중에 얘기할게. 미안하다. 그럼 10시에 매장 앞에서 보자."

그 말을 마지막으로 전화가 끊겼다. 나는 딱 한 번 대학 입학식 때 입은 정장을 꺼내 몸단장을 했다.

요즘 가시와기 씨가 하는 말은 "미안하다"와 "고맙다"뿐이었다. 역시 점장이 되면 이런저런 책임감과 압박감의 수준이 완전히 다른 것 같았다. 그럼에도 이전과 변함없이 우리를 대해주고 매장과 동물, 손님을 진심으로 생각하는 모습은 정말 대단해 보였다.

나도 3학년이 되면 취업 활동을 시작해야 했다. 고타는 프리터 선언을 했지만 걸핏하면 가시와기 씨에게 대학으로 돌아갈 생각은 없냐는 말을 듣던 중이었다. 우리 매장의 채용 기준이 대졸이라서 그를 진심으로 고용하고 싶은 건지도 몰랐다.

"나도 멋진 어른이 되고 싶다"는 고타의 한마디가 뇌리를 스치고 지나갔다. 나도 사회에 나가면 가시와기 씨처럼 될 수 있을까.

그런 생각을 하면서 정장을 입었다. 예전에는 턱시도를 입은 펭귄처럼 보였는데 지금은 그렇지 않다는 게 살짝 기분 좋기도, 좀 불안하기도 했다.

매장 앞에는 가시와기 씨가 애지중지하는 차가 서 있었다. 평소에는 와이셔츠 차림인데 회색 정장으로 말끔히 차려입은 차림이었다. 가시와기 씨는 또다시 미안하다고 말했다.

나는 조수석에 올라타서야 물었다.

"무슨 일이에요?"

"우리 쪽 실수야. 손님에게 사과드리러 가야 돼."

"제가 맡았던 손님인가요?"

"응? 뭐 그렇다고 볼 수 있지. 작은집게말미잘을 데려가신 스포츠머리 손님."

아, 그 멋진 어른 손님이구나. 나는 작게 한숨을 내뱉었다. 아메리칸 쇼트헤어도 입양 보내지 못하고 가시와기 씨에게까지 민폐를 끼치고 있다니. 나는 나름대로 일에 책임을 지고 싶었다. 하지만 아르바이트생 입장에서는 아무리 애써도 책임질 수 없는 명확한 한계가 있었다. 멋진 어른이 되기까진 아직 먼 것 같았다.

"아니, 아니야. 네 실수 아냐."

가시와기 씨가 당황한 듯한 목소리로 말했다. 운전석 쪽을 돌아보니 가시와기 씨가 온화한 미소를 띠고 있었다.

"전화 응대를 할 때 벌어진 실수야. 손님에게서 문의가 왔었어. 작은집게말미잘이 같은 수조에서 기르고 있는 생물을 해치는 것 같으니 대처법을 알려달라고 말이지. 그런데 전화를 받은 직원이 인터넷으로 검색하다가 말미잘에게 독이 있다는 것을 안 순간 우리 쪽에서 설명이 부족했다고 말해버린 모양이야……."

"전화를 받았던 사람, 시카다 씨죠?"

가시와기 씨는 작게 끄덕였다. 나는 이번에야말로 크게 한숨을 내뱉었다.

"엄하게 꾸짖긴 했는데, 아무래도 그 아이는 펫숍의 판매 직원을 너무 가볍게 보고 있어. 그 아이 입장에서는 우리를 인신매맨가 뭔가를 하고 있는 일당과 한패로 생각할 거야. 관리는 당연히 허술할 테고 팔리고 나면 모르쇠일 거라고 생각하겠지.

시카다를 위해서도 이 손님과 생긴 오해를 풀어야 해. 그리고 확실하게 제대로 개체의 상태를 관찰하고 적절하게 조언하지 않으면 손님에게도 개체에게도 실례야."

가시와기 씨는 운전을 하면서도 말을 멈추지 않았다. 내가 시카다 씨에게 화가 나 있다고 생각해 덧붙이는 건지도 몰랐다.

하지만 나는 그렇게까지 화나지 않았다. 탈의실 앞에서의 대화를 떠올렸기 때문이다. 시카다 씨가 펫숍을 싫어하는 덴 자기 나름의 이유가 있을 것이었다. 아마도 그 이유는 무겁고 괴로운 거겠지…….

"판매자가 고타나 마키타가 아니라서 다행이야. 그 사람들이 었다면 다짜고짜 시카다한테 따지고 들었을 테니까."

가시와기 씨가 웃길래 나도 작게 웃었다.

큰 식당 앞에서 차가 멈췄다. 가시와기 씨는 자기 뺨을 두 번 때리고는 말했다.

"좋아, 들어가자."

멋진 어른 손님은 그 식당의 주인이었다. 가시와기 씨가 "유어셀프 직원입니다" 하고 인사하자 주인이 "이것 참 죄송합니다" 하며 고개를 숙였다. 두 사람 사이에서 안절부절못하고 있는데 가시와기 씨가 나를 가리키며 말했다.

"설명은 이 직원이 해드릴 겁니다."

막…… 막중한 임무다. 하지만 해볼 수 있는 데까지 해보자. 그렇게 마음을 단단히 먹었다.

애써 단단히 마음을 먹은 게 무색하게도 설명하는 덴 채 10분도 안 걸렸다. 너무나 어이없고 단순한 문제였다. 오히려 주인이 미안해하며 "이렇게 여기까지 오시게 해서 죄송합니다" 하며 점심 식사를 서비스로 내주었다.

깜짝 놀랄 정도로 맛있어서, 특히 가다랑어 회는 내가 살면서 먹어본 '맛있는 음식' 중 다섯 손가락에 꼽을 수 있었다. 그리고 가게 안을 살펴본 결과 '내가 좋아하는 가게' 1위에 등극했다.

돌아오는 길에 가다랑어 회의 여운에 빠져 있는데 가시와기 씨가 불쑥 말을 꺼냈다.

"요즘 우리 매장 분위기가 무거워."

나는 가만히 끄덕이고 말았다.

"분위기를 어떻게든 바꾸는 게 내 역할이지만. 문제는 당연히 시카다인데, 그 사람이 우리가 하는 일을 진정으로 이해해주면 모든 게 해결될 일이잖아."

"어렵겠네요."

"아냐. 우리 펫숍의 분위기 메이커와 친해지게 만들면 돼."

우리 펫숍의 분위기 메이커라 하면 한 명밖에 없었다. 아카이 씨마저 항상 "밥 챙겨 먹고 있어?" 물어보면서 걱정하고, "기분도 꿀꿀한데 노래방 가자"라는 마키타 씨의 요구에 못 이기는 척 끌려 나가며, 꼬마 유리에게조차도 "금발 불량 직원"이라 놀림받는, 누구에게나 웃는 얼굴로 대하는 고타밖에 없었다.

"하지만 시카다 씨와 고타는 완전히 견원지간이에요."

그 말을 듣더니 가시와기 씨는 갑자기 장난꾸러기처럼 웃었다. 아무래도 뭔가 생각이 있는 듯했다.

"그 두 사람, 동물 좋아하는 건 똑같잖아. 그러니까 그것만 서로 인정하면 의기투합할 거야. 물론 고타가 인정한다고 해도 여직원들과는 곧바로 마음을 터놓기 어렵겠지만. 그래도 그만큼 나는 시카다에게 기대하고 있어."

"무슨 의미예요?"

"시카다는 스스로 자기가 잘못했다고 생각하면 확실하게 사과할 줄 아는 사람이야. 마키타는 그런 솔직한 녀석을 좋아하고, 또 아카이 씨는 원래 거리를 두고 있었다는 이유만으로 누군가를 싫어하진 않는 사람이니까."

점장으로서 업무를 보느라 바빠도 가시와기 씨는 역시 잘 보고 있었다. 그때 차가 매장 앞에 멈췄다.

"생각보다 문제는 간단해. 조금 전 작은집게말미잘 건처럼."

나는 끄덕였다. 작은집게말미잘에 대한 문제는 내가 설명한 한마디로 해결되었다.

"자, 그러니까 내일 시카다의 입사 환영회를 열자. 그 손님의 식당에서. 가쿠토, 고타를 설득해줘."

불쑥 "못 해요!"라는 말이 입술을 비집고 나오자 가시와기 씨가 덧붙였다.

"나는 시카다를 설득할 건데, 나랑 바꿀래?"

내가 또다시 "못 해요!"라고 말하자 가시와기 씨는 빙그레 웃었다.

"고타는 나름 잔걱정이 많은 성격이야. 그 녀석은 자기 자신이 분위기 메이커 역할을 맡지 않으면 안 된다고 생각하고 있어. 그만큼 가쿠토 네가 있어서 정말 다행이야. 고마워. 나는 두 사람에게 도움만 받고 있네."

중얼중얼 혼잣말처럼 가시와기 씨가 뇌까렸다.

그렇지 않아요, 점장님.

고타를 설득하는 일은 생각보다 어렵지 않았다. 물론 시카다 씨를 '환영'할 생각은 전혀 없어 보였지만 그 식당에 대해 설명했더니 눈을 반짝였다. 거기에 때마침 지나가던 가시와기 씨의 "내가 쏠게"라는 말도 설득에 큰 몫을 했다.

여직원들도 초대했지만 마키타 씨는 딱 잘라서 거절했고 아카이 씨는 부드럽게 거절했다. 남은 건 가시와기 씨가 시카다 씨를 설득하길 기다리는 일뿐이었다.

그나저나 가시와기 씨는 대체 어떻게 설득하려고 그러지? 멍하니 그런 생각을 하고 있는데 꼬마 유리가 종종걸음으로 곁에 다가와서 말했다.

"나도 환영회 가고 싶어!"

"유리가 펫숍에 취직하면."

나는 평소 같은 미소를 지어 보였다.

"안 그래도 돼! 환영은 그 사람이 와서 기쁘다고 생각하는 거잖아? 나도 미코 언니 환영하고 싶어!"

잉? 미코 언니가 누구지? 하고 순간 생각했지만 이내 시카다 씨의 이름이 미코였다는 사실이 떠올랐다.

"유리는 음, 그러니까…… 미코 언니가 좋아?"

"응. 걱정하지 마. 고타 오빠랑 가쿠 오빠도 좋아하니까."

유리는 약간 동정이 묻어나는 표정으로 물끄러미 나를 쳐다봤다.

"미안, 신경 쓰게 해서…… 근데 그런 뜻이 아니라 미코 언니와 친하냐고."

유리는 그렇다며 고개를 끄덕였다.

"하지만 그 사람은 매장에 거의 안 나오잖아."

"매일 냥다로한테 와서 한번 안아주고 돌아가는데?"

몰랐다. 나는 요즘 5시에 퇴근하는 경우가 많았고 시카다 씨도 같은 시간에 퇴근했다. 당연히 함께 돌아갈 리 없다. 그리고 저녁이 지나면 동물 코너 쪽으로는 손님이 거의 오지 않아서 매장에 들르는 일도 없었다. 퇴근길에 가족(반려동물)의 식사를 사러 오는 일은 있어도 가족을 고르러 오는 사람은 좀처럼 없으니까. 때문에 그 시간에는 파트타임 직원이나 용품 코너 직원이 일손을 도우러 나오곤 했다.

유리는 이미 환영회 일은 잊었는지 종종걸음으로 아메리칸 쇼트헤어에게로 갔다.

저녁, 사무실로 들어가 시카다 씨를 지나쳐 가는데 불쾌를 넘어 분노의 얼굴을 하고 있었다. 그 뒤에서 가시와기 씨가 시무룩한 표정으로 우뚝 서 있었다. 내가 그쪽으로 달려가니 가시와기 씨가 귓속말을 걸었다.

"시카다가 온다고 했어."

"네? 무슨 수를 쓴 거예요?"

"업무 명령…… 이거 역시 직장 상사의 갑질일까?"

"아슬아슬하네요. 아니, 아무래도 갑질 같아요."

"고타는?"

"참석한대요."

"그럼 됐어."

가시와기 씨는 작게 끄덕였다.

다음 날 가시와기 씨는 저녁 전까지 모든 일을 끝마쳤다. 그래서 나와 고타, 시카다 씨와 함께 5시에 퇴근할 수 있었다.

가시와기 씨가 운전석에 앉자 시카다 씨는 말없이 조수석에 탔다. 우리 옆에 앉는 건 정말 질색이라고 말하고 싶어 하는 듯 보였다. 고타가 "짜증 나. 역시 저 사람 싫어!"라며 뒷좌석 문을 열었다.

가는 동안의 공기는 고타의 표현을 빌면 아프리카 코끼리 같은…… 아니, 고타라면 훨씬 더 적절한 비유를 들었겠지. 어디 보자, 향고래와 북방흑고래 중 어느 쪽이 더 컸더라. 아무튼 그 정도로 무거웠다.

"그나저나 작은집게말미잘 문제는 어떻게 된 거예요? 보통 그 녀석들이 다른 물고기를 습격하거나 하는 일은 절대로 있을 수가 없는데."

고타가 무료한 듯이 묻자 나와 가시와기 씨는 동시에 말했다. "가보면 알아."

식당 '용궁 세상'에 마침내 도착했다. 오키나와의 슈리 성처럼 새빨간 건물은 확실히 용궁처럼 보였다.

내가 솔선하여 실내로 들어서자 어제처럼 주인이 "어서 오세요!" 하며 기운찬 목소리로 맞아주었다.

"어제는 정말 고마웠습니다. 오늘 안쪽 자리 예약하셨죠?"

내 뒤로 들어온 가시와기 씨가 "네" 하고 대답했지만 그 목소리는 등 뒤의 "우와!" 하는 환호에 싹 묻혀버렸다.

목소리의 주인은 고타라고 말하고 싶지만 아니었다. 시카다 씨와 고타, 두 사람이 눈을 휘둥그렇게 뜨고서 조리장 앞을 바라보고 있었다. 둘은 이내 서로의 목소리가 겹친 것을 알아챘는지 불쾌하다는 표정으로 마주 보고는 고개를 팩 돌리는데 꼭 만화 같았다. 그 이후 두 사람은 또다시 나란히 아주 큰 활어조를 파고들 것처럼 쳐다보기 시작했다. 그러자 주인이 쑥스러워하며 말했다.

"우리 가게의 자랑입니다."

그것은 단순한 활어조가 아니었다. 가게 이름에 부끄럽지 않을 용궁이었다. 초밥 가게 같은 곳에 있는 참치 토막을 올려두는 진열장 전체를 활어조로 만들어놓아 물고기들이 맘껏 헤엄칠 수 있었다. 그리고 일반적인 활어조의 물은 탁한데 이곳의 물은 맑고 깨끗했다.

"최고야. 이거 최고로 위험하다고!"

고타의 목소리가 높았다. 나는 그만 웃음이 터뜨릴 뻔했다. 고타 옆에서 끄덕이는 시카다 씨를 봤기 때문이었다.

"죄송한데요. 이거 여과하는 데 돈 엄청 들지 않아요? 물이 맑은 걸 보니 박테리아가 풍부할 것 같은데요."

저 친구, 제법이네? 하는 표정으로 주인이 고개를 앞으로 내밀었다.

"역시 펫숍 직원은 다르시군요. 이거 꽤 시간을 들였어요. 지금도 되도록이면 성급하게 물고기를 들이지 않도록 주의하고 있죠."

"아, 고생놀래기다. 역시 이 녀석이 활약하고 있었구나. 얘가 토대를 만들어주는 덕분에 박테리아가 번식되는구나. 굉장한 여과 장치네요. 자연 생태계와 똑같아!"

고타가 나와 가시와기 씨, 그리고 시카다 씨를 쳐다봤다. 그 순수하게 반짝이는 눈빛을 볼 때면 매번 나까지 들뜬 기분이 들곤 했다.

"너무 떠들면 민폐니까 얼른 들어가자."

가시와기 씨가 고타의 어깨를 치며 걸어 나갔다. 고타는 약간 아쉬움이 남은 듯 활어조를 쳐다본 후 안으로 들어갔다.

"저기, 시카다 씨도 들어가자."

그렇게 말하자 활어조를 보느라 넋이 빠져 있던 그녀는 깜짝 놀라며 나를 보더니 얼굴이 새빨개졌다.

안쪽 공간에는 우리 이외의 손님은 없어서 다행이었다. 과장 하나 안 보태고 고타는 덩실거리고 있었다. 좀만 더 흥분하면

훨훨 날아갈 것처럼.

고타가 왜 그 정도로 흥분했는지 충분히 이해할 수 있었다. 돌출된 창문과 도코노마,* 한쪽 옆에는 여러 개의 수조가 놓여 있고 거기서 관상용 물고기들이 헤엄치고 있었다. 활어조는 아니었지만 슬쩍 봐도 정성과 애정이 듬뿍 담겼다는 걸 확실히 알 수 있었다.

"아, 작은집게말미잘이다!"

고타는 가장 안쪽 수조로 달려가더니 수조를 잠시 들여다보고 만면에 미소를 띠며 말했다.

"이 녀석이었구나."

시카다 씨가 좀이 쑤신 모양이라 나는 조금 용기를 내어 그녀의 등을 살짝 손끝으로 눌러봤다. 그러자 시카다 씨는 냉큼 안쪽까지 걸어가 고타 옆에서 수조를 들여다보았다.

"……이게 무슨 상황이야?"

시카다 씨가 고타에게 물었다. 고타는 그녀를 쳐다보지 않고 수조에 시선을 고정한 채 되물었다.

"공생이라는 말 알지?"

"응. 흰동가리** 같은 거지?"

"흰동가리 말고도 말미잘과 공생하는 생물이 있는데 그게 이

* 바닥보다 높게 설치된 장식용 공간.
** 말미잘과 공생하는 걸로 유명한 종으로 몸에 흰색 가로띠가 두 개 있는 것이 특징.

녀석들, 소라게야."

촉수를 하늘거리며 소라게의 큰 껍데기에 딱 달라붙어 있는 말미잘의 모습은 확실히 공격 당하고 있는 것처럼 보이기도 했다. 이 모습을 보고 주인이 가게로 전화를 한 것이었다.

"소라게는 독이 있는 작은집게말미잘 덕분에 다른 생물에게 잡혀 먹히지 않아. 작은집게말미잘은 소라게 덕분에 이동할 수 있고. 상부상조하는 녀석들이지. 소라게는 껍데기를 바꿀 때도 작은집게말미잘을 부드럽게 떼어냈다가 자신의 새로운 껍데기로 다시 옮겨."

"그럼 내가 우리 쪽의 설명 부족이라 말했던 건……."

"우리 좀 우습게 보지 마. 우린 동물과 손님 사이를 중개하는 프로들이라고! 무슨 목적으로 기를 건지 확실하게 물었을 거야. 그렇지, 가쿠?"

나는 끄덕여 보이곤 동요하고 있는 시카다 씨에게 말을 걸었다. 가시와기 씨처럼 최대한 어르는 듯한 말투로.

"시카다 씨, 우리는 세가와 선생님처럼 동물의 목숨을 구할 수는 없어. 하지만 똑같이 프로 정신을 지니고 일해. 개체를 입양 보낼 때마다 부디 행복해지길 바라는 마음으로 누구보다 강하게 염원한다고. 그런 과정에서 손님에게 시달려도 좋으니까 기를 때 주의할 점에 대해 집요하게 전달해. 말하고 보니 우리와 펫숍의 동물들은 공생 관계네."

"하지만……."

시카다 씨는 여전히 당황한 듯 보였다. 아직까지도 뭔가 마음에 걸리는 것 같았다.

그때 주인이 주문을 받으러 오자 고타가 말했다.

"저 굉장히 감동했어요! 이렇게까지 물고기를 신경 써주는 가게는 처음 봤습니다."

주인은 멋쩍어하면서도 차분히 말을 이었다.

"이 녀석들 덕분에 먹고살고 있으니 되도록 갑갑함을 안 느끼게 해주고 싶어서요. 자기만족일지도 모르지만요."

"아뇨, 자기만족 아니에요!"

그렇게 말한 사람은 시카다 씨였다.

나와 고타가 깜짝 놀라자 가시와기 씨는 우리 셋을 보며 킥킥거렸다.

"너희들 이제 좀 앉지?"

그 이후의 공기는 고타의 표현을 빌리자면 물벼룩 같았다. 그러니까, 가볍고 즐거운 수다를 실컷 떨었다는 말이다.

고타는 시카다 씨에게 상냥하게 말을 걸었다.

"전부터 물어보고 싶었는데 너 채식주의자 아냐? 동물 좋아하잖아."

시카다 씨는 "고민한 시기도 있었지만 생명에 감사하며 먹고 있어. 열심히 맛있게 먹고 에너지로 만들어"라고 대답했다.

무심코 내가 "근데 그 피시앤칩스, 칼로리 엄청난데"라고 말하자 그녀는 놀란 고양이처럼 "거짓말!?" 하고 눈을 동그랗게 떴다. 우리 셋을 보면서 가시와기 씨는 만족스러운 듯 계속 웃었다.

"그나저나 완전 맛있어! 최고야. 가시 씨, 일본주 주문해도 돼요?"

"그럼, 뭐든 주문해."

"아싸! 가쿠, 직원 좀 불러줄래? 일본주하고 아, 이 붉돔 회도 시키자!"

내가 직원을 부르려는데 시카다 씨가 급히 덧붙였다.

"점장님 붉돔은 완전 고급 생선이에요. 괜찮아요?"

"가쿠토! 아직 부르지 마!"

그 말에 나도 간만에 실컷 웃었다.

돌아오는 길 차 안은 포만감으로 가득했다. 가시와기 씨는 계산 후 아주 잠깐 얼굴이 시퍼래졌지만 "보너스 받는 날까지 힘내자……"라고 주문을 외치며 과장된 표정을 지었다.

"점장님, 그리고 가쿠토와 고타, 실례가 많았어요. 죄송해요."

시카다 씨의 말에 나는 끄덕였고 고타는 "됐어, 신경 안 쓰니까" 하면서 시뻘게진 얼굴을 돌렸다. 뭐, 술 때문에 시뻘게진 거라 해두자.

"내일 마키타 씨와 아카이 씨에게도 사과할게요."

"그래. 좀 어렵겠지만 힘내."

가시와기 씨가 말했다.

한 건 해결. 그렇게 생각했을 때 시카다 씨가 혼잣말처럼 중얼거렸다.

"그래도 역시 그것만은 납득이 안 돼……."

내가 물으려 했지만 시카다 씨는 가만히 차창 밖만 내다보고 있었다.

❧

마키타 씨도 아카이 씨도 처음에는 시카다 씨를 완전히 용서하지 못했었다. 어찌 보면 당연한 결과였다. 자기가 하는 일을 대놓고 싫다고 했으니까. 하지만 시카다 씨는 굴하지 않고 열심히 일하며 인사도 착실하게 했다. 그녀 안에 있던 본래의 에너지를 발산하는 것처럼 '발랄'이라는 단어가 어울리는 사람이 되었다.

그러자 마키타 씨도 아카이 씨도 서서히 그녀를 받아들이기 시작했다. 3주가 지났을 무렵에는 마키타 씨가 시카다 씨를 볼 때마다 "어이, 건방진 아가씨" 하면서 헤드록을 걸었다. 마침내 활기차고 떠들썩한, 밝은 분위기로 돌아왔다.

그럼에도, 시카다 씨에게는 그늘이 조금 남아 있었다. 사무실에서는 애써 웃고 있었지만 탈의실 앞에서 한숨 쉬고 있는 모습을 몇 번이나 봤다. 그리고 그 횟수는 날이 갈수록 늘어나고 있는 것 같았다.

마키타 씨와 아카이 씨의 태도가 바뀌자 펫숍의 분위기는 거짓말처럼 가벼워졌다. 그러나 나는 날마다 더 초조해졌다. 여름의 끝자락이 가까워지고 있었다. 아메리칸 쇼트헤어는 아직도 입양되지 않았다.

팔월 말, 시카다 씨는 본점으로 돌아가게 되었다. 새로운 아르바이트생은 들어오지 않았지만 가시와기 씨가 점장 업무에 적응해 마키타 씨가 이따금씩 매장을 도와주는 것으로 안정되었다.

이별의 날이 되자 마키타 씨는 시뻘게진 눈으로 시카다 씨를 껴안았고 아카이 씨는 "미코, 또 같이 차 마시러 가자" 하면서 시카다 씨의 손을 잡았다.

고타는 "뭐, 네가 온 건 잘된 일이었어. 전사적인 입장에서"라며 머리를 긁적였고 가시와기 씨는 "여태 고마웠어. 또 와"라고 말했다.

시카다 씨도 한 사람 한 사람 정중하게 인사를 건넸다.

"펫숍에서의 기억, 절대로 잊지 않을게요."

이내 이별의 분위기가 감돌았다.

시카다 씨는 남은 일을 다 마무리하고 가겠다고 했고, 나는 영업 마감 때까지 매장에 남아 아메리칸 쇼트헤어를 위해 손님에게 계속 말을 걸었다.

영업시간이 끝난 후 나는 아메리칸 쇼트헤어를 케이지에 넣어 사무실로 돌아갔다. 가시와기 씨와 고타도 남아주었다. 시카다 씨가 노트북을 닫았다.

"아메리칸 쇼트헤어, 결국 입양 안 됐구나."

가시와기 씨가 내 어깨를 두드려주었다.

"죄송합니다."

고타는 고개를 가로저었다.

"입양이 안 될 땐 아예 안 돼. 어쩔 도리가 없다고. 가쿠 네가 최선을 다한 거 내가 봤어."

두 사람의 마음이 고마워서 나는 아주 조금 눈물이 날 것 같았다.

"그럼……."

가시와기 씨가 가슴주머니를 뒤져 스마트폰을 꺼냈다.

그때였다.

"제가 기를게요!"

"안 돼."

시카다 씨의 외침에 가시와기 씨가 즉각 대답했다.

"하지만 점장님, 그 아이 제가 들어왔을 때부터 봐서 그런지 남 같지 않다는 생각이 들어서……."

"시카다, 너 팔다 남은 동물을 전부 기를 수 있겠어?"

가시와기 씨의 목소리는 냉엄했다. 그런데도 시카다 씨는 굴하지 않고 다시 무슨 말을 꺼내려고 했고 그걸 막아선 사람은 가시와기 씨가 아닌 고타였다.

"네 마음은 충분히 알지만 참아야 해. 이 일은 입양되지 않은 동물을 불쌍하다고 여기기 전에 어떻게든 입양 보내겠다는 자세로 임해야 한다고. 동정심으로 길렀다간 입양이 안 되는 다른 아이들을 대할 수 없게 돼."

고타는 눈을 내리깔며 덧붙였다.

"너, 오늘까지는 우리 펫숍의 식구잖아."

가시와기 씨가 재차 스마트폰을 터치했다. 그리고 눈을 감고 일어섰다. 시카다 씨도 눈을 질끈 감고 말았다.

가시와기 씨의 스마트폰에서 울리는 통화음이 모두에게 들릴 정도의 정적이 흘렀다. 통화음이 멈춤과 동시에 가시와기 씨의 목소리는 다분히 사무적으로 바뀌었다.

"수고하십니다. 가미조 지점 가시와기입니다. 점장님은 아직 계신…… 아, 정말 감사합니다. 늘 신세 지고 있습니다. 실은 부탁이 있어서요. 저희 매장에 아메리칸 쇼트헤어가 남아버려서. 네, 붙임성은 좋습니다만. 아, 정말입니까? 살았다. 정말 감사합니다. 그럼 지금 팩스로……."

통화는 5분 가까이 이어졌다. 고타가 아메리칸 쇼트헤어의 점내 게시용 광고를 들고 와 팩스기 위에 올려놓았다. 어째선지 시카다 씨만이 멍하니 입을 벌리고서 가시와기 씨를 쳐다보고 있었다.

통화가 끝났다.

"고자키 지점에서 팔아줄 거야."

나는 속으로 안도했다. 눈물이 날 정도였다. 고자키 지점은 주택가 근처에 위치해 있어서 입양 매상이 제일 좋은 매장이었다. 분명 잘될 것이었다.

나는 케이지에서 아메리칸 쇼트헤어를 끄집어내 안았다.

"주인을 찾아주지 못해서 미안해."

아마도 나만의 확신이겠지만, 아메리칸 쇼트헤어의 "야옹" 하는 소리가 조금 부드럽게 들렸다.

"저, 저, 저, 저기!"

시카다 씨의 갈라진 목소리가 들려서 우리 세 사람은 동시에 그녀를 쳐다봤다.

"살처분, 안 해요?"

"뭐?"

이번에는 우리들의 목소리가 갈라졌다.

"그게 그러니까…… 안 팔리는 아이를 처분한다는 말을 자주 들어서……."

고타가 "너 진심으로 하는 소리야?" 하고 입을 쩍 벌렸다.

"그게, 며칠 전 보건소에 서류를 보내라고……."

아아…… 이제야 모든 게 이해됐다. 시카다 씨의 그늘, 그리고 "그것만은 납득이 안 돼"라고 읊조렸던 말, 그 이유가 전부 이해됐다.

그녀는 몰랐던 것이다. 그래, 내 탓도 조금 있다. 탈의실 앞에서 괴롭냐고 물었을 때, 나는 아메리칸 쇼트헤어가 안 팔려서 괴롭지 않느냐고 묻는 것이라 생각했었다. 그런데 사실 그녀는 팔리지 않는 동물을 보건소에 보내는 일이 괴롭지 않느냐고 물었던 것이었다.

가시와기 씨가 끼어들었다.

"저기 시카다. 우리는 판매인이야."

"그러니까 필요 없어진 아이는……."

"동물을 파는 것과 용품을 파는 것, 어느 쪽이 이익이 클까?"

회계 담당인 시카다 씨가 즉답했다.

"용품이요."

"덧붙여 용품을 원하는 손님에게는 공통점이 있어. 뭔지 알아?"

잘 알아듣도록 어르는 듯한 설명이었다. 시카다 씨는 잠시 고민하더니 말했다.

"반려동물을 키우고 있다……?"

"맞아, 단순해. 개체를 구매한 손님은 보통 웬만하면 다시 그 가게로 용품을 사러 오지."

시카다 씨는 여우에 홀린 것 같은 표정을 지었다. 생각해보면 쉽게 이해할 수 있는 일인데, 펫숍을 증오해서 깨닫지 못했던 것일지도 몰랐다.

내가 가시와기 씨의 뒤를 이어받았다.

"애초에 만약 정말로 우리가 살처분 같은 짓을 했다면 그만둔 아르바이트생 등이 진즉에 트위터 같은 곳에 올려서 악플이 쇄도했을 거야. 홈센터의 펫숍 이외의 부문에도 타격이 엄청났을 테고, 우리 매장에서 쇼핑하려는 고객 자체가 없어져버린다고. 신용이 깨지면 끝이니까."

시카다 씨는 당혹한 것 같았다. 줄곧 철석같이 믿고 있었던 일이 아니라고들 하니까, 당연하겠지.

"그리고 보건소 건은 말이야, 매입한 생물체 수와 판매한 수를 보고해야 할 의무가 있어. 펫숍이 팔다 남은 개체를 마음대로 들고 가지 못하도록, 그리고 멋대로 버리지 못하도록 말이지. 보건소 역시 살처분을 줄이기 위해 엄청 노력하고 있어. 현재는 정말 기쁘게도, 기르는 주인이 파양할 때조차 과정이 매우 엄격해.”

“에에? 뭐라고요?”

시카다 씨는 여전히 혼란에 빠져 있는 것 같았다.

“……나, 정말 죽을 만큼 동물을 좋아하거든?”

고타의 말이 끝나기도 전에 시카다 씨는 끄덕였다.

“나 같은 사람이 동물을 살처분하는 데에서 아르바이트할 리가 없잖아!”

……대단한 설득력이었다. 그제야 시카다 씨도 납득할 수밖에 없는 듯했다.

“그러면…… 다른 매장에 보내도 안 팔리는 아이는요?”

“지금으로서는 안 팔렸다는 아이는 들은 적이 없어. 하지만 사규상 신뢰할 수 있는 브리더에게 돌려주게 되어 있어.”

“브리더도 안 좋은 소문이 가득하잖아요.”

나는 마음이 무거워졌다. 분명 최근 쓰레기 같은 업자 탓에 우리 펫숍은 역풍을 맞고 있었다. 하지만 그건 나무만 보고 숲을 보지 않는 이치와 같았다.

“자, 다시 한 번. 내가 악덕 브리더에게 넘기는 걸 허락할 거라 생각해?”

나는 참 능글맞은 설득이라고 핀잔주고 싶은 걸 참았다. 나를 대신해 가시와기 씨가 편안한 표정으로 설명해주었다.

“우리 본점에서는 종종 브리더 조사를 나가고 있어. 기습 방문 같은 것도 해. 번식용이라 하더라도 열악한 환경에 놓여 있지는 않는지 체크하지. 혹시 앞으로 네가 다른 펫숍에서 반려동물을 입양할 경우에는 그런 것까지 알아본 뒤 납득할 수 있는 펫숍에서 가족을 늘리면 돼."

고타가 뒤를 이었다.

"우리는 구도 씨에게도 협력을 받고 있어. 신규 브리더가 똑바로 하고 있는지, 제대로 강한 의지를 갖고 임하는지 말이야. 그래서 펫숍과 브리더도 공생하는 관계라 할 수 있지."

그러자 갑자기 시카다 씨가 뚝뚝 눈물을 흘리기 시작했다.

"그럼 냥다로는 괜찮은 거죠?"

우리 세 사람이 세차게 끄덕이자 시카다 씨는 눈물을 그쳤다.

"마음이야 충분히 이해해. 나도 아르바이트 시작하자마자 맡았던 시바오가 마감일까지 입양을 못 갔을 때 정말 어떻게 해야 좋을지 불안해서 견딜 수가 없었어."

고타가 웃었다.

"점장님, 냥다로가 가게 될 곳이 고자키 지점이라고 하셨죠? 저는 본점의 회계 담당이니까 그 아이가 팔리는지 제대로 지켜볼게요."

가시와기 씨와 나는 쓴웃음을 지으며 서로를 마주 보았다.

"그런데 대체 왜 너희들은 동물한테 이름을 지어주는 거야?"

"왜 그렇게 이름 짓는 센스가 쇼와스러워?"

시카다 씨와 고타가 불만스러운 듯이 입술을 삐죽거리는데 마치 누나와 남동생처럼 똑 닮아서 나는 가시와기 씨와 한바탕 크게 웃었다.

　　냥다로라는 이름의 아메리칸 쇼트헤어가 내 팔에 안겨 작게 울었다. 나는 고양이를 꽉 껴안으며 반드시 행복해져야 한다고 마음속으로 속삭였다.

비 오는 날의 여우

천고마비의 계절, 하늘은 높고 말은 살찐다는 가을이라는데 작전 중인 나에게는 갓 시작된 가을을 즐길 여유 따위 있을 리가 없었다. 마이크 헤드셋에서 지지직 소리와 함께 긴박한 K의 목소리가 들려왔다.

"여기는 K. 응답 바란다, G. 목표물의 움직임은? 재규어는 투입 준비 완료."

나도 모르게 식은땀이 흘렀다. K는 작전 본부에서 대기하면서 방범 카메라를 빠짐없이 보고 있었다. 최종 병기인 재규어도 본부에 대기 중이었다.

"K, 기다려. 재규어는 너무 위험해. 이대로 나한테 맡겨줘."

나는 목표물을 주시하면서 조심조심 속삭였다. 목표물은 이십대 중반으로 보이는 젊은 남자로 회색 니트 모자를 쓰고 있었다. 이미 목표물은 행동을 끝마쳤고 남은 건 최종 관문을 통과하길 기다리는 일뿐이었다. 하지만 녀석은 이제야 나를 경계하기 시작했는지 좀처럼 움직일 기미가 안 보였다.

"투입은 불가피하다. 너무 늦다. 재규어는 온몸으로 투지를 내뿜고 있다. 이렇게 된 이상 누구도 막을 수 없다. 반복한다. 투입은 불가피하다."

"K! 내 얘기 좀 들어줘. 재규어는 안 돼. 내가 능숙하게 처리할게!"

나도 모르게 걸음이 빨라지며 목표물을 쫓아 코너를 돌았다. 그곳에 회색 모자는 없었다. 사라졌구나, 생각하며 멈춰 선 순간이었다.

"G! 목표물은 모자를 벗었을 뿐이다! 지금도 눈앞에……."

마이크 헤드셋에서 K의 목소리가 들려왔을 때에는 이미 늦었다. 목표물은 좌우를 두리번거리다가 천천히 뒤돌아 내 모습을……

동시에 누가 내 폴로셔츠 옷자락을 급하게 잡아당겼다. 시선을 돌리자 이번 작전의 정보 제공자, 라피스라줄리 아가씨와 레인맨이 서 있었다. 나는 무릎을 굽혀 자연스레 라피스라줄리 아가씨와 이야기를 나누는 자세를 취했다. 간신히 목표물과 눈이 마주치는 일은 피한 듯했다.

"괜찮아."

그녀는 긴 속눈썹을 내리깔며 신병을 칭찬하듯이 말했다.

"목표물은 실력자일세. 그 흑표범 같은 남자의 투입을 기다리는 수밖에 없겠어. 녀석은 재규어니까. 제군이여, 자네도 수고했네."

노련한 레인맨의 어설픈 말장난에 나는 억지 미소를 지었다.

마이크 헤드셋에서 재차 지지직 소리가 났다.

"여기는 K. 응답 바란다, G. 목표물은 최종 관문을 재빠르게 통과했다. 재규어를 투입하겠다. 괜찮나?"

나는 무력감에 압도당해 "알았어"라고 짧게 답했다.

나는 두 사람에게 인사하며 목표물의 등을 쳐다봤다. 목표물은 이제 막 가게 밖으로 나가려 하고 있었다. 내가 처리했어야 했는데…….

"재규어……GO! GOGOGO!"

K의 목소리가 웅웅 울려 퍼지는 그 순간이었다. 사무실에서 매장으로 곧장 통하는 문이 소리를 내며 열렸다. 동시에 칠흑 같은 바람이 내 곁을 스치며 달려 나갔다. 재규어였다.

"손님!"

그 한마디에 목표물은 딱딱하게 굳어 뒤돌아보았다. 하지만 때는 이미 늦어버렸다. 검은 정장을 입은 재규어, 즉 가시와기 씨가 맹렬한 기세로 달려 나갔다.

"거기 멈추세요! 계산대 통과 못 합니다아아아!"

목표물은 가시와기 씨의 호령에 주눅이 들어 주저앉고 말았다. 전력으로 절도범을 쫓을 때의 가시와기 씨는 정말이지 공포 그 자체였다. 말은 공손하지만 평소에는 내보이지 않는 야성으로 가득 찬 표정이 쫓기는 자에게 생명의 위협을 느끼게 했다. 도둑질은 용서하기 힘들지만, 쉽사리 사라지지 않는 트라우마까지 안긴 것에는 적어도 동정심이 일었다.

"여기는 K. 응답 바란다, G. 재규어가 목표물을 포획했다. 작전 성공이다!"

"고타, 그 코드네임 이제 그만 쓰자."

"폼이 얼마나 중요한데. 가쿠는 뭘 몰라."

마이크 헤드셋 너머로 고타의 볼멘소리가 들려왔다. 나는 절도범 제보자인 레인맨과 라피스라줄리 아가씨, 즉 호프만 씨와 유리에게 감사 인사를 했다.

이곳은 펫숍. 언제나 사건으로 가득한 내 직장이다.

        🐾

"가시 씨는 역시 야성적이라니깐. 절도범이 오줌을 다 지리더라."

고타가 금발을 손가락으로 돌돌 휘감으며 새초롬하게 칭찬했다.

사무실 창밖으로 순찰차까지 연행되는 절도범이 보였다. 기분 탓인지 자기가 먼저 나서서 순찰차에 올라타려는 것처럼 보였는데, 아마 기분 탓은 아닌 것 같았다.

방금 전 체포된 절도범은 "별실로 와주세요"라고 부드럽게 말하는 가시와기 씨에게 울부짖었다.

"유흥비가 욕심나서 온라인 경매에 올릴 생각이었어요! 용서해주세요!"

가시와기 씨, 정말 엄청난 사람이었다…….

"조금만 더, 나한테 맡겨줬어도 됐을 텐데……."

내가 한숨을 깊게 내뱉자 고타는 "자자, 결과 좋았잖아"라며 아하하 웃었다.

최근에 활개 치던 절도범으로 고민하던 우리에게 정보를 준 사람은 유리와 호프만 씨였다. 두 사람 모두 절도범이 방범 카메라의 사각지대에서 사료 등의 상품을 배낭에 담는 모습을 목격했던 것 같다.

그래서 나도 고타와 함께 몰래 살피고 있었는데 그럴 때마다 꼭 다른 손님에게 불려 가거나 우리가 긴장한 탓인지 매장의 동물들이 소란을 피우곤 해서 결정적인 현장은 포착하지 못했다.

그러던 중에 고타가 작전을 세웠다. 내용인즉슨 내가 철저하게 미행하다가 만약 동물들이 소란을 피우거나 손님에게 불려가게 되면, 방범 카메라의 모니터 앞에서 고타가 대기하고 있다가 서포터를 부르는 거였다. 절도범이 범행을 마친 뒤 계산대를 통과하면 내가 말을 걸고, 혹시나 의심을 사면 가시와기 씨를 투입한다는 아주 간단한 작전이었다.

"중요한 건 코드네임으로 서로를 부르는 것. 분위기가 고조되니까."

나는 그것만은 하지 말자고 제안했으나 고타는 제보자 두 사람의 코드네임까지 준비했다. 그 이후에도 절도가 계속되었기에 하는 수 없이 작전을 수행하기로 한 거였다.

사무실로 돌아온 가시와기 씨에게 나와 고타는 "수고하셨습니다" 하고 고개 숙여 인사했다. 그러자 가시와가 씨는 평소와 같은 부드러운 표정으로 말했다.

"수고했어. 두 사람 모두 잘해주었어."

"죄송해요. 제가 도움이 못 돼서……."

"그렇지 않아, 가쿠토. 네 덕분에 나는 패기를 갈고닦을 수 있었어."

……패기를 갈고닦는다는 표현을 말로 들은 건 처음이었고, 이다음에도 두 번 다시 없을 것 같았다. 그때 문 열리는 소리가 나더니 매장 업무를 도우러 나온 마키타 씨와 계산 담당의 파트

타임 아카이 아주머니가 들어왔다.

"점장님, 다른 손님들이 무서워하잖아요."

아카이 씨의 직언에 가시와기 씨는 "죄송해요" 하며 움츠러들었다.

"경찰이 가시와기를 쳐다보는 눈빛은 완전히 흉악범을 쳐다보는 것 같더라."

마키타 씨도 어이없어하는 표정이었다. 그녀는 오늘 휴무인데도 오로지 작전을 돕기 위해 펫숍에 들러주었다.

두 여자에게 혼이 나자 가시와기 씨는 더욱 위축되었다.

"자자, 잘 끝났으니 됐어요. 그보다 마키타 누님, 오늘 옷에 힘좀 줬네요. 이따가 데이트 있어요?"

고타가 분위기를 수습하고자 꺼낸 말에 공기가 한결 가벼워지는 것 같았다. 아카이 씨도 한마디 했다.

"나도 신경 쓰였어. 마키, 오늘 무슨 일이야?"

"이따가 소개팅 있거든! 이번에야말로 멋진 남자를 붙잡고 말겠어."

마키타 씨는 하얀 이를 드러내 보였다. 듣고 보니 평소보다 화장이 좀 더 꼼꼼하게 잘 먹은 것 같았다. 복장도……라고 생각했지만, 평소 마키타 씨가 어떤 옷을 입었었는지 떠오르지 않았다.

"역시 고타야. 다른 남자들은 꽝이네. 가시와기도 가쿠토도 그런 거 전혀 알아차리지 못한다니깐."

둔감한 편인 나와 가시와기 씨는 받아칠 말도 없어 가만히 고개를 숙였다.

❖

절도 소동이 벌어지고 이틀이 지났다. 나는 집에서 과제에 매달리고 있었다. 민속학 수업 과제로, 주제는 '인근 지역의 민간 전승과 동물'이었다. 나는 대상 동물을 여우로 정했다. 이유는 딱히 없었고 그저 이바라키 지역의 모양이 여우를 닮았다고 생각해서였다.

우리가 사는 이바라키에는 여우와 관련된 전승이 많다. 가사마이나리 신사는 일본의 3대 이나리* 중 하나며, 오나바케 신사라는 작은 신사는 여우와 깊은 관련이 있다.

처음에는 과제 때문에 하는 수 없이 조사를 시작했는데 하다 보니 점점 즐거워졌다. 특히 조사한 전승을 고타에게 이야기하는 게 즐거웠다. 고타는 아이 같은 반응으로 "그래서? 그래서?" 하고 다음 내용을 졸랐다. 게다가 내가 몰래 동경하고 있는 도마에게도 반응이 좋았고(도마는 펫숍의 손님이기도 하다. 와서 아

---

* 곡식의 신, 또는 그 신을 모신 신사로, 여우가 곡식의 신을 맡는 사자라는 의미로 '여우'를 '이나리'라고도 부른다.

무것도 안 사지만).

나는 맘껏 상상해보기 위해 여우 사진을 검색했다. 그런 다음 여우 전승에 대한 개인적인 생각을 정리해나갔다.

보통 여우라고 하면 그림동화나 이솝이야기에서는 교활한 이미지로 나온다. 하지만 일본에서는 신의 사자이자 여우에게 홀려서 생기는 정신병이나 귀신놀이로 대표될 만한 무서운 영적 생물로 그려지는 경우가 대부분이라 신비로운 전승이 많다. 특히 여자로 둔갑하는 이야기가 많은 편이다. 대표적으로 아베노 세이메이**의 모친인 구즈노하*** 이야기나 다마모노 마에**** 이야기를 들 수 있겠다.

쫑긋 세운 귀와 유연한 몸통, 가느다란 발과 통통한 꼬리, 앞으로 뾰족하게 튀어나온 코, 그리고 팽팽하게 당겨진 듯 눈초리가 매섭게 올라간 여우들이 모니터 화면에 비쳤다. 매우 영리해 보였고 동시에 왠지 모르게 뻔뻔스러워 보였다. 무엇보다 아름다웠다.

개나 고양이와 달리 인간과 거리가 먼데도 충분히 사람의 말

** 헤이안 시대에 활동한 음양사이자 조정 관리로, 일본 주술사 가운데서 가장 유명한 인물이다.
*** 덫에 걸려 위험에 빠진 하얀 여우를 구해줬더니 그 여우가 구즈노하라는 이름의 인간으로 둔갑해 결혼을 하여 잉태한 아이가 세이메이라 전해진다.
**** 헤이안 시대 말기, 도바 상황을 섬기던 금빛 털에 꼬리가 아홉 개 달린 여우의 화신이라 일컫는 미녀로, 우리나라에서는 구미호에 대한 전설로 다양하게 전해지고 있다.

을 이해해줄 것 같은 대상. 하지만 눈에 지성이 너무 지나쳐 뭔가 특별한 것(그야말로 신 같은 것)을 섬기고 있는 듯한 분위기. 그 미모와 대화에 따라서는 평행선을 달릴 것 같은 만만치 않은 분위기에 남자들은 여자의 이미지를 떠올리는 것 같았다.

겨우 과제를 정리한 뒤에 힘껏 기지개를 켰다. 스마트폰을 보니 고타에게서 SNS 메시지가 와 있었다.

'이거 봐봐. 최악이야'라는 한마디와 트위터 링크가 첨부되어 있었다. 나는 별생각 없이 링크를 눌렀다.

곧바로 카렌이라는 사람의 트위터로 연결됐다. 최근 올린 글이 천 회 넘게 리트윗 되어 있길래 '연예인인가? 누구지?' 싶었는데, 그 글에 달린 코멘트는 '죽어라'나 '인간쓰레기'와 같은 난폭한 말뿐이었다.

카렌 씨의 프로필을 보니 자기 얼굴 사진을 올려둔 평범한 여자일 뿐이었다. 자기소개에는 '촌구석 사이타마 거주(웃음) 남자 친구 있음☆'이라 적혀 있었다.

'이게 뭐야? 악플이 왜 이렇게 많아?'

내가 메시지를 보내자 고타는 바로 읽더니 답을 보냈다.

'엄청나게 많지. 와, 지인짜! 나 이런 거 완전 싫어!'

나는 스마트폰에 SNS 메시지 어플과 트위터 어플을 띄워놓고 번갈아 화면을 전환하다가 귀찮아져서 컴퓨터에 띄워져 있

는 여우 사진 옆에 다른 탭을 열어 주소를 입력했다. 한 손으로
는 컴퓨터를 하고 다른 손으로는 스마트폰을 하는 모습이 누가
보면 일 잘하는 비즈니스맨 같겠다.

카렌@일본 종단!
오빠가 생일에 뭐든 다 해주겠다고 해서 일본 최북단에
서 나에 대한 사랑을 외쳐달라고 했더니, 지금 당장 가겠
다고 그러네(웃음). 나도 가고 싶어서 대학교 수업 땡땡
이 치고 출발!
원래 홋카이도까지 갈 생각이었지만 아오모리 쯤에서
허락해주기로 했어(웃음). 출바알!

모니터에 띄워둔 SNS 창에 메시지를 적어 고타에게 보냈다.
'지금 보고 있는데 바보 커플이야?'
'그냥 바보 커플이라 아니라, 상바보 커플.'
트위터에는 그녀가 오빠라는 사람과 계속해서 어디를 통과
하고 있다는 자랑 글과 사진이 30분 단위로 올라오고 있었다.
모처럼의 드라이브 데이트니 남자 친구와 대화를 즐기면 좋
을 텐데, 하는 생각이 드는 건 내가 너무 아재스러운 탓인가.
'출바알!'의 소식 이후 스무 개째에서 '야호! 도착! 오빠가 진
짜로 외치고 있어! 너무 기뻐!!!!'라고 마무리되어 있었다.

음…… 축하합니다. 나와는 전혀 관계없지만.

카렌@일본 종단!

아오모리의 완전 허름한 도로 휴게소에서 북방여우를 발견. 엄청 귀여워서 내가 생일 선물로 갖고 싶다고 했더니 오빠가 감자칩으로 유인해 잡아주었다! 한 시간 정도 걸렸지만 귀여워. 오빠 고마워. 영원히 사랑해! 여우도! 빨리 돌아가서 이름 지어야지!

사진이 첨부되어 있어서 보니 아직 어린 새끼 여우였다.

'뭐야, 야생 여우를 잡은 거야? 이 인간들 바보 아냐?'

'거기에 물음표 안 붙여도 돼. 완전 상바보니까. 그리고 북방 여우가 아니고 붉은여우야.'

카렌@일본 종단!

가까운 펫숍에서 이동장을 샀다! 직원에게 여우를 넣을 거라고 했더니 재잘재잘 어쩌나 시끄럽던지, 결국 오빠가 폭발해버렸어(웃음). 여우는 여전히 바스락거리고 있답니다. 우리는 이제 집으로 돌아가요.

그 후 카렌 씨는 여우가 안정되었다느니 어쩌고저쩌고 태연하게 중얼거리고 있었다.

가슴이 아려왔다. 야생동물이 아무것도 모른 채 인간에게 붙잡혀 끌려가는 모습을 상상하는 것만으로도 눈물 날 것 같았다.

폭발적으로 리트윗 된 건 바로 그다음에 올라온 글이었다.

> **카렌@일본 종단!**
> 이바라키의 가미조라는 곳에서 고속도로를 빠져나와 잠깐 휴식. 여우가 깼다. 하지만 최악. 여우 오줌 냄새 완전 지독해! 이러면 기를 수 없는데. 우리 집 맨션인 데다가 옷에 냄새라도 배면 외출도 못 하고. 주변을 둘러보니 산이 하나 있어서 여기서 바이바이. 건강하게 지내…… 함께한 여행 즐거웠어……(눈물).

나는 더 참을 수가 없어서 고타에게 전화를 걸었다.

"저거 뭐야 대체! 그 카렌 골뱅이 일본 종단 여자!"

"지, 진정해. 나도 완전 폭발했지만……."

해도 해도 너무 제멋대로였다. 뭐가 '여기서 바이바이'야. 뭐가 즐거웠다는 거야. 나는 분노에 차서 소리를 지르고 싶었다.

"바보에 대한 분노는 일단 제쳐놓고, 아무래도 일이 꼬일 것 같아. 이 글, 무슨 포털 사이트로 퍼져서 꽤 여러 사람이 본 모양이야. 일단 가시 씨에게도 연락은 했는데 곧 성가신 일이 생길지도 모르겠어.”

“무슨 말이야?”

“에키노코쿠스라고 알아?”

이름은 알고 있었다. 과제 때문에 여우에 대해 구글 검색을 했더니 에키노코쿠스라는 용어가 여러 번 등장했었다. 관동 지역에서는 사례가 적지만 인간에게도 기생하는 위험한 기생충인 듯했다.

“아, 가시 씨한테 전화 왔어. 미안, 끊을게. 너무 화가 나서 너한테 알려주고 싶었어.”

“아냐, 나야말로 갑자기 전화해서 미안. 다음에 천천히 얘기하자.”

통화를 마친 뒤 나는 과제가 끝났을 때와는 다른, 만족감이라고는 전혀 느껴지지 않는 깊은 숨을 내뱉으면서 트위터의 다음 글을 읽었다.

카렌 씨…… 아니, 카렌이라는 인간은 그 이후 쏟아지는 대량의 ‘무책임자’, ‘인간쓰레기’와 같은 댓글에 대해 정면 대결을 청했다. 카렌이 ‘닭대가리 알계들’이라든가 ‘왕따 덕후 자식’으로 이름 붙인 사람들은 그녀에게 ‘죽어’라느니, 분명 20세기에 사라진 차별 용어와 같은 더러운 말로 욕설을 퍼부었고, 카렌은 그 몇 배 이상의 더러운 말로 받아치면서 추잡한 싸움으로 번져갔다.

뭐가 뭔지 잘은 모르겠지만 트렌드의 중심에 '여우'가 있는 것 같았다. 그렇지만 자고로 이런 추잡한 싸움은 관여하지 않는 게 최고였다.

나는 분노를 억누르며 대충 댓글들을 훑어봤다. 그저 카렌을 모욕하는 것만이 목적인 사람이 반이고 나머지 반은 에키노코쿠스에 관해서 이야기하고 있었다.

- 왜 하필 여우냐, 곧 심각한 전염병이 퍼지겠네.
- 에키노코쿠스를 지닌 여우, 보건소가 움직일 테고 포획 대책 같은 걸 세우려나?
- 너무 무개념이라 웃음도 안 나오네…… 여우를 데려오다니, 진짜 바보 아냐? 이바라키 시민에게 애도를 표합니다.

불안감을 부추기는 말들뿐이었다. 그중 믿을 만한 말은 대체 몇 개 정도일까?

- 여우를 데려왔다고? 조만간 이렇게 될 거야.
http://www.xx.ac.jp/xx/xx128.jpg

나는 사이트 주소가 유명한 대학 도메인을 사용하고 있음을 확인하고 흥미에 못 이겨 그만 클릭하고 말았다.

그 즉시 온몸에 소름이 돋았다. 링크를 타고 들어가자 쥐 해부도가 나왔던 것이다. 정말 맨눈으로 보고 싶지 않았는데, 쥐의 배는 뜨거운 물이 일시 정지된 것처럼 보글보글 거품 상태로 부풀어 있었고, 일부는 꽃양배추처럼 작은 하얀 좁쌀 같은 것이 붙어 있었다.

나는 곧바로 그 창을 닫고 크게 숨을 내쉬었다. 기괴한 사진이 사라지자 원래 검색해두었던 여우 사진이 떴다. 갑자기 여우가 무서운 생물처럼 여겨져 나는 또다시 창을 닫았다.

그러자 카렌의 트위터 창만 남아 댓글이 눈에 들어왔다.

- 인간한테 옮으면 큰일이야. 성충이 되기까지 5년에서 10년 걸린대. 그러니까 5년 후부터 10년 후에 사망자가 왕창 생길 거라고. 대량 살인자☆카렌.
- 이런 사람이 있으니 가여운 동물이 늘어나는 겁니다. 애니멀 러버스 대표로서 고미야 게이코는 당신을 규탄합니다.
- 우리 집엔 애가 있는데, 무섭네. 어떡해. 악마 같은 것 좀 데려오지 마!

어쩌면 말도 안 되는 일이 벌어진 것일지도 몰랐다. 등줄기가 서늘해졌다. 그런 와중에 댓글 하나를 발견했다.

- 당신의 경솔한 행동에 대해 여러 가지로 하고픈 말이
많지만 우선은 적절한 기관에 상담하세요. 내일이라도.

그 글을 쓴 사람은 'KO_TA@동물왕국만들고싶다'라는 닉네임을 쓰고 있었다. 그제야 겨우 나는 진정을 되찾았다. 냉정한 눈으로 자세히 보니 이외에도 괜찮은 의견이 있었다. '아이리스 씨'라는 사람도 분노를 담고 있으면서도 모두에게 충고했다.

- 너무 난리를 치네. 이 사람에게는 분노밖에 안 느끼지만 불안감을 선동해서 어쩌자는 거죠? 그 여자랑 같은 죄를 저지르는 거예요! 여우는 내가 데리고 돌아가겠습니다! 이바라키에 살고 있고 곧 아오모리로 갈 예정이니까!

그때 고타에게서 SNS 메시지가 왔다.
'가시 씨가 좀 과민해졌어. 음, 에키노코쿠스에 대한 이미지가 아주 안 좋은가봐.'
'이미지? 그거 굉장히 위험하다고 하던데······.'
'역시 그렇게 생각하게 되지. 좋아, 내일 영업 시작 전에 가시 씨에게 에키노코쿠스에 대해 설명할 건데 가쿠도 와. 가능하면

우리 펫숍에서 한 명 정도는 더 올바르게 이해해줄 사람이 필요하니까.'

나는 메시지를 읽자마자 답장했다.

'당연히 참가할게. 아, 그리고 때가 되면 고타의 동물 왕국에 초대해줘.'

'내 계정 찾아보지 좀 마! 사적인 공간이니까!'

나는 그제야 살짝 웃음이 나왔다.

다음 날 아침에는 당장이라도 비가 내릴 것처럼 날이 흐렸다. 나와 고타가 영업 시작 두 시간 전에 펫숍에 도착하니 가시와기 씨가 경보장치를 해제하고 있었다.

"오오, 가쿠토도 왔네. 시급은 줄 테니까 안심하라고."

가시와기 씨는 억지웃음을 지었지만 역시 불안해 보였다. 우리 셋은 사무실의 응접실로 들어갔다. 나와 가시와기 씨는 옆으로 나란히, 고타는 우리 앞에 앉았다.

"갑작스럽지만 야생 여우 건이야. 여우에게는 에키노코쿠스라는 기생충이 있어서 그게 굉장히 위험하다고 해. 감염 위험은 말할 것도 없고 문의가 들어왔을 때의 대응 등 여러 가지를 검토할 재료가 필요해."

머뭇거리던 나는 손을 들었다.

"정말로 문의가 와요? 어차피 인터넷에서는 악플이 엄청 달렸고, 손님이 알고 있을 가능성은 높지 않잖아요."

"문의 올 거야. 틀림없이."

고타가 단언했다.

"오늘 아침 방송에도 나오더라. 노인 대상의 와이드 쇼였지만. 종종 인터넷의 악플 소동을 내보내는, 요즘 젊은이는 이래서 안 된다는 코너가 있거든. 제멋대로인 젊은이가 동북 지역에서 주워 온 여우를 이바라키 가미조에 버렸다고 확실하게 말했으니까."

나는 한숨을 내뱉었다. 일에 따라서 이렇게 무의미하게 시끄러워질 수도 있구나 싶은 생각이 들었다. 가시와기 씨는 떨떠름한 얼굴을 하고서 말했다.

"그럼 고타, 설명 부탁해."

고타는 흐흠, 하고 헛기침을 한 번 했다. 그러고는 무슨 이유에선지 가방에서 스케치북을 꺼내 무릎에 올렸다.

"강의를 시작하기 전에 전제로서 그 트위터 속 여우에 대해 설명할게요. 어디까지나 제 생각이지만, 그 여우는 에키노코쿠스 감염 가능성은 굉장히 적다고 생각하고 있어요. 감염 가능성이 가장 높은 종은 홋카이도의 북방여우예요. 화제의 그 여우는 붉은여우고, 여우가 붙잡힌 도로 휴게소는 아오모리의 남쪽 장소였어요. 홋카이도나 세이칸 터널과는 멀리 떨어져 있는 데다, 도로 휴게소에 아침 일찍 전화해서 물어봤더니 근처 산에서 붉은여우를 발견하는 경우는 종종 있었지만 에키노코쿠스가 퍼진 적은 없대요."

고타는 눈이 충혈되어 있었다. 아마도 어젯밤부터 자지 않고 여러 가지로 알아봤겠지. 그 노력에 나는 진심으로 존경심이 일었다.

"하지만 가능성이 제로는 아니잖아?"

"물론 제로는 아니죠. 그래서 지금부터 정확한 지식을 설명할 거예요."

고타는 크게 숨을 내쉬었다.

"그러면 다시 강의를 시작하겠습니다. 먼저 에키노코쿠스의 중간숙주와 종숙주에 대해 알아보도록 하죠. 그리고 최종적으로 왜 에키노코쿠스가 위험한지 배워보겠습니다."

역시, 과거의 수의학도라 그런지 고타의 강의는 꽤 폼이 났다.

고타는 "먼저 이것을 봐주세요"라고 말하며 스케치북을 넘겼다. 스케치북에 그려진 '우〈'라는 수수께끼 같은 암호와 그 옆에 그려진 '♂' 기호를 보다가 내가 손을 들었다.

"네, 가쿠 학생."

"기생충인데, 성병의 일종이야?"

"왜 그렇게 생각하죠? 가쿠 학생, 사춘기인가요?"

"아니, 그러니까 수컷과 암컷 마크가 그려져 있잖아."

가시와기 씨도 응응 하고 끄덕였지만 고타 선생은 얼굴을 찌푸렸다.

"······가쿠 학생, 50점 감점."

"뭐? 어째서?"

"이건 사람과 쥐예요!"

······당연히 못 맞힐 수밖에. 아무래도 수수께끼 같은 '♀' 암호는 사람을, '♂' 마크는 동그라미가 쥐의 몸통이고 화살표가 꼬리를 뜻하는 듯했다.

"수의학부에는 검체 사진이 있다고 들었는데······."

가시와기 씨가 심각한 표정으로 말했다.

"급하게 그린 거라 어쩔 수 없어요! 가시 학생도 50점 감점!"

완전 폭군이 따로 없었다. 고타는 다시 흐흠, 하고 헛기침을 한 번 하고서 강의로 돌아갔다.

"쥐나 사람은 중간숙주예요. 중간숙주란 기생충의 알이 부화하여 유충으로서 생활하는 장소입니다."

나는 다시 손을 들었다.

"유충으로? 트위터에 5년에서 10년이면 성충이 된다고 적혀 있던데."

고타 선생은 응응 하고 두 번 끄덕였다.

"굉장히 좋은 질문이에요. 그런 것들이 오해를 초래하죠. 확실하게 말할게요. 그건 헛소문이에요. 인간의 체내에서 에키노코쿠스는 성충이 될 수 없습니다."

오호…… 가시와기 씨와 나는 동시에 탄성을 질렀다. 인터넷의 정보를 그대로 받아들인 것이 부끄러웠다.

"뭐, 그렇기 때문에 위험하지만요…… 그건 나중에. 자, 강의로 다시 돌아갈게요."

고타 선생은 스케치북을 한 장 더 넘겼다.

'종숙주. 그러니까 슈슈쿠슈'로 읽으면 된다고 친히 발음까지 달아 썼다.

"슈슈쿠슈. 슈가 세 개나 들어가네요. 간장공장 공장장처럼 혀 꼬이는 잰말 놀이 같죠. 어디 보자, 예를 들면 슈슈쿠슈 슈바시코우*라든가……."

고타 선생이 그렇게 말한 순간 가시와기 씨가 말했다.

"새 이야기는 그만해!"

"와우, 가시 학생. 슈바시코우가 새라는 걸 잘도 아네요."

"아, 지피지기면 백전백승이니까. 최근에 도감을 외우기 시작했거든."

……정말 쓸데없는 노력이었다. 가시와기 씨는 최근에 잉꼬 유리의 울음소리에는 전혀 동요하지 않게 되었으나 다른 새의

* 홍황부리새의 일본식 발음.

울음소리에는 여전히 흠칫거렸다. 이런 눈물 나는 노력이 언젠가 인정받아야 할 텐데…….

"자, 이야기가 또 새버렸네요. 다시 종숙주 이야기를 시작하겠습니다. 종숙주는 말하자면 기생충에게 이상의 환경, 즉 마지막 거처입니다."

고타 선생은 언제 펜을 꺼냈는지 '종숙주'란 단어에 화살표를 그었다. 그리고 화살표 끝에 '여우·개·고양이'라고 썼다.

"사실은 호적 숙주라든가 비호적 숙주 등 여러 가지가 있지만 우선 중요한 것부터. 에키노코쿠스의 중간숙주인 쥐를 여우가 잡아먹는다고 해보죠. 그러면 에키노코쿠스는 여우의 몸속에서 친충**이 됩니다. 그리고 알을 여우의 똥과 함께 배출해요. 그것이 주기가 되죠. 즉……."

"오. 왠지 알 것 같아. 그 똥과 함께 나온 알을 또다시 쥐가 먹거나 해서 몸속에 넣는 거구나."

가시와기 씨의 말에 고타 선생은 만족했다.

"정답. 여우나 쥐의 몸에 기생하고 음식물 연쇄 주기에도 기생해요. 에키노코쿠스뿐만 아니라 기생충은 매우 흥미로워요. 생명의 신비를 느끼게 되죠."

나는 생기 넘치게 이야기하는 고타가 믿음직스러웠다. 역시

** 부모가 되는 성충.

고타는 이럴 때 가장 빛이 났다.

"자, 드디어 강의도 최종 단계에 들어가겠습니다. 여기까지 질문 있는 사람?"

나와 가시와기 씨는 동시에 손을 들었다.

"가쿠 학생이 빨랐네요. 질문하세요."

"종숙주끼리, 예를 들어 개들끼리 서로 감염시키는 경우는 없어?"

"없어요. 그러니까 펫숍의 개 한 마리가 감염돼도 그 후에 다른 개체로 퍼지는 일은 절대로 없습니다. 덧붙이자면 중간숙주끼리도 전염이 안 돼요. 다시 말하자면 인간끼리도 전염이 안 된다는 뜻이죠."

과연 펫숍의 직원답게 가려운 곳을 시원하게 긁어주는 대답이었다.

"하는 김에 질문 하나만 더 할게. 만약 종숙주가 알을 먹게 된다면……."

"딱히 아무 일도 안 일어나요."

고타 선생이 너무 아무렇지도 않은 듯이 말해서 나는 조금 어안이 벙벙해졌다.

"다음, 가시 학생."

"중간숙주에서 종숙주로 감염된다면 손님으로부터 개체로 전염되는 일은?"

"이론상으로는 있을 수 있어요. 하지만 종숙주는 에키노코쿠스가 잔뜩 있는 부분을 먹지 않는 이상 감염되지 않아요. 보통의 접촉은 괜찮아요. 설령 에키노코쿠스가 체내에 들어 있는 손님이 와서 생물체의 얼굴을 마구 핥고 딥키스를 나눠도 문제없습니다. 손님 입장에서는 문제가 있겠지만."

내 안의 개운치 않은 에키노코쿠스라는 두려움에 대한 공포가 서서히 형태를 수반한 것으로 바뀌었다. 재난영화 같은 확대감염과는 다른 차원이었다. 그런 당연함을 깨닫는다.

"결국 여우에게 접근하지 않으면 된다는 말이야?"

"아니, 그게 문제가 아니고요. 모두 여우가 무섭다고 말만 하지, 대책에 대해선 거의 알지 못하고 있어요. 그게 제일 무섭죠."

스케치북이 넘겨졌다. 거기에는 '왜 에키노코쿠스가 위험한가'라고 적혀 있었다. 고타 선생의 얼굴이 갑자기 흐려졌다.

"선생님은 고민했어요. 에키노코쿠스가 어떻게 중간숙주 안에서 자라는지, 쥐의 해부도를 보여줘야 하나 생각했죠. 하지만 그것만은 두 번 다시 보고 싶지 않아요……."

그 마음이야 나로선 차고 넘치게 이해됐다.

"에키노코쿠스는 조금 전 말했듯이 종숙주의 몸에서 나와 그것이 중간숙주, 그러니까 인간이라 가정해보죠. 인간의 몸에 들어갑니다. 예를 들어 여우의 똥이 묻은 풀을 만지고 그 손으로 입을 만지거나 알이 든 생수를 마시는 등, 그런 식으로 인간이

중간숙주가 됩니다. 그런데 사실 인간의 몸에는 에키노코쿠스도 안 들어가고 싶어 해요. 앞에서 잠깐 언급했었는데, 쥐는 호적 숙주이고 인간은 비호적 숙주라고 했잖아요. 호적 숙주인 쥐와 달리 인간의 몸속에서는 발육 상태가 안 좋아요. 게다가 인간은 다른 동물에게 거의 잡아먹히지 않으니 종숙주로 이동도 안 돼요. 그러니까 인간의 몸에 들어온 에키노코쿠스는 계속 유충인 채로 몸집만 커져요. 그래서 5년이나 10년이 지나야 겨우 인간에게 자각증상이 나타나죠. 나른함이나 황달 같은 거요. 감염된 사실을 알아챘을 때에는 이미 간 기능 장애나, 최악의 경우에는 뇌에까지 기생하게 되어 손쓸 수 없는 경우도 있어요. 그래서 무섭다는 거죠."

으…… 그러고 보니 얼마 전 매장 주차장에서 풀을 베었는데 그러고 나서 손을 씻었던가…… 형태를 갖춘 공포가 갑자기 가깝게 느껴졌다.

"자, 이제 드디어 마지막입니다. 에키노코쿠스의 대처법에 대해 알아보죠. 트위터의 그 여우가 에키노코쿠스에 감염됐다고 가정해봅시다. 여우는 어디까지나 중개적 존재예요. 접근만 안 하면 된다는 문제가 아니에요. 예방 차원으로 물 끓여 마시기, 깨끗하게 손 씻기. 그리고 가장 중요한 게 있어요. 뭔지 아는 사람?"

나와 가시와기 씨는 잠시 침묵했다. 가장 중요한 것이라……

대체 뭐지?

여우는 자유롭게 활보하고 있다. 그 사이에 똥을 누고 쥐가 그것을 먹어 에키노코쿠스에 감염됐다고 해보자. 하지만 쥐는 중간숙주니까 인간에게 직접적인 피해는 미치지 않을 것이다. 역시 위험한 건 종숙주겠지. 종숙주는 역시 여우……

아! 머릿속에서 뭔가가 번뜩였다.

"알았다. 개도 종숙주니까, 목줄 없이 산책시키게 되면 에키노코쿠스에 감염된 들쥐를 잡아먹거나 몸에 알을 묻힌 채로 집에 돌아가게 돼. 그래서 주인에게 옮기는 거지."

"정답."

고타 선생은 만면에 미소를 띠었다.

"그럼 요약해보죠. 에키노코쿠스는 인간에게 굉장히 위험해요. 하지만 트위터의 그 여우는 에키노코쿠스 감염 가능성이 지극히 낮아요. 우리 펫숍의 동물들이 걸릴 가능성도 지극히 낮으며 손님이 달고 올 가능성도 없어요. 인간이 주의해야 할 것은 에키노코쿠스 알에 절대로 접촉하지 않는 것과 동물을 방치하지 않는 것."

나와 가시와기 씨는 크게 끄덕였다.

"자, 이제부터가 본제이려나. 가시 씨, 그래서 우리 펫숍은 어떻게 대응할 거예요? 이상하게 소문이 퍼져 소란이 커지게 될 경우도 대비해야 하고."

고타가 평소의 얼굴로 돌아왔다. 가시와기 씨는 팔짱을 끼고서 으음, 하고 중얼거렸다. 나는 손을 번쩍 들었다.

"저기, 포스터를 만드는 건 어때요? 위기감을 부추기지 않고 주의를 하라는 의미 정도로. 가능하면 오늘 영업 시작 전에."

"그거 좋네. 어린아이들도 이해할 수 있도록 만들어야겠어."

가시와기 씨와 고타는 동의해주었다.

"아자! 그럼 나는 매장용 문의 대응 매뉴얼을 만들게요."

고타가 말한 '이미지의 문제'라는 것이 차츰 이해되었다. 에키노코쿠스에 대해 그 기괴한 해부도를 보거나 또는 '인체에 지극히 유해'하다는 정보뿐이라면 패닉은 피할 수 없었다.

트위터의 댓글들이 떠올랐다. 제일 처음 몇 명이 동요하고, 그것만을 보고 겁을 내는 사람이 나오게 되는 사이클이었다. 의미 불명의 위험을 두려워하는 것은 뿌연 안개를 두려워하는 것과 같았다. 그러나 정확한 지식을 얻는 것만으로도 안개가 걷히고 위험의 정체가 보였다. 그리고 무엇을 어떻게 주의해야 좋을지도 저절로 보이게 되는 이치였다.

그래서 영업 시작 전까지는 정신이 하나도 없었다. 나와 가시와기 씨는 고타의 조언을 받으며 포스터를 만들었고 고타는 단적으로 알기 쉬운 매뉴얼을 만들었다. 영업 준비 자체는 정시에 출근한 아카이 씨와 마키타 씨에게 전부 맡긴 격이 되었는데 아슬아슬하게 시간에 맞출 수 있었다.

나는 밝은 마음으로 외쳤다.

"영업 시작하겠습니다!"

우리 펫숍을 찾은 손님 수는 오전 중에만 2백 명가량 되었다. 그중 에키노코쿠스에 대한 문의는 내가 받은 것만 해도 열다섯 건에 달했다. 손님의 반응은 깔끔하게 둘로 나뉘었다. 과잉 반응과 무관심. 영업을 시작하자마자 "텔레비전에서 봤는데 우리 개는 괜찮나요?"라고 질문해오는 손님, 포스터에 적힌 '에키노코쿠스'란 글자를 본 것만으로도 겁을 내던 손님도 있었다. 반면 무관심한 손님들은 포스터에 눈길도 주지 않았다.

과잉 반응을 한 손님 중에서도 브라운 씨는 조금 특이했다. 브라운 씨는 여느 때처럼 한 손에 고양이 통조림을 들고 와 말했다.

"정말로 세상이 어떻게 돌아가고 있는 건지. 무책임한 것도 정도가 있지."

평소와 다름없는 온화한 표정이었지만 목소리는 놀랄 만큼 차가웠다.

"동물을 무책임하게 기르는 사람은 사형시키면 좋겠어."

브라운 씨는 아무래도 고타 같은 동물 원리주의자인지 여전히 화가 잔뜩 나 있었다.

"이웃 맨션은 애완동물을 키워도 되는 곳이긴 한데, 그렇다고 대형견을 기르는 사람이 있어요. 가능하다고 무턱대고 해서는 안 되지. 그 좁은 곳에서 키우다니 정말 제정신인가."

꽤 어려운 문제였다. 내가 대하는 손님 중에도 맨션에서 개를 키우고 있는 사람이 몇 있었다. 그들은 하나같이 동물에게 미안한 마음을 가지고서 단독주택으로 이사하기 위해 노력하거나 실내에서 마음껏 놀 수 있도록 여러 가지 노력을 기울이고 있었다. 그들의 마음을 부정하고 싶지 않았다.

"뭐, 이런저런 사정이 있는 사람도 있으니까요……."

그렇게 적당히 얼버무리자 브라운 씨는 "여우 사건으로 나도 모르게 흥분해버렸네요. 미안해요" 하면서 갑자기 차분해졌다.

"정말로 빨리 해결되면 좋겠어요."

내가 그렇게 말하자 브라운 씨는 "그러게요" 하며 웃었다.

나는 포스터가 많은 사람의 불안감을 풀어준다고 자부했다. 하지만 역시 근본적인 걸 해결하기에는 역부족이었다. 그 사실이 조금 억울했다.

정오를 지난 무렵 방울 소리 같은 게 났다.

"어이, 펫숍 보이."

나도 모르게 입꼬리가 올라갔다. 뒤돌아보니 예상대로 도마가 서 있었다. 사려 깊은 눈빛은 이름이 지닌 뜻 그대로 겨울의 대자연에서 기도를 드리는 준마의 것 같았다.

"포스트 봤어. 그 트위터 때문이지?"

"너도 알고 있었어?"

"친구가 알려줬어. 믿을 수가 없더라. 어째서 그런 분별없는 짓을 할 수 있는 거지?"

나와 도마는 나란히 한숨을 내뱉었다.

"근데 저 포스터 알기 쉽게 만들었네. 나도 에키노코쿠스는 엄청 무섭다고 믿고 있었는데 공부가 되었어. 저거 네가 만든 거야?"

여기서 "응!" 하고 멋지게 말하면 좋겠으나 당연히 그럴 수 없었다. 고타의 도움 덕분이었으니까. 나는 때마침 물품 보충을 끝낸 고타를 손짓으로 불렀다.

"왜 불러? 이분은 누구?"

"아직 소개 안 했나? 나랑 대학 동기인……."

"어? 맨날 아무것도 안 사는 그 손님이다!"

또 쓸데없는 말을…… 도마가 킥킥거리며 인사했다.

"가쿠토한테 이야기 많이 들었어요."

"가쿠, 혹시 네 여자 친구……?"

고타가 팔꿈치로 내 겨드랑이를 쿡 찔렀다. 내가 무슨 말을 하기 전에 도마가 "아니에요" 하며 가볍게 부정했다. 뭐, 맞는 말이지…….

"아, 가쿠의 친구인 줄 몰랐어요. 게다가 전에 가게에서 봤을 때랑 머리가 변해서 못 알아봤어요."

도마가 포스터에 대해 물어 고타가 자랑스럽게 대답하는 동안 나는 도마의 머리를 유심히 봤다. 듣고 보니 중간 길이의 머리칼은 끝이 동글동글 예쁘게 말려 있었다. 이전에는…… 아마도, 쇄골까지 머리가 길어 있었던 것 같다.

나는 이런 것에 정말로 둔감했다. 바로 전날에도 절도범이 모자만 벗었을 뿐인데도 알아차리지 못했지, 소개팅을 위해 작정한 마키타 씨의 변화도 그대로 지나쳐버려 혼난 참인데…….

"가쿠?"

"응? 아, 아무것도 아냐."

"가쿠라 부르는 거 왠지 좋은데. 다음부터는 나도 그렇게 불러볼까나."

도마가 싱긋 웃었다. 그러는 바람에 가슴이 쿵쾅대기 시작했는데 갑자기 뒤에서 누가 말을 걸어왔다.

"실례. 잠시 이야기 나눌 수 있겠나?"

돌아보니 한 달에 한 번 꼴로 찾아오는 무타 할아버지가 서 있었다. 어딘가 불안해 보이는 모습에서 단번에 에키노코쿠스 때문이라는 느낌이 확 왔다.

"그럼 다음에 봐."

도마는 작은 소리로 말하고는 가버렸다. 나와 고타는 동시에 영업용 미소를 지으며 입을 모아 말했다.

"네, 편하게 말씀하세요."

무타 할아버지는 우리 매장 근처에서 농원을 운영하고 계셨다. 흙냄새와 얼굴에 새겨진 깊은 주름이 실로 매우 적절히 섞여 있어 과연 '호호야'라는 말이 안성맞춤이었다. 실제로는 매장 인근 토지의 지주로 엄청난 부자인 듯했지만 그럼에도 우리들에게 예의 바르게 대해주는 멋진 손님이었다.

항상 초등학생에서 중학생 정도의 나이로 보이는 손자와 애견 웰시코기를 데리고 매장을 찾는데 오늘은 웬일로 혼자 오신 것 같았다.

"포스터 봤소만, 여우가 병을 지니고 있나? 인간이나 개에게도 옮긴다고 적혀 있어 걱정이 돼서 말이야."

나는 에키노코쿠스가 병이 아니라 기생충이라는 사실을 전했고 고타는 공손하게 예방책을 알려드렸다.

"잘 모르겠네만 위험하지는 않다는 말이지?"

할아버지의 불안한 표정은 어렴풋이 희망으로 기울고 있었다. 나는 고개를 끄덕이고 싶었다. 하지만 단언해서는 안 됐다. 고타가 말한 것처럼 어디까지나 가능성이 낮을 뿐이니까. 접객

---

* 好好爺. 인품이 아주 훌륭한 늙은이.

업에서는 무슨 일에 대해 단언하는 게 참으로 어렵다.

고타도 머뭇거리며 말했다.

"전혀 위험하지 않다고 단정 지어 말씀드릴 수는 없습니다. 주의하는 게 가장 중요해요."

무타 할아버지는 어린아이에게 옴을 위험성과 개가 옮았을 때 어떻게 대처해야 좋은지 걱정되어 쉴 새 없이 질문을 퍼부어 댔다. 이 건은 고타에게 맡기는 편이 좋겠다고 생각하고 있는데 호프만 씨가 불쑥 찾아왔다.

"여우 소동으로 여유가 없군."

나는 말이 끝나기 전부터 억지웃음을 지었다.

"며칠 지나면 모두 잊을 걸세. 다만 방심은 금물이지. 인간은 쉽게 안심하는 동물이지만 신변에 위험을 느끼면 지금까지의 안심 요소는 단숨에 불안 요소로 바뀐다네."

호프만 씨의 목소리가 진지해져서 나도 모르게 웃음을 거뒀다. 그는 한숨을 쉬며 사라졌다.

나는 여우에게 홀린 듯한 표정이 되었다. 호프만 씨의 말장난이 조금 어설픈 거야 평소와 다름없었지만 묘하게 비관적인 말투가 조금 신경 쓰였다.

사라져가는 호프만 씨의 등을 물끄러미 바라보고 있는데 고타가 말했다.

"무타 할아버지는 일단 납득하신 것 같아."

동시에 마이크 헤드셋에서 "가쿠토랑 고타, 휴식 시간이야"라는 가시와기 씨의 목소리가 들려왔다.

사무실에 들어가 샌드위치를 덥석 베어 물었다.

"가쿠는 문의 몇 건이나 받았어?"

"열다섯 건. 고타는?"

"비슷해. 꽤 힘드네."

이런 대화를 나누고 있는데 사무실에서 근무 중이던 마키타 씨가 불쑥 물었다.

"두 사람 모두, 전화 문의는 몇 건이었을 것 같아?"

목소리가 꽤 곤두서 있었다.

"짐작도 안 가네요……."

"서른두 건. 안 그래도 바쁜데 못해먹겠네…… 더군다나 어떤 잘난 체하는 놈이 똑바로 대처하라느니 어쩌라느니 하면서 지껄이질 않나……."

고타가 내게 귓속말을 했다.

"마키타 누님, 예민한 상태네. 전에 한 소개팅도 꽝이었다고 폭발했었거든."

"고타, 너 뭐랬어?"

마키타 씨가 고개를 들었다.

"아무것도 아니에요, 누님! 자자, 곧 줄어들겠죠. 가시 씨와 가쿠가 만든 혼신의 포스터도 있으니."

마키타 씨는 여전히 불만인 표정으로 끄덕였다.

"그러고 보니 가시와기의 부탁으로 만일을 위해 보건소에 여우 문제에 대해 문의했는데 아무것도 안 해도 된대. 도시의 유해동물 피해 지정에도 포함 안 되어 있으니 내버려두는 수밖에 없다고."

가미조에 야생 너구리는 있었지만 여우는 없었다. 야생 너구리도 수가 적어서 분명 유해 동물 피해로 지정되지 않은 상태일 거였다. 살처분 하려는 움직임이 없는 것에는 안심됐지만 동시에 견딜 수 없는 답답한 기분이 들었다. 내버려두는 수밖에 없다는 말은, 아오모리에서 억지로 끌려온 여우에게 도움의 손길을 내밀 사람이 아무도 없다는 뜻이었다.

．．．

여우 소동이 일어난 지 사흘이 지나자 에키노코쿠스에 관한 문의는 완전히 사라졌다. 인터넷에서는 카렌의 음주운전이 발각되어 떠들썩해지면서 여우 소동에는 모두가 흥미를 잃은 모양이었다. 그래도 나는 여우가 신경 쓰여 견딜 수 없었다.

출근해 사무실에서 타임카드를 찍었을 때 전화가 울렸다.

"점장님 지금 있어?"

아카이 씨였다. 목소리로 미루어보아 좀 급한 듯했다. 나는 곧바로 가시와기 씨의 전화로 연결했다.

"가시와기입니다. 아, 네. 아, 그렇습니까…… 아뇨, 아카이 씨의 판단은 문제없어요. 걱정 말아요…… 우리 쪽에서는 아무 말도 할 수 없으니까. 네, 그럼 잘 부탁해요."

가시와기 씨의 목소리는 처음은 불온하게, 그리고 끝은 부드럽게 들렸다. 아마도 아카이 씨를 배려해서 그런 것 같았다.

"무슨 일이에요?"

이런 상황에서 내가 머뭇거리는 동안에 서슴없이 질문을 해주는 고타는 참으로 의지가 됐다.

"별로 좋은 뉴스는 아냐."

안 좋은 예감이 들었다. 아무래도 여우에 관한 것 같았다.

"무타 할아버지네 비닐하우스의 포도가 망가진 모양이야."

이 주변에는 들개도 없었다. 가시와기 씨의 이야기에 의하면 무타 할아버지는 보건소에 연락해 비닐하우스에 남은 발자국이 여우의 것이라는 말을 들었다고 했다. 그런 다음 우리 매장에서 거의 모양만 갖춰 진열되어 있는 야생동물 포획용 올가미 상자를 사 간 것 같았다.

"아카이 씨가 무엇에 쓸 거냐고 슬쩍 물어봤더니 할아버지가 눈을 부라리며 여우를 잡을 거라고 하신 모양이야."

그때 분명 할아버지는 고타의 설명을 차분히 들으셨다. 그러나 여우의 존재를 직접 목격하고서는 패닉에 빠진 듯했다.

호프만 씨가 했던 말이 다시 생각났다. 신변에 위험을 느끼면 지금까지의 안심 요소는 단숨에 불안 요소로 바뀐다는 그 말.

"유해 동물 포획은 시의 허가가 필요하지 않나요? 겨우 포도 한 송이나 배설물 냄새 정도의 피해라면 생활환경 유해 동물로 취급되니까 그냥 쫓아내버리면 되잖아요."

고타의 말은 평소보다 빨랐다. 정확하게는 모르겠지만 아무래도 유해 동물의 포획 기준에 대해 얘기하는 것 같았다.

"무타 할아버지는 시장의 후원자야. 이 지역의 유권자에 대한 발언권도 커. 게다가 조그만 텃밭이 아닌 직업 농가야. 그러니 농림 피해에 해당돼. 여기까지 이야기가 빨리 진행된 건 시장과 직접 담판 지었기 때문일지도 모르지."

무타 할아버지의 평소 모습이 뇌리를 스쳤다. 오른손으로는 웰시코기의 목줄을 잡고 왼손은 손자의 어깨에 올리고 있었다. 할아버지는 양손의 둘을 지키기 위해서라면 무엇이든 한다는 지극히 당연한 생각을, 나는 도저히 부정할 수 없었다.

"그럼 여우 포획이 시작되는 거예요? 수렵회 사람들을 죄다 모아서 인간의 피해자인 여우 한 마리를 잡으려고요?"

흥분하기 시작한 것 같아서 말리려고 이름을 부르자 고타가 잠잠해졌다. 이 친구는 동물을 무엇보다도 사랑해서 종종 흥분하지만 그러는 순간에도 내 이야기만큼은 들어줬다. 그리고 동물을 위해서라면 인간 따윈 어떻게 되든 상관없다는 일부 과격한 동물 애호 단체와도 달랐다.

고타는 나를 쳐다보고는 두세 번 심호흡을 했다. 고타의 눈에서 분노의 색이 사라져갔다. 그러고는 차분히 끄덕이더니 가시와기 씨를 보고 말했다.

"죄송해요. 말이 지나쳤어요."

가시와기 씨는 살짝 웃어 보이며 말했다.

"괜찮아."

"그나저나 가시 씨는 의외로 잘 아네요. 농림 피해라든가."

"그게…… 실은 말 안 하고 있었는데 나 수렵회에 가입되어 있어."

"네?"

나와 고타가 동시에 외쳤다.

"입사하고 펫숍으로 배속이 결정되고서 강습을 받았어. 지역의 유해 동물 대책에 도움을 줄 수 있으면 해서…… 아, 혹시 나도 소집되려나……."

가시와기 씨가 어깨를 축 늘어뜨렸다. 나는 무슨 말을 해줘야 할지 떠오르지 않았다.

다음 날, 가시와기 씨에게 무타 할아버지의 강한 협력 의뢰가 들어왔다. 가시와기 씨의 진심은 거절하고 싶었겠지만 점장으로

서의 책임감과 고타에게 강의를 받은 몸으로서 이중 첩자 같은 느낌으로 수렵회의 내부 붕괴 작전을 감행하겠다고 선언했다.

당연한 말이지만 수렵회는 일방적인 살육자는 아니다. 짐승 보호도 적극적으로 수행하고 있고 포획 대상도 인간에게 위해를 가할 가능성이 있는 동물뿐이다. 말하고 보니 교통정리원과 비슷한 것 같은데 인간은 인간의 영역, 야생동물은 야생동물의 영역으로 확실하게 선을 그어주는 존재라 볼 수 있겠다.

그럼에도 나는 골몰하게 됐다. 사리분별 못 하는 인간 때문에 끌려온 여우를 또다시 인간의 힘으로 포획한다니, 잘못은 아니겠지만 올바르지도 않다는 생각이 들었다.

사무실 분위기가 평소보다 약간 어두웠다. 퇴근 직전에 고타는 부러 밝은 목소리로 말했다.

"아, 큰일이다! 오늘 좀 있다가 세가와 선생님 오시지? 카발리 걸이랑 마샬을 진료해주셔야 하는데."

세가와 아야메 선생님은 매주 펫숍에 찾아와 개체의 상태를 살펴봐주는 훌륭한 조언자다. 언제나 화장기 하나 없는 얼굴에 푸른 셔츠를 입고 흰옷을 당당하게 걸친 차림이었다. 항상 진료를 척척 해내며 우리에게는 쿨하게 조언만 남기고 사라지는 멋진 수의사다. 여전히 몇 살인지 아무도 모르는데, 종종 아카이 씨와 비슷해 보일 때도 있고 나나 고타보다도 어려 보일 때도 있었다.

"고타, 카발리 걸이랑 마샬이라니?"

나도 고타처럼 밝게 물었다.

"카발리에 킹 찰스 스패니얼 암컷하고 마샬 페럿 수컷이야."

"마샬은 괜찮은데 카발리 걸은 꼭 카바레 걸 같잖아."

"카발리 걸은 애교가 엄청난 수준이니 오히려 딱이네."

고타는 그렇게 말하면서 자리에서 일어나 케이지에 든 카발리와 마샬을 매장에서 데려왔다. 동시에 타이밍 좋게 세가와 선생님이 도착했다.

"기다리고 있었습니다아!"

고타가 기뻐하며 달려갔다. 세가와 선생님은 대충 인사하고 카발리 걸과 마샬의 배에 청진기를 갖다 댔다. 우리는 마른침을 삼키며 그 모습을 지켜봤다.

"카발리에는 감기 기운이 살짝 있으니까 가벼운 약 처방을 해줄게요. 페럿은 피로가 쌓인 것 같으니 오늘은 사무실에서 충분히 쉬게 해줘요."

그러면서 두 마리의 배를 간질이며 작은 소리로 속삭였다.

"문제없어."

우리는 선생님의 그 말을 들을 때면 언제나 마법 같은 안도감을 느끼곤 했다. 편안한 기분을 만끽하고 있는데 갑자기 세가와 선생님의 말투가 사무적으로 변했다.

"다음 주는 학회가 있어서 언제 올 수 있을지 지금으로서는 불확실해요. 후에 다시 방문일 알려줄게요."

선생님에게 인사를 하려는데 가시와기 씨가 사무실로 돌아왔다.

"모두 주목. 손님의 요청으로 오늘부터 매장의 쓰레기장에 여우용 포획 올가미를 두기로 했어요. 다들 각자의 생각이 있겠지만 손님의 안전과 안심을 위한 일이니 나는 이게 우리 매장의 역할이라고 생각해요. 어디까지나 점장인 제 결정입니다. 의견도 불만도 제가 듣겠습니다. 이상."

아카이 씨의 한숨 소리가 들렸다. 마키타 씨는 심각한 표정을 지었지만 "아침, 낮, 밤으로 올가미를 살피러 갈 사람이 필요하겠네. 간단한 일정을 짤게"라며 가시와기 씨의 보조로 돌아섰다. 세가와 선생님은 어느새 사라지고 없었다.

❧

나와 고타는 타임카드를 찍으며 안타까운 마음을 불식시키기 위해 근처 술집에서 한잔하기로 했다. 평일이라 자리가 났는지 방으로 안내받았다.

방에는 창이 나 있어 밖이 보였다. 당장이라도 쏟아질 듯한 흐린 하늘이 우리의 마음과 똑같아 보였다.

"무타 할아버지가 요청하신 거겠지. 가시 씨도 야생동물 같으면서…… 다그친다고 무서워하면 어떡해?”

고타가 맥주를 한 모금 마시며 꿍얼거렸다.

“잡힌 동물은 무조건 보건소로 직행이야?”

“아니, 그게 말이야. 실은 포획한 사람이 판단해. 일격을 가해
도 상관없지.”

“일격?”

그렇게 물은 순간 고타가 음울한 표정을 지었기에 무슨 뜻인
지 짐작할 수 있었다.

“숨통을 끊는 거.”

“그렇구나…… 하지만 가시와기 씨가 잡으면 다를 거야.”

“음…… 무타 할아버지가 시키면 따를 수밖에 없을걸.”

우린 똑같이 깊은 한숨을 내쉬었다. 그런 다음 말없이 천천히
술을 마시며 식사를 했다. 창밖에는 비가 부슬부슬 내리기 시작
했다.

밤 9시가 넘었을 무렵 내 스마트폰이 울렸다. 화면에는 가시
와기 씨의 이름이 떠 있었다.

“가가가가가쿠토! 지금, 나, 너, 집, 앞!”

받자마자 굉장히 다급한 목소리와 토막 난 단어가 들려왔다.
수신 상태가 안 좋은가 싶었지만 그런 문제는 아니었다.

“진정하세요. 무슨 일이에요?”

“집 앞이라고! 빨리! 문 열어! 무서워!”

"……무섭다고요?"

"어!"

"저기…… 지금 고타랑 단골 술집에 있는데요."

"나, 갈게! 술집, 간다!"

전화가 뚝 끊겼다.

"왜 그래?"

고타가 수상쩍다는 듯 물었다. 아마 나도 고타 같은 표정을 짓고 있겠지.

"가시와기 씨였어. 무슨 일인지 우리 집 앞에 있는데 지금 이쪽으로 온대."

"가쿠네 집? 왜?"

"무섭다고 하는데……."

가시와기 씨는 자동차로 올 테니 10분 정도면 도착할 거라 예상했는데 5분을 넘겼을 쯤 가게 현관에서 "어서 오세요" 하는 소리와 "일행! 고타, 가쿠토!"라는 소리가 들렸다. 나는 당황해서 술집 출입문 쪽으로 얼른 달려갔다.

"오오, 가쿠토! 오오!"

가시와기 씨는 내 어깨를 잡고 흔들며 반쯤 이성을 잃은 채로 말했다.

"무서웠어!"

가시와기 씨를 방으로 데려와 일단 진정시키기 위해 우롱차를 주문했다. 여직원이 가시와기 씨 앞에 우롱차를 놓으며 "디스 이즈…… 우롱티"라고 말하는 바람에 고타가 즉각 설명했다.

"이 사람, 일본어밖에 할 줄 모르니까 안심해요."

아무래도 더듬대는 말투 때문에 가시와기 씨를 외국인이라 생각한 모양이었다.

가시와기 씨는 우롱차를 벌컥벌컥 단숨에 다 들이켜고서야 겨우 진정되었다.

"두 사람 모두 우선은 진정해."

"우리가 할 소리라고요."

"과연 내 말을 다 듣고 나서도 같은 소리를 할 수 있을까!"

여전히 긴장한 상태로 보아…… 이 우롱차에는 알코올이 안 들어 있었나보네, 그런 생각을 하고 있는 중에 가시와기 씨가 말을 쏟아내기 시작했다.

"7시쯤에 무타 할아버지께 연락이 왔어. 여우를 목격했으니 함께 와달라고. 수렵회 사람들은 바로 준비가 안 된 모양인지 나만 불려간 꼴이 되었지. 그래서 바로 무타 할아버지 댁으로 갔어. 엽총을 준비해놓으셨더라고. 일단 고타에게 들은 내용을 다시 전달했지만 소용없었어. 손자나 개에게 옮으면 책임질 거냐고, 포도도 전부 못쓰게 됐을지도 모른다면서 말이야. 평소에 온순한 분이라 그런 모습을 보이는 게 당황스러웠는데 곧장 밭으로 데려가시더라고. 그랬는데, 진짜 여우가 있었어. 비닐하우스 안으로 여우가 들어가려고 하는 거야. 밭 근처에 놓아두었던 올가미 상자보다도 포도에 정신이 팔려 있었어…… 무타 할아버지가 엽총을 꺼내 여우를 겨누기 시작했지. 나는 솔직히 안 보고 싶었어. 하지만 방해할 순 없다는 생각도 들었지. 그래서 한 발짝 뒤로 물러났어. 그런데 그만 마른 나뭇가지를 밟았는지 빠직 하는 소리가 난 거야. 그 순간 여우는 도망가버렸어. 무타 할아버지는 내 실수를 못 들으신 것 같았지만."

가시와기 씨는 단숨에 거기까지 말하고는 우롱차를 한 잔 더 주문했다.

"직접 보니까, 역시 귀엽더라. 여우."

즉시 도착한 우롱차를 한 모금 마시더니 나직히 웃었다.

"……근데, 뭐가 무서웠다는 거예요?"

내가 슬쩍 떠보자 가시와기 씨는 갑자기 눈을 크게 떴다.

"나, 가게, 되돌아갔어. 여우, 올가미, 봤어. 여자, 있었어. 그거, 여우!"

또다시 토막 난 단어로 돌아가고 말았다. 고타가 말없이 우롱차를 마시라고 재촉했다. 그러자 가시와기 씨가 다시 우롱차를 단숨에 들이켰다.

"……여우가 도망간 곳은 우리 매장 쪽이었어. 그래서 집에 가는 길에 매장으로 돌아갔지. 가랑비가 내리기 시작했지만 신경 쓰지 않았어. 혹시나 우리가 놓은 올가미에 걸려 있어준다면 해결되니까. 그래서 쓰레기장으로 갔는데…… 그랬더니, 그랬더니 말이야…… 희미하게…… 사람 그림자가 보였어. 올가미 앞에."

목소리가 착 가라앉아 있었다. 나는 분위기에 잘 휩쓸리는 편이라 아주 잠깐 한기를 느꼈다.

"쓰레기장에 비친 불빛으로, 그림자가 여자인 걸 알았어."

나도 모르게 침을 꿀꺽 삼켰다.

"수상한 사람이라고 생각해서 몰래, 조용히 다가가려고…… 살금살금 다가갔는데 말이야. 그랬는데……."

"와악!"

나는 1미터, 가시와기 씨는 5미터 정도 솟구쳤다. 고함을 낸 장본인인 고타는 깔깔거리고 있었다.

"너 그만해! 죽인다!"

가시와기 씨는 정말 위협적인 말을 했다. 정말 죽이면 안 되겠지만 귀뺨 한 번 때리는 정도라면 나도 돕고 싶어졌다.

"이런 분위기 못 참겠단 말이에요. 다들 좀 웃어요."

고타는 혼자서 숨넘어갈 듯이 웃고 있었다.

"신경 쓰지 말고 계속하세요. 그 여자는 누구였어요?"

내가 조르자 고타의 장난에 독기를 뺏는지 가시와기 씨는 평소의 말투로 돌아왔다.

"그게 말이야. 다가가는 도중에 또 마른 나뭇가지를 밟아버렸어. 빠직 소리가 울렸지."

"가시 씨, 마른 나뭇가지에 무슨 원한이라도 졌어요?"

"나는 식물에게도 다정하게 대한다고!"

시시한 대화로 빠지려는 걸 내가 딱 막아섰다.

"그래서 그 여자는요?"

"여자가 뒤돌아봤어. 그런 다음에, 도망갔어."

나와 고타는 다음 이야기를 기다렸다. 드디어 가시와기 씨의
입이 열렸다.

"정말 무서웠어…… 여우가 진짜로 둔갑을 하는구나."

"에? 이게 끝이에요?"

"응, 끝인데? 그 여자가 한 손에 큰 비닐 봉투 같은 걸 들고 있
었던 것도 같은데 제대로 못 봤어."

"왜 그 여자가 여우라고 생각한 거죠?"

"……뒤돌아봤을 때 얼굴을 봤어. 꽤 미인이었거든. 나이는
아마 나보다 조금 많으려나. 그, 불빛에 희미하게 비친 얼굴이
말이야…… 눈초리가 쫙 올라붙은 게 여우 같았어."

"그래서 무섭다고 가쿠네 집에 그렇게 들어가려고……."

고타는 끅끅대며 웃음을 참고 있었다.

"그 사람 뭘 하고 있었을까요? 올가미에 장난 같은 거 안 쳤
어야 되는데……."

내 말에 가시와기 씨는 다시 점장의 얼굴로 돌아왔다.

"그러게. 확인해두는 게 좋겠어. 셋이라면 무섭지도 않고."

결국 가시와기 씨는 우롱차를 두 잔밖에 안 마셨는데도 전부 계산해주었다. 우리는 하는 수 없이 가시와기 씨의 차를 타고 매장으로 향했다.

쓰레기장에 도착했을 땐 비가 그치고 어느새 별이 반짝이는 밤하늘로 바뀌어 있었다. 바람이 강해 몸이 살짝 떨릴 정도였다.

"바뀐 건 없네요……."

고타가 올가미를 살펴보며 말하자 가시와기 씨가 조금 떨어진 곳에서 "그래?" 하고 대답했다. 나는 할 일이 없어서 무료한 김에 쓰레기통을 살폈다.

동물을 다루는 펫숍에서 나오는 쓰레기들이라 기본적으로 악취가 심했다. 그래서 이틀에 한 번, 아침 일찍 소형 운반 트럭에 실어 쓰레기 처리장으로 옮기게끔 관리하고 있었다. 담당은 마키타 씨와 아카이 씨 그리고 가시와기 씨가 돌아가면서 했다. 위생상의 문제도 있고 악취는 간단하게 없애지 못해서 쓰레기를 옮기고 나면 근처의 수돗가에서 쓰레기통을 씻어내야 했다. 어제는 가시와기 씨가 쓰레기를 옮겼기 때문에 분명 오늘치는 가득 차 있을 거라고 생각했다. 그런데……

쓰레기통 안에는 먼지 하나 떨어져 있지 않았다.

"오늘 쓰레기통 비우는 담당이 누구였어요?"

두 사람 모두 고개를 가로저었다.

"배변 시트 버리는 쓰레기통이 비어 있는데요……."

그 말에 두 사람이 당장 달려왔다.

"어? 어떻게 된 거지? 나 오늘 몇 번이나 시트를 버렸는데?"

고타가 그렇게 말했을 때 갑자기 똑 하고 물 떨어지는 소리가 났다. 모두의 시선이 수돗가로 꽂혔다.

쓰레기장 근처의 수돗가는 수도꼭지가 느슨해서 꽉 잠가놓지 않으면 물방울이 떨어지곤 했다. 우리 직원들이 이 수도를 사용할 때에는 늘 주의하고 있기 때문에 이런 일은 있을 수 없었다.

고타가 수돗가로 달려갔다.

"가쿠, 누가 쓴 흔적이 있어……."

똑, 똑. 물방울이 떨어지는 걸 우리 모두가 말없이 바라보고 있었다.

텅 빈 쓰레기통, 누가 쓴 수도의 흔적, 그리고 의문의 여자.

대체 무슨 일이 일어난 걸까?

🐾

우리는 이 일을 다른 직원들에게는 알리지 말자는 결론에 이르렀다. 혼란을 피한다기보다 제대로 설명할 수 없을 것 같아서 그랬다. 의문의 여자에 대해 가시와기 씨는 여우가 둔갑한 거라는 주장을, 고타는 사람이라는 주장을 했다. 그리고 나는, 사실 가시와기 씨의 주장을 좀 더 믿고 있었다.

이유는 아마도 내가 여우 민간전승에 관한 과제를 막 끝낸 상황이라는 게 90퍼센트의 영향을 미쳤다. 나머지 10퍼센트는 끌려온 여우가 만약 인간으로 둔갑할 수 있다면 택시나 전차로 아오모리까지 돌아갈 수 있을 거라는, 조금은 유치한 망상과 바람에서 비롯된 거였다.

그날도 나와 고타는 아침부터 저녁까지 근무였다. 조금도 특별할 것 없는 하루였는데도 우리 셋의 머리에는 혼란스러운 생각이 소용돌이치고 있는 것 같았다.

저녁이 되어 타임카드를 찍고 탈의실에서 사복으로 갈아입은 후 문득 쓰레기장의 올가미를 살펴봐야겠다고 생각했다. 마키타 씨가 짠 일정에는 가시와기 씨가 저녁 당번이었는데 손님과 이야기를 나누고 있었다. 그러니까 뭐, 내가 해도 문제없겠지 싶었다.

밖으로 나오니 아직 5시밖에 안 됐는데 해가 완전히 저물어 있었다. 매년 가을이 오면 밤이 깊고 길어진다는 게 실감 났다. 분명 알고 있는 사실인데도 눈으로 볼 때면 한층 더, 그 깊이에 불안과 슬픔을 느끼게 됐다. 그날 밤도 맑은 하늘이라 별이 빛나고 있었다. 그런 다음 올가미 안에 아무것도 들어 있지 않은 것을 확인했다.

문득 볼에 차가운 것이 느껴졌다. 빗방울이었다. 하늘을 올려다보니 별들이 쏟아지듯 은색 물방울이 천천히 떨어졌다. 밤에는 잘 오지 않는 드문 여우비가 내리고 있었다.

여우가 시집가는 날이구나, 그런 생각을 하던 찰나에 약간의 한기를 느꼈다. 매장으로 돌아가야겠다 싶어서 뒤돌아선 그때 나는 정말로 확실하게 목격했다.

그 여자는 정말로 예뻤다. 말로 표현은 잘 못 하겠지만 투명함이라고 해야 할지, 너무 맑아서 그 속까지 훤히 다 보일 것 같아 오싹해질 정도의 미인이었다. 제일 먼저 머리에 떠오른 것은 '미묘'라든가 '피안'과 '차안' 같은 문학적인 단어였다. 나이는 나보다 많아 보였다. 얼굴만 보면 또래로 볼 수도 있었으나 나른한 눈빛이 왠지 연상일 것 같은 분위기를 풍겼다.

"안녕하세요."

그녀는 나를 보며 그렇게 말했다. 미소를 짓자 요염이라는 글자가 딱일 정도의 색이 흘렀다.

여자는 웅크리고 앉아 하얀 손끝으로 가만히 올가미를 어루만지고 있었다.

"이 올가미 좋네요. 크고 흠도 없고. 이거라면 문제없어요."

왠지 모르게 갑자기 마음이 안정되었다. 이것도 괴이한 주술인가, 여자의 말을 듣자 내 몸은 조건반사처럼 안도감으로 가득 넘쳤다.

"가시와기 씨는 나를 눈감아주었죠."

그 말에 재차 등줄기에 소름이 돋았다. 가시와기 씨는 어제 무타 할아버지가 엽총으로 여우를 겨냥했을 때 나뭇가지를 밟았다고 했다.

"모두, 착하군요……."

여자는 조용히 웃었고 그 순간 비가 멈췄다. 여자는 내 얼굴을 쳐다보며 인사를 건넨 뒤 사라졌다.

나는 전력으로 달려가 뒷문을 통해 사무실로 들어갔다. 그런 다음 탈의실에 남아 있던 고타의 어깨를 잡고 힘껏 흔들었다.

"고고고고타! 나왔어! 여우! 여자!"

지금이라면 자신감을 갖고 말할 수 있었다. 인간은 너무 놀라면 단어만 띄엄띄엄 나온다고!

"뭐? 어제 가시 씨가 말했던 녀석?"

나는 몇 번이고 끄덕였다. 펑크록 밴드의 콘서트 맨 앞줄에 있는 것처럼 헤드뱅을 계속했다.

"대체 무슨 일이지……."

고타 역시 고개를 갸웃거렸다.

나는 고타에게 술을 마시러 가자고 했다. 이틀 연속 술을 마시는 거였지만 솔직히 혼자 있는 게 무서웠다.

"알았어…… 아, 맞다. 5분 정도만 기다려줘."

나는 고타를 기다리면서도 불안감으로 가득 차 있었다.

그 여우에게서 악의는 전혀 느껴지지 않았지만 영적인 것에 맞닥뜨리게 되니 발걸음이 불안해졌다.

"이제 가자."

시무룩한 얼굴을 한 고타와 둘이서 술집으로 갔다.

술집에 가니 어제와 같이 방에 자리가 나 있어서 일단은 생맥주 두 잔을 시켰고, 일단은 건배를 했고, 일단은 입에 갖다 댔다.

고타는 입가의 거품을 닦더니 말했다.

"의문의 여자라……."

나는 작게 끄덕이기만 했다.

"실은, 너한테 말 안 했는데 조금 전에 쓰레기장에 들렀었어. 그랬더니 역시 사라지고 없더라. 배변 시트."

치타와 맞닥뜨린 영양이 된 것처럼 순식간에 한기가 등줄기를 타고 흘렀다.

"게다가 쓰레기통은 씻은 것처럼 보였어. 근데 이번에는 수도꼭지가 제대로 잠겨 있는 거야. 어떻게 된 일일까?"

잠시 침묵이 흐르고 고민 끝에 한 가지 가설을 생각해냈다.

"여우가 말하길, 어제 가시와기 씨가 자기를 눈감아준 거라고 했잖아."

"음."

"그래서 너무 고마운 마음에 여우가 은혜를 갚으려고 배변 시트를 치우고 쓰레기통을 씻어서……."

"갑자기 무슨 살림꾼 같은 이야기가 되었네."

고타는 어이없어하면서도 웃어주었다.

"역시 아닌가."

"여우가 여자로 둔갑했다는 게 전제라면 또 모르지만…… 잠깐 상황을 정리해보자."

고타는 맥주를 벌컥벌컥 들이켰다.

"먼저 어제 일부터. 여자는 인간이라는 전제로 시작할게. 자, 가시 씨가 여자를 봤어. 한 손에 봉투를 들고 있었고, 그리고 배변 시트가 없어졌어. 그러니까 여자가 들고 사라진 거라는 말이지, 분명."

나는 끄덕였다. 확실히 일반적으로 생각하면 맞는 말이었다.

"어제는 수도꼭지가 사용된 흔적이 있었어. 그리고 쓰레기통은 씻어둔 상태였고. 오늘은 어제와 같은 상황이지만 수도꼭지가 확실하게 잠겨 있었어. 혹시 네가 봤다는 그 여자가 봉투 같은 건 안 들고 있었어?"

"응, 아무것도 안 들고 있었어."

"그게 이상하단 말이지. 그리고 눈감아주었다는 말은 또…… 하아, 모르겠다."

"그러니까 나뭇가지를 밟아주신 은혜를……."

"그건 아냐. 여우가 여자로 둔갑한 거라면 지금쯤 카렌은 죽어 있겠지."

고타는 금발을 벅벅 긁어댔다. 또다시 침묵이 흐르자 나는 완전히 거품이 꺼진 맥주를 마셨다.

"역시 백지장도 맞들어야 낫다잖아. 가시 씨한테 도와달라고 하자. 어젯밤에 본 것을 좀 더 자세히 들려달라고."

"다른 방법이 없네."

고타가 메시지를 보내자 가시와기 씨는 때마침 일이 끝난 참이었는지 바로 와주었다.

"와, 이틀 연속으로 마시다니 웬일이야. 오늘은 내가 계산 안 할 거야."

싱긋 웃는 걸 보니 가시와기 씨는 왠지 묘하게 기분이 좋은 것 같았다. 콧노래를 부를 듯한 기세로 주문을 부르자 직원이 방문을 열었다.

"어? 어제 그분이구나. 우롱차 한 잔 주세요. 미안해요, 이틀 연속으로 와서. 그래도 오늘은 모두 진정된 상태니까 안심하셔도 돼요."

고타가 그렇게 말하자 직원은 즐겁다는 듯 우후후 웃었다. 고타의 말을 듣고서야 비로소 나는 그 직원이 어제 "디스 이즈 우롱티"라고 했던 그 사람이란 걸 깨달았다. 고타는 눈썰미가 뛰어난 편이었다. 외모는 날라리지만 속은 가볍지 않고 그저 단순히 사람을 좋아해서 가벼워 보이는 거였다.

우롱차가 도착함과 동시에 가시와기 씨가 말문을 열었다.

"그나저나 무슨 일이야?"

"실은 가쿠가 어젯밤의 그 여자를 본 것 같아요. 오늘 저녁에 쓰레기장에서."

고타가 그렇게 말하자 가시와기 씨는 얼굴이 살짝 굳어졌지만 호쾌하게 웃어넘겼다.

"나 겁주려고 해봤자 소용없어. 상식적으로 여우가 둔갑한다는 게 말이 돼? 미신이야, 미신."

잉? 웬일로 세게 나오지? 미안하지만, 안 어울렸다.

"어젯밤이랑은 딴판이네요. 무슨 일 있었어요?"

그렇게 묻자 가시와기 씨는 이야기를 피하려는 듯 우롱차만 마셔댔다.

"가시 씨, 말해줘요. 가쿠를 안심시키기 위해서!"

고타가 나를 들먹이자 가시와기 씨는 안됐다는 표정으로 나를 봤다. 어젯밤에는 나처럼 무서워해놓고선…….

"가쿠토, 잘 들어. 여우는 둔갑하지 않아. 나는 확신을 얻었어. 그러니까 나를 믿어."

단호하게 딱 잘라 말하는데 나는 이 뜻밖의 변화가 납득되지 않았다.

"하지만 여우가 둔갑한다는 민간전승이 많다고요. 그렇지?"

고타는 그렇게 말하며 내게 눈짓했다. 나는 끄덕이며 과제 때문에 조사한 여우 이야기를 시작했다. 가시와기 씨의 미소가 굳어졌다.

"혹시 제갈공명 아세요?"

"알지. 삼국지에 나오는 촉한 군사잖아. 중학교 때 한참 빠졌었어."

가시와기 씨는 억지웃음을 지었다.

"이바라키의 우시쿠에 전해지는 이야기인데요, 뛰어난 지략으로 제갈공명이라 불리던 구리바야시 요시나가라는 무장이 있었어요."

"오오, 전국시대의 무장 이야기라면 좋아. 나는 역시 구로다 간베에가……."

"구리바야시 요시나가라는 무장과 관련해서 여우에 얽힌 두 가지 일화가 있어요."

"또 여우야……."

가시와기 씨는 중얼거리며 움츠러들었다.

"하나는 그의 탄생에 관한 건데, 어떤 농민이 여우를 살려주고 그 여우가 여자로 둔갑해서 농민과 결혼해 낳은 아이가 요시나가라는 일화예요. 또 하나는 요시나가가 자신이 살려준 여우랑 결혼했다는 일화인데, 이 두 가지에서 유래되어 우시쿠에는 오나바케^{女化}라는 마을 지명이 정해졌다는 거예요.”

가시와기 씨는 당장이라도 울 것 같은 표정이 되었다. 조금 쩔렸지만 여기까지 온 이상 끝까지 말해버려야 할 것 같았다.

“여우에 관한 또 다른 이야기도 있어요. 기쓰네’의 어원이 여우란 걸 모르고 결혼한 남자가 있었는데, 어느 날 아내가 꼬리를 들켜버려 이제 이별이구나 생각했더니 남편이 ‘걱정 말고 이리 와서 자구려’라고 했대요. 그 말의 ‘와서 자구려’**라는 부분을 ‘기쓰네’로 듣게 되면서……”

고타가 진지한 얼굴로 뒤를 이었다.

“근데 있을 수 있는 일 아니에요? 가시 씨는 독신이고, 어떤 면에선 괜찮은 남자니까.”

“잠깐! 나는 인간이 좋아! 그리고 여우는 둔갑하지 않는다고 했잖아! 나, 들었다공!”

가시와기 씨가 소리쳤다.

“‘들었다공!’이라뇨, 다 큰 어른이. 누구한테 들었는데요?”

고타의 핀잔에 가시와기 씨는 고개를 푹 숙였다.

“……세가와 선생님이 그랬어. 오늘 통화했거든. 다음 주는 학회가 끝난 후에 바로 올 수 있는지 물어보려고…… 전화한

───────────

* 来つ寝, 여우. ‘기쓰네’로 발음한다.
** 来て寝ろ, ‘기 떼네로’로 발음한다.

김에, 어디까지나 전화한 김에 잡담을 좀 나눴어. 어젯밤에 여자로 둔갑한 여우를 봤는데 기분 탓이겠죠, 하고 말이야."

"가시 씨. 무섭다고 어른한테 징징대면 안 돼요."

"나도 어른이야! 그리고 정말 지나가듯 얘기한 거라고!"

가시와기 씨는 어제처럼 패닉 상태가 되어가고 있었다.

"그래서 세가와 선생님의 반응은요?"

"있을 수 없는 일이죠, 그러더라고. 평소답지 않게 웃었어."

나도 갑자기 그런 말을 들으면 말도 안 된다며 웃어넘겼을 거다…… 실물을 직접 보기 전까지는.

"나도 따라 웃었어. 그렇죠, 잘못 본 거겠죠, 잊겠습니다, 그러면서."

아무래도 가시와기 씨는 잘못 봤다는 결론으로 도피한 모양이었다.

음…… 다시 원점이 되었다.

"맞다, 말 안 했는데요, 조금 전에도 쓰레기통이 깨끗해져 있었어요."

고타가 덧붙였다. 가시와기 씨는 또다시 겁낼 줄 알았는데 의외로 담담하게 대꾸했다.

"아, 그거 내가 치운 거야."

뭐지, 싶은 기분이 들었다.

"미안, 내일 조례 때 알릴 생각이었는데. 세가와 선생님이랑 통화할 때 여우를 유인하는 비법을 들었어. 여우는 영역 의식이 강하니까 개나 고양이의 오줌 냄새는 피하는 게 좋다고. 그래서 내가 우선 DIY 매장에 부탁해서 쓰레기를 옮기고 쓰레기통도 씻어둔 거야."

"아, 맞다. 영역 표시까진 생각을 못 했네. 내가 그런 건 둔감해서."

고타가 볼을 긁적였다.

"네가 둔감하면 우리는 뭐가 돼. 그렇지, 가쿠토?"

가시 씨의 말에 분하지만 동의할 수밖에 없었다. 도마의 헤어 스타일 변화에도, 어제 본 직원도 못 알아봤으니까. 둔감한 건 틀림없었다.

아무것도 해결하지 못한 채 술집에서 나왔다. 가시와기 씨는 자차로 돌아갔고 우리 둘은 중간까지 함께 걸어갔다.

"근데 절도 소동부터 여우 소동까지, 우리 펫숍도 참 파란만장하네."

고타의 말 그대로였다. 절도 소동이 아주 먼 옛날의 일처럼 느껴졌다.

"아, 전에 유리한테 붙여준 코드네임, 라피스라줄리가 무슨 의미야?"

"라피스라줄리는 보석의 일종인데, 일본식으로는 '유리'라고 부르거든."

그런 잡담을 하고 있던 중 하나의 가능성이 머리에 떠올랐다.

그건 너무나 바보 같고 하찮은 가능성이었다.

나는 둔감하다. 가시와기 씨도 둔감하다. 의문의 여성과 만났을 때 무슨 이유에선지 나는 어떤 말을 듣고 안심했다. 그리고, 꽃 이름…….

말도 안 된다고 생각하면서도 나는 스마트폰을 꺼내 전화를 걸었다.

"죄송해요. 한 가지 여쭙고 싶은 게 있는데……."

어렵사리 한 질문에 가시와기 씨는 곧바로 대답해주었다.

"아아, 들었어. 거기가 어디였냐면 분명히……."

……역시 내 예상대로였다. 아아, 창피해…….

다음 날 나는 가시와기 씨에게 "여자가 나타나면 마이크 헤드셋으로 연락주세요"라고 말해두고 매장에 있었다. 하지만 마이크 헤드셋은 무용지물이었다. 저녁 무렵 재규어가 다시 검은 바람이 되어 달려와버렸기 때문에.

"나나나나타났어! 지금 있어! 지금 있다고! 나 도망쳤어!"

그때까진 석양빛이 남아 있었다. 나는 근처에 있던 고타에게 바로 알려줬다.

"쓰레기장에 나타났대."

가시와기 씨에게도 같이 가자고 했지만 단호히 거부하는 바람에 나 혼자 쓰레기장으로 향했다. 고타는 손님을 응대 중이라 조금 늦는다고 했다. 오히려 다행이었다. 일찍 왔더라면 내가 얼마나 둔감한지 비웃었을 테니까.

쓰레기장에 도착한 나는 엉겁결에 목소리를 높였다.

거기까지는 예상 못 했다…… 아주 기쁜 오산이었다.

여자가 서 있었고 그녀의 손에는 작은 여우가 안겨 있었다. 여자는 요염하다기보다는 성모상 같은 자애로운 미소를 입가에 머금고 있었다. 나도 가시와기 씨도, 이 순간을 제일 먼저 목격했다면 분명 일이 이렇게까지 복잡해지지는 않았을 것이다.

"여우, 걸렸네요."

내가 말을 걸자 여자는 작은 목소리로 인사했다.

"펫숍의 직원들에게는 감사해요. 눈감아줘서요."

……죄송합니다. 눈감아준 게 아니라 무서워한 거예요…….

그때 우다다다 발소리와 함께 고타가 나타났다.

"와! 진짜 있네! ……어라, 세가와 선생님이잖아?"

정말 창피했다. 역시 고타였더라면 누군지 바로 알아챘을까.

둔감할 수 있는 건 여우만이 아니다. 여자도 둔감한다…… 완벽하게 메이크업을 한 세가와 선생님은 내 눈엔 전혀 다른 사람

비 오는 날의 여우 193

으로 보였다.

가시와기 씨에게 목격된 날 세가와 선생님은 여우가 올가미에 걸릴 가능성을 생각해 밤에 매장으로 찾아왔다. 이미 폐점한 시간이라 생각해 사전에 우리에게 아무 말도 하지 않았던 것 같았다. 악취가 풍기는 배변 시트를 치우고 있을 때 소리가 났고, 뒤돌아봤더니 가시와기 씨가 있었던 것이다. 그리고 자신도 모르게 도망간 거였다. 경계하고 있을 때의 가시와기 씨는, 야생이니까…….

고타가 눈을 반짝였다.

"우와, 여우다! 근데 만지면 안 되려나……."

"그저께 근처에서 이 아이의 변을 발견했어요. 기생충은 없었고요."

세가와 선생님의 말에 고타는 "와우!" 하고 소리를 높이며 여우에게 다가갔다. 나도 함께. 선생님의 품에 안겨 있는 여우는 두리번거리며 킁킁거렸다. 아직 어린 새끼 여우였다. 낯선 지역에 와서 얼마나 무서웠을까. 불안했겠지.

나는 가만히 그 보드라운 배를 만졌다. 여우는 '킁' 하고 한 번 소리를 내더니 눈을 가늘게 떴다.

"미안해."

고타가 말하자 여우는 고타의 손을 부드럽게 핥았다. 세가와 선생님이 우리를 쳐다봤다.

"가시와기 씨에게 인사 전해줘요. 나 모른 척해줘서 고맙다고. 그런데 생각보다 멋진 사람이더군요. 여우로 둔갑했다고 해주다니."

죄송해요…… 그 말은 있는 그대로 받아들이셔야 해요…….

세가와 선생님은 처음으로 목격된 다음 날 가시와기 씨의 전화를 받았고 여자로 둔갑한 여우를 봤다는 농담 같은 말을 들었다. 그 말을 세가와 선생님은 센스 있는 농담, 그러니까 눈감아준 거라고 받아들인 거였다.

"그런데 선생님, 오늘은 예쁘게 화장하셨네요."

"일할 땐 민낯이에요. 아픈 가축들은 화장품 냄새를 싫어하니까."

여우는 조금 진정됐는지 숨소리를 내며 잠들었다. 잠든 여우의 머리를 세가와 선생님이 부드럽게 쓰다듬으며 속삭였다.

"문제없어."

그 한마디에 내 마음이 씻겨나갔다. 아마 고타도 그런 것 같았다. 선생님의 "문제없어"라는 말은 우리에게는 불안을 날려버리는 마법의 말이니까.

"무슨 일이 있어도 이 아이를 살리고 싶었어요. 그래서 매장에서 올가미 얘기를 들었을 때 참을 수 없었죠. 이 아이를 구하고 싶었어요."

조금 겸연쩍은 듯 웃는 세가와 선생님은 웃었지만 조금도 겸

연쩍어할 일은 아니어서 나와 고타는 동시에 고개를 저었다.

"감사합니다."

세가와 선생님은 아마도 내 생각보다 더 수줍음을 타는 것 같았다. 그래서 나는 '아이리스 씨'라고 부르려다가 관두었다.

세가와 선생님이 왜 이런 일을 저질렀는지, 사실 나는 여우 소동이 벌어지기 전부터 이미 알고 있었다. 트위터의 아이리스 씨는 이바라키에 살고 있으며 여우를 아오모리로 데리고 돌아가겠다고 말했었다. 가시와기 씨에게 전화상으로 들은 바로는, 세가와 선생님의 학회는 아오모리에서 열린 것 같았다.

애초에 간단한 문제였다. 유리가 라피스라줄리였던 것처럼 세가와 선생님의 이름인 아야메菖蒲도 붓꽃의 영어 이름인 아이리스로 바뀐 것뿐이니까. 뭐, 트위터에서의 말투는 의외였지만.

하아…… 아무리 그래도, 내가 이 정도로 둔감했다니. 아니, 이렇게까지 변신하는 여자라는 존재가 더 무서운 건가.

"아, 가시 씨다. 여기에요."

고타의 목소리에 뒤를 돌아보자 가시와기 씨가 각오를 다진 듯한 발걸음으로 성큼성큼 걸어오고 있었다. 세가와 선생님이 인사를 건네자 가시와기 씨는 그녀의 눈앞에 멈춰 서더니 고개를 푹 숙였다.

"마음은 기뻐요. 하지만 미안합니다…… 당신과는 결혼할 수 없어요."

세가와 선생님은 놀라서 입을 떡 벌렸다. 고타도 똑같았다.

정말 다행이야. 나보다 더한 둔감왕이 여기에 있었다니…….

가시와기 씨는 뒤이어 선생의 품에 안겨 있는 여우를 보며 "아이까지 있었다니…… 알았어요. 인간 대표로서 먹이는 댈게요"라고 말해서 선생님을 불안에 떨게 만들었다. 고타는 웃어도 좋은 상황이라 판단했는지 깔깔거리며 웃었다. 나는 한숨을 내쉬며 여우에게 마음속으로 속삭였다.

'인간도 나쁜 사람만 있는 건 아니야.'

그 이후 가시와기 씨는 고타와 함께 무타 할아버지 댁을 찾아가 여우의 변에서 에키노코쿠스 알은 검출되지 않았다는 결과와, 포도도 손자도 웰시코기도 걱정할 것 없다는 사실을 설명했다. 무타 할아버지는 그제야 안심했는지 "생각해보니 여우도 불쌍하네"라고 했단다.

그러던 어느 날, 우리 펫숍에 사진 파일 한 장이 도착했다. 카렌의 트위터에 등장했던 도로 휴게소에서 어미라 생각되는 여우와 기쁜 듯이 서로 몸을 비비고 있는 그 아기 여우의 모습이 담겨 있었다.

마지막으로 '세가와 선생님은 대체 몇 살일까?'라는 의문이 여전히 남았지만, 그냥…… 넘어가자.

아무튼 이렇게 해서 작은 여우의 모험은 끝이 났다.

영원의 사랑

십일월도 벌써 중반에 접어들었는데 덥지도 춥지도 않은, 기분 좋은 바람이 스쳤다. 태양도 반짝반짝 세상을 따뜻하게 비추고 있었다. 이런 날을 고하루비요리*라 부르는 거겠지, 생각하면서 나는 아르바이트로 향했다.

　사무실에 들어가니 고타와 가시와기 씨가 나를 맞아주었다.

　"가쿠토, 좋은 아침이야. 오늘 날씨 좋네."

　"가쿠, 이런 날에는 좋은 일이 많이 생길 것 같아."

　두 사람 모두 싱글벙글이었다. 확실히 이런 상쾌한 아침에는

───────────────

* 小春日和, 음력 시월의 봄처럼 맑고 따뜻한 날씨를 가리키는 말.

좋은 일이 많이 생길 것 같은 기분이 들었다. 이런 날에는 개도 즐겁게 산책하고 고양이도 여기저기 순찰에 힘쓰겠지. 추운 겨울이 오기 전 짧은 휴가 같은 멋진 하루였다.

"정말 좋은 아침이네요."

내 얼굴에도 미소가 번졌다.

"아침이…네요……."

사무실 문이 열리더니 착 가라앉은 목소리가 들려 우리 셋은 무심코 뒤를 돌아봤다. 거기에는 마키타 아카네 씨가 있었다.

"미간 주름이 거의 치명상을 입은 사자 수준인데……."

고타의 귓속말에 나도 살짝 끄덕였다.

"오, 오…… 마키타, 좋은 아침. 오늘도 활기차게 일해보자!"

가시와기 씨가 끝까지 웃음 띤 얼굴로 쭈뼛쭈뼛거리며 말을 걸었다.

"……."

마키타 씨의 무언의 압력에 가시와기 씨는 곧바로 시선을 돌렸다.

늘 활기찬 마키타 씨는 무슨 일인지 최근 한 달 정도 굉장히 기운이 없어 보였다. 기분이 나쁠 때야 지금껏 많았겠지만 저기 압인 요즘의 모습은 보고만 있어도 걱정이 절로 되었다.

마키타 씨는 한숨을 한 번 내쉬고는 자기 자리로 갔다.

봄처럼 맑고 따뜻한 이런 하늘에 말이다. 마키타 씨에게도 좋은 일이 생기면 좋겠다, 그런 생각을 하고 있는데 귀를 먹먹하게 만드는 비명이 울렸다.

"꺄아아아악!"

마키타 씨가 의자에 앉은 채로 뒤로 넘어갔다.

마키타 씨의 자리는 매장과 가장 가까워서 입하된 개체의 케이지나 수조를 놓아둘 때가 자주 있었다. 전날의 마감 직전에 브리더에게 받은 동물도 평소와 같이 마키타 씨의 책상에 놓아두고 갔었다.

혹시 동물에게 무슨 일이라도 생겼나? 우리는 마키타 씨의 자리로 달려갔다. 어제 옮긴 수조 안에는 봄의 화창함을 여유롭게 즐기는 일본얼룩배영원*이 하나, 둘, 셋…… 정확하게 여덟 마리 있었다.

우리가 영원을 보고 안심하고 있는데 뒤로 넘어져 있던 마키타 씨의 알아들을 수 없는 욕설이 들렸다. 나와 고타가 당황해서 그녀를 의자와 함께 일으켰지만 수조를 보더니 또다시 뒤로 넘어갔다.

"나 파충류 질색하는 거 몰라? 뭐야, 짓궂게!"

"저기, 영원은……" 고타가 말문을 떼자,

"양서류라서……" 가시와기 씨가 뒤를 이었고,

---

* 도롱뇽목 영원과의 동물.

"문제없을 거라 생각했거든요." 내가 마무리했다.

그 후 우리 세 사람은 무릎 꿇은 자세로 와장창 깨졌다…….

도중에 아카이 씨가 와주지 않았다면, 어쩌면 가게 문 닫을 때

까지 혼나고 있었을지도 몰랐다…….

이곳은 펫숍. 언제나 떠들썩한 내 직장이다.

🐾

아카이 씨와 마키타 씨가 동물들의 건강 상태를 체크하러 나

간 덕분에 우리는 겨우 꿇고 있던 무릎을 펼 수 있었다. 그제야

우리는 서로 마주 보며 탄식했다.

"와, 진짜…… 이 나이에 부모님께 죄송하지도 않느냐는 말

을 듣다니, 슬프네."

고타가 어깨를 축 늘어뜨렸다.

"나는 성격 자체를 부정당했어…….."

나도 풀이 죽었다.

"나보고는 오늘 안에 죽으라고 했어…… 되도록 오전 중에."

가시와기 씨는 울상을 지었다.

마키타 씨의 서슬 퍼런 얼굴로 화창한 하루를 완전히 날려버

리다니…… 우리는 잔뜩 우울한 기분으로 일어섰다.

"마키타 씨는 갈수록 심기가 안 좋아지네요…….."

마키타 씨는 펫숍에서 누나 역할을 맡고 있었다. 나나 고타를 남동생처럼 예뻐해주고 동기인 가시와기 씨의 보조도 완벽하게 수행하면서. 나이가 훨씬 위인 아카이 씨와도 사이가 좋았다. 최근에는 손님을 대응하는 일이 줄었지만 손님에게도 "마키타 양은 시원시원하다니까"라는 평을 듣는 인기인이었다.

요즘 바빠진 탓도 있지만 그런 상황을 감안하더라도 보기 드물게 유독 음울해 보였다. 뭐, 욕할 땐 굉장히 힘찼지만…….

"아카이 씨가 그러는데 여러 가지 고민이 있나봐. 소개팅은 꽝이지, 친구들은 연이어 결혼하고. 그렇게 신경 안 써도 되는데 말이야."

어이없다는 듯 가시와기 씨가 한 말에 우리도 수긍했다.

"지난주에도 중학교 동창회에 갈 예정이었는데 직전에 취소했다고 푸념했었잖아요. 역시 독신은 주눅 든다 어쩐다 하면서."

이십대인 마키타 씨가 결혼 적령기라는 것이 내겐 확 와 닿지 않았다. 결혼이란 건 마음 맞는 사람과 하고 싶을 때 하면 된다고 생각했지만 여자들은 무언의 압박을 느끼는지도 몰랐다.

"뭐, 역시 개장 때문이겠지."

우리 셋은 서로 마주 보며 또다시 크게 한숨을 내쉬었다.

최근 본점에서 큰 이동이 있었는지 펫숍을 담당하는 윗사람이 바뀐 듯했다. 그 때문에 가시와기 씨는 점장 회의나 보고를 하러 본점에 갈 일이 잦아져, 그만큼의 일은 정직원인 마키타 씨가 대신하게 되었다. 그뿐만 아니라 지금까지 모두가 분담해서 하고 있던 용품 보충도 마키타 씨가 자진해서 담당하게 되었다. 우리가 도우려 해도 "매장 일로 바쁘잖아. 대신 파충류 코너만 부탁해" 하며 지친 미소로 대답할 뿐이었다. 그런 상황 속에서 시월까지 개장을 수행하라는 명령이 위에서 떨어진 거였다.

마키타 씨는 바쁜 가시와기 씨를 대신해 우리의 의견을 한데 모아 개장안을 내주었다. 매일매일 야근에, 밤을 샌 적도 있다.

개장안은 정말로 잘 짜여졌다.

입구에서 쭉 뻗어지는 중앙 통로와, 거기서 정확히 중간 지점에 있는 사무실에서 쓰레기장으로 이어지는 통로를 십자가 모양으로 교차시켜 매장을 네 개의 코너로 나누었다.

입구 왼쪽에 열대어 코너, 오른쪽에 곤충과 다람쥐, 햄스터 등이 있는 소동물 코너, 그 두 곳을 지나 통로를 사이에 두고 왼쪽에 개와 고양이 코너, 오른쪽에 마련한 도그런과 소파와 자판기가 놓인 휴식 공간, 유해동물 포획용 올가미나 대형 개집 등을 갖춘 대형 용품 매장을 배치해두었다.

평소에 개와 고양이만 구경하는 손님에게 다양한 동물을 선보일 수 있고, 입구 근처의 출입이 많은 곳보다는 개와 고양이들도 느긋하게 쉴 수 있으며 입양에 따른 원활한 매상도 기대할 수 있는 좋은 아이디어였다.

덧붙여 파충류·양서류 코너는 대형 용품 코너의 한 모퉁이에 자리해두었다. 딱히 마키타 씨가 파충류를 싫어해서 가장자리로 몰아넣은 것이 아니라, 산책을 못 나가도 햇볕을 흠뻑 쬘 수 있게끔 볕이 잘 드는 장소로 선정한 거였다. 게다가 흐린 날에도 자외선 램프를 켜둘 수 있도록 전원 플러그가 많이 놓여 있는 곳을 신경 쓴 결정이었다.

개장은 무사히 끝났다. 다만 무슨 일이건 적응하는 데에는 시간이 들기 마련. 신장개업을 손님이 두 손 들고 환영해준 건 아니었다. 매상도 조금 떨어진 듯해서 마키타 씨는 책임을 느끼고 있는 모양이었다.

나나 고타, 가시와기 씨는 개장하고 난 뒤 훨씬 좋아졌다고 백 퍼센트 자부하고 있었지만 마키타 씨는 갈수록 기운을 잃어갔다.

"그나저나 누님 돌아오기 전에 영원 내놓을까?"

고타의 말에 나는 수조가 있는 쪽으로 갔다. 수조 안에는 3분의 1 정도의 물이 차 있었고 전문 업자가 레이아웃 겸 토대로 넣어둔 나무토막과 모래가 있었다. 영원은 유연한 몸과 빨판이 달린 손을 갖고 있어 탈주 솜씨가 프로급이다. 그래서 탈출을 막기 위해 수조 뚜껑을 꽤 무거운 걸로 쓰는데 그 탓에 옮기려고 해도 혼자서는 들기 어려웠다.

"가쿠, 잠깐만. 명찰 명찰."

아, 맞다. 무거운 물건을 옮길 때 명찰 스트랩을 목에 건 채로 옮기려다 걸려서 끊어지는 경우가 있었다. 직원용 비품은 마키타 씨가 관리하고 있으므로 또 혼날 뻔했다. 나는 고맙다고 인사하고 청바지 주머니에 스트랩을 쑤셔 넣었다.

"하나둘!"

둘이서 동시에 들어 올렸다. 비틀비틀 걷기 시작한 우리에게 영원 한 마리가 수조에 척 들러붙어, 빨간색보다는 오렌지색에 더 가까운 얼룩 배를 자랑스레 내보이고 있었다. 등은 잿빛 섞인 흑갈색으로 덮여 있어 그 대비가 보기만 해도 기분 좋았다.

"좋아, 가자."

고타가 매장으로 통하는 문을 등으로 밀어 열었다.

일제히 밥 달라고 기운차게 외쳐대는 동물들의 소리에 우리는 "기다려"라고 대답하고서 터벅터벅 파충류 코너로 수조를 들고 갔다.

"도착. 너희들 잘 참았네. 자, 밥 줄게."

고타가 냉동 실지렁이를 수조에 던져 넣었다. 다가가 수조 안을 살피자 영원들이 모여들었다.

"사이좋게 먹어."

사실 나도 아르바이트를 시작하기 전에는 마키타 씨처럼 영원과 도마뱀붙이를 구별조차 못 했지만 지금은 고타 덕분에 제법 빠삭해졌다.

일본얼룩배영원은 등의 얼룩이 개체에 따라 다르기 때문에 골수팬이 꽤 많다. 고타가 알려줬는데, 원래 재생 능력이 좋다고 알려진 양서류 중에서도 영원의 재생 능력은 출중하다고 한다. 영원도 도마뱀과 마찬가지로 꼬리를 자르는데 흔적조차 안 남기는 데다가 꼬리뼈까지 재생한다고 하니 놀라웠다.

빠끔빠끔 먹이를 먹는 모습은 참으로 천진하고 귀여웠다. 얼굴도 도마뱀붙이나 도마뱀처럼 코가 앞으로 튀어나와 있지 않고 정확히 말하면 넙데데하며, 큰 눈을 지니고 있었다.

"그럼 기분 전환해서 영업을 시작해볼까."

고타의 힘찬 한마디에 나도 끄덕이면서 주머니에서 명찰을 꺼내 목에 걸었다. 그런 다음 입구에서 힘껏 외쳤다.

"영업 시작합니다!"

조금이라도 매상이 좋아지면 마키타 씨의 기분이 맑아질지도 몰랐다. 우리가 할 수 있는 일은 열심히 일하는 거니까.

영업 시작과 동시에 손님이 하나둘씩 들어왔다.

그날 나는 파충류 코너 담당이었다. 고타는 열대어 코너, 가시와기 씨는 개와 고양이 코너를 맡았다.

파충류 코너는 독특한 공기를 내뿜고 있었다. 떠들썩한 매장의 분위기와는 조금 벗어난, 저마다 자기 좋을 대로 하고 있는 이 코너는 은둔처 느낌의 찻집 같아서 마음이 편했다.

손님이 좀처럼 오지 않아서 비품 체크를 하고 있는데 점심 전에 호프만 씨가 와서 격려하듯 말을 건넸다.

"펫숍의 활기도, 머지않아 되찾을 걸세."

"네……."

내가 순순히 대답하자 호프만 씨는 날 보고 웃으며 끄덕이고는 새로 온 영원의 수조를 살폈다.

"멋지군. 일본얼룩배영원인가."

나는 그 득의만만한 재미없는 말장난이 나올 거라 생각해 억지웃음을 준비했지만, 호프만 씨는 다시 수조로 시선을 돌렸다.

이런 상황은 좀처럼 없는 일이었다. '눈이 내리나?' 하는 그런 평범한 상황이 아니었다. 개가 "야옹" 하고 울고 고양이가 "히잉" 하고 울 정도의 드문 상황이었다. 마른침을 삼키며 지켜보고 있자 호프만 씨가 고개를 들어 초점 없는 눈으로 쳐다봤다.

"일본얼룩배영원…… 얼룩빼기 황소…… 정도밖에 생각이 안 떠올랐네…… 괴롭군. 나도 늙었나봐……."

괴로운 게 그의 마음인지 말장난인지는 알 수 없었지만 일단 가까스로 나는 억지웃음을 지었다. 그 후 호프만 씨는 변명하듯 소곤소곤 속삭였다.

"영원은 정말이지 아름답고 우아한 멋이 묻어난단 말이야."

동물에 관한 호프만 씨의 지식은 고타와 맞먹는 수준이기 때문에 나는 무심코 질문을 해버렸다.

"그래요? 어떤……."

"멋을 설명하는 건 멋없음의 극치일세……."

호프만 씨는 그렇게 말하고는 어깨를 늘어뜨리며 가버렸다.

그때 마이크 헤드셋이 지지직 울렸다.

"가쿠, 좀 수상쩍어 보이는 손님이 있는 것 같아. 소동물 코너 좀 살펴볼 수 있어?"

"오케이. 가볼게."

나는 먼저 호프만 씨의 쓸쓸한 뒷모습에 꾸벅 인사를 하고서 소동물 코너로 발걸음을 서둘렀다.

"거기. 지금 햄스터 사료를 보고 있는 손님이야."

고타의 목소리에 놀라서 멈춰 섰다. 그곳에는 해바라기 씨앗 봉투를 들고서 멍하니 서성이는 한 남자가 있었다. 호리호리한 몸매에 키가 꽤 커서 190센티미터는 될 것 같았다. 검은 바탕에 검붉은색 무늬가 들어간 셔츠를 입고 있었고 옆모습은 온순해 보였으며 동글동글한 눈이 인상적이었다.

남자는 한숨을 쉬더니 사료 봉투를 제자리에 두고 다시 걸어 갔다. 가만히 뒤따라가니 이번에는 곤충 코너 앞에 멈춰 서서 바라본 후에 또다시 한숨지었다.

나는 용품을 정리하는 척하며 검은 바탕의 셔츠를 좇았다. 남자는 이 코너 저 코너 왔다 갔다 하며 새장 문을 열고 닫고 열대어 수조 꾸미기 용품을 들어보기도 하면서 내내 한숨을 쉬었다.

접객업을 하다보면 왠지 모르게 손님이 어떤 유형인지가 보이게 된다. 이 손님은 살 물건이 정해져 있구나, 이 손님은 동물을 기를지 망설이고 있구나, 하는 목적을 살필 수 있게 된다는 뜻이다.

하지만 이 남자의 목적은 알 수 없었다. 뭔가를 찾고 있는 것 같으면서도 단념하고 있는 듯한 모습이랄까…….

남자가 모퉁이를 돌았을 쯤 다시 마이크 헤드셋에서 소리가 났다.

"그 사람 가게 문 열었을 때부터 들어와서 계속 매장을 뺑뺑 돌고 있었대."

"뭐?"

"아카이 씨가 준 정보야. 나도 열대어 코너에서 몇 번 봤어."

그렇구나…… 전혀 눈치채지 못했다.

"가쿠, 실제로 보니 어떤 느낌이야?"

"절도범 같은 느낌은 아냐. 말 그대로 느낌일 뿐이지만."

"그래. 좀 더 상황 지켜보자고. 가시와기 씨에게 말해놓을게."

"오케이."

마이크 헤드셋을 끄고, 방범 카메라 너머로 보고 있을 고타를 향해 엄지를 치켜들며 파충류 코너로 돌아갔다.

결국 그 이후에 수상한 손님은 보지 못했다. 정신없이 바쁜 하루를 끝내고 사무실로 돌아가니 고타와 가시와기 씨가 방범 카메라를 보고 있었다.

"무슨 일이에요?"

말을 걸자 두 사람 모두 의심스러운 표정으로 뒤돌았다.

"영원 씨 건 보고 중."

고타가 그렇게 말했을 때 나는 그 수상한 남자가 떠올랐다. 분명히 동글동글한 두 눈의 사이가 멀었고 입이 컸던 것 같았다. 눈이 크고 얼굴이 넙데데한 편이었다. 정확히 말하자면 개구리 같은 생김새인데, 영원과 비슷하다고도 말할 수 있을 것 같았다.

"영원 씨, 역시 이상해요. 결국 아무것도 안 샀고."

영원 씨를 비추는 모니터에는 시간도 나와 있었다. 오후 3시 50분. 내가 살피러 간 시간보다 훨씬 이후였다.

고타가 리모컨을 쥐고서 되감기 버튼을 눌렀다. 모니터에는 개점 직후 마키타 씨와 영원 씨가 스치는 장면이 비쳤다. 영원 씨는 스쳐 지나간 후에 멈춰 서더니 뒤로 돌아 마키타 씨를 쳐다보고 있었다. 그 모습은 좀 꺼림칙했다.

"저 손님 계속 있었어?"

내가 묻자 고타는 고개를 끄덕였고 가시와기 씨는 갸웃했다.

"하지만 절도 목적이 아닌 것은 확실해. 처음에 계산대에서 아카이 씨에게 말을 걸었으니까."

잉? 상황 파악이 안 됐다. 내가 묻자 고타가 설명해주었다.

영원 씨는 개점과 동시에 계산대로 온 듯했다. 아카이 씨에게 말을 걸고는 그 직후 다른 장소로 사라진 모양이었다. 하지만 몇 번이나 계산대 근처를 얼쩡거렸기에 아카이 씨는 고타에게 의논했고, 그다음으로 내가 동태를 살피러 간 흐름이었다.

"아카이 씨한테 뭐라고 했대?"

내가 묻자 고타가 "아차, 못 들었어"라며 이마에 손을 댔다. 아카이 씨는 오늘 오전에 퇴근했고 내일과 모레, 이틀간은 딸과 여행을 간다고 했다.

"뭐, 처음 온 손님이니까. 우리 매장 분위기가 마음에 들었나 보지."

가시와기 씨는 그렇게 말했지만 왠지 낯빛이 어두웠다. 나와 고타도 마찬가지였다. 그 손님이 품은 수상한 목적, 그 자체가 우리를 불안하게 만들었다.

고타가 방범 카메라 영상을 돌려보고 있는데 마키타 씨가 들어왔다.

"……뭐 하는 거야?"

"아, 영원 씨 이야기를……."

가시와기 씨가 고타의 머리를 쥐어박으려 했다. 마키타 씨는 오늘 아침의 일로 여전히 화가 나 있는 상태라 영원의 영 자도 듣고 싶지 않을 것 같았다.

그런데 순간 마키타 씨는 멍한 표정을 지었다. 조금 의외의 반응이었다. 하지만 바로 눈썹이 치켜 올라가더니 "영원!?" 하고 목소리를 높였다. 나는 서둘러 영원 씨의 특징을 말했다.

"아, 그 검은 셔츠를 입은 엄청 키 큰 남자? 몇 번인가 뒷모습은 봤었어."

"저기저기. 저 사람이에요. 눈이 커 보이는⋯⋯."

"얼굴은 못 봤으려나. 뭐, 어차피 호프만 씨처럼 한가한 사람이겠지."

마키타 씨는 관심 없는 듯 코웃음을 치고는 흥미를 잃었는지 "자, 나 야근해야 하니까"라고 중얼거렸다.

모니터에 비친 영원 씨는 조잡한 화면 속에서도 대번에 알 수 있을 만큼 표정이 어두웠다.

✦

다음 날은 아르바이트 휴무라 대학교에서 수업을 들었다. 일반교양 수업으로 일본의 고전문학에 대한 강의였다. 하아⋯⋯ 나는 문과지만 도무지 고전은 쥐약이다. 중학생 시절 아리오리

하베리이마소카리*라는 말을 외웠는데, 그게 대체 뭐였는지도 새까맣게 잊어버렸다.

수업 종료를 알리는 종이 울리는 동시에 기지개를 크게 켰다. 최근 아르바이트가 바쁜 탓에 반은 졸았지만 그래도 어떻게든 참고 견뎠다.

점심시간이라 학생 식당에 얼굴을 비추자 그곳에는 기쁜 만남이 기다리고 있었다.

도마는 책을 읽고 있었다. 연분홍빛 블라우스와 카키색 팬츠 차림이 실로 눈부셨다…….

나는 카레가 담긴 식판을 들고 조용히 그녀에게 다가갔다. 도마도 엄청난 동물 애호가라서 동물 관련 책이라도 읽고 있나 싶었는데, 때마침 책을 덮으며 하아 하고 귀여운 한숨을 내쉬는 중이었다.

"어, 가쿠."

고타라는 친구에게 진심으로 고마움을 느꼈다. 고타의 영향으로 도마도 요즘 나를 가쿠라 부르고 있었다.

"뭐 읽고 있었어? 꽤 감동하고 있는 것 같던데."

그렇게 말하며 그녀의 맞은편에 앉았다.

---

* ありおりはべりいまそかり. 일본 고전문학에서 '있다'는 존재의 뜻을 나타내는 단어 あり (아리), 居り (오리), 侍り (하베리), いまそかり (이마소카리)의 '라'행 변격 활용 동사를 외우는 방법으로 쓰인다.

"이 시집, 최고야!"

도마는 미소 지으며 표지를 내게 보여주었다.

"아키야마 간보쿠? 시집이네……."

제목은 '첫사랑 FIRST LOVE'이었다.

"이 사람 시, 너무 좋아. 여기 봐, 이 부분."

그녀는 낭독을 시작했다.

"가랑비가 웃지 않게 된 것은 언제부터일까. 그건 사랑을 시작한 그날. 봄날의 가랑비는 무지개처럼 울고 있다. 가랑비가 우는 것은, 아버지 등에서 본 그 가랑비는, 밤이슬처럼 울고 있었다. 그것은 삶과 죽음.'"

음…… 모르겠다. 놀라울 정도로 모르겠다. 뭐가 삶과 죽음이라는 거지?

"좋네."

나는 일단 호의를 품고 있는 여자에게 남자들이 인류 문명의 역사가 시작된 이래 꾸준히 대꾸해온 한마디를 내뱉었다.

"뭐랄까, 마지막의 '삶과 죽음'이라고 한 부분이 특히……."

나는 맞장구치며 자못 이해하는 척 끄덕였다.

"의미를 몰라서, 최고야!"

내가 웃는 표정 그대로 굳어버리자 도마는 깔깔대며 웃더니 말을 이었다.

"나 사실 이런 거 약해. 뭐랄까, 그…… 동아리 활동 끝낼 때 고문 선생님이 굉장히 좋은 말을 해주고 있는데 어깨에 무당벌레가 떡하니 붙어 있는 거야…… 그것도 두 마리. 모두들 울고 있고 나도 감동하던 중인데, 왜 하필 거기에!? 어째서 두 마리!? 이런 식의 의미를 알 수 없는 느낌이야. 웃으면 안 돼."

이상하리만치 구체적인 예지만 이해가 갔다. 역시 이 아이는 내 타입이었다. "좋네"라는 무난한 대답을 하길 정말 잘했다고 생각했다. 내가 만약 '가랑비는 죽음을 가리키고 삶에 대한 메타포는 이러쿵저러쿵' 늘어놨다면 도마는 '그렇구나'라고 말하면서 입술을 삐죽거렸을 것이다. 나는 조금 안심이 되었다.

"제목도 부제도 좋네. 번역서 같기도 하고."

"맞아 맞아!"

그녀는 또다시 웃었다.

"이 시집 말이야, 자전적 이야기래. 의미는 모르겠지만. 원래는 프랑스어로 쓴 건데 직접 번역했대. 제1장이 만나기까지고, 제2장이 만났을 때의 기쁨. 무슨 의민진 모르겠어. 제3장은 이별 후의 일상, 제4장이 현재. 여전히 의미를 알 수 없어. 아, 맞다! 조금 전의 의미를 모르겠는 가랑비 시는 제1장에 들어 있던 거야."

의미를 모르겠다는 말을 너무 많이 하는 거 아닌가…… 그래도 즐거워 보였으니 됐다.

"이 사람, 유명한 시인이야?"

"그럭저럭? 얼마 전에 방송에 나왔어. 가미조 출신이래. 프랑스 문학 영향을 받았다고 본인은 말하고 있지만 그 이외의 정보는 안 나오는 수수께끼의 시인…… 그게 또…….."

"의미를 몰라서 좋다고?"

도마는 또다시 아하하 웃으며 끄덕였다.

그러고서 그녀는 여러 가지를 알려주었다. 아키야마 간보쿠라는 이름은 필명이라는 것. 일부 탄탄한 팬이 있지만, 그 외에는 단순한 나르시시스트라며 바보 취급 한다는 것. 첫사랑에 대한 애틋한 마음이 작품의 원동력이라는 것.

"이 책 빌려줄게. 나는 악의 없이 즐길 뿐인데 이렇게 즐기는 방법을 다들 악취미라 여기니까, 그래서 말이 잘 통하는 너랑 이야기해보고 싶어."

나는 그 제안을 황홀한 기분으로 수락했다. 내 마음속에서 비버들이 일제히 모여 "비버! 나! 비버! 나!" 하고 합창했다. 덕분에 그녀에 대한 마음의 댐이 허물어져, 내 속마음을 외치고 싶어졌으나 필사적으로 참았다. 입꼬리가 씨익 올라가는 건 뭐 어쩔 수 없었다.

다음 날 아르바이트를 나가니 마키타 씨가 있었다. 역시나 기운 없어 보였다.

"가쿠토."

나도 모르게 "넵!" 하고 자세를 바로잡았다. 마키타 씨는 볼을 살짝 부풀리며 중얼거렸다.

"그저께, 미안해. 말이 너무 심했어."

"그저께라면, 일본얼룩배영…… 수조 건 말이에요?"

마키타 씨는 "응" 하고 입을 삐죽댔다. 나는 쓴웃음을 지었다. 뭐지, 사과를 하고 있는 건지 비꼬는 건지.

"왠지 요즘 초조해. 업무 문제만이 아니라, 왜 여러 가지로 일이 잘 안 풀려서 짜증 날 때 있지 않아?"

나는 고개를 끄덕였다. 아직 아르바이트밖에 겪어보지 않은 '사회'이지만 그 안에서조차 내가 야무지지 못하고 한심해서 이 세상으로부터 버림받은 것 같은 기분이 들 때가 있었다.

"요즘 내가 그래. 끊임없이 여러 가지 일로 고민하고, 모든 게 잘 안 풀려서 시도 때도 없이 기분이 나빠지고 우울해져. 하지만 이럼 안 되잖아. 나답지 않고 모두에게 피해를 주니까……."

"신경 안 써도 돼요. 우리는 동료들이잖아요. 더 의지해도 괜찮습니다."

내가 그렇게 말하자 마키타 씨는 풋 하고 웃음을 터뜨렸다.

"가쿠토, 말 잘하는데. 어제 고타 녀석에게 사과했더니 그 녀석은 굉장하더라. '이해해요, 우리 엄마도 그랬어요. 갱년기 때문에'라고 말해서 주먹 날릴 뻔했어."

참으로 고타다워서 나도 웃음이 터져버렸다.

"가시와기는 자신을 탓하며 괴로워할 것 같아 성가셔서 아직 사과 안 했지만 말이야."

마키타 씨는 개구쟁이처럼 웃었다. 조금 기운이 난 것처럼 보였지만 역시 무리하고 있는 듯했다.

"하루 빨리 마키타 씨의 답답함이 전부 해결되면 좋겠네요."

그렇게 말하자 마키타 씨는 "응" 하고 끄덕였다.

사무실에서 나와 동물들을 살펴보던 중 고타가 다가왔다.

"가쿠, 영원 씨 어제도 왔었어."

"뭐? 정말?"

"응, 결국 또 하루 종일 뺑뺑. 대체 뭘 하고 싶은 걸까?"

"……역시 가시와기 씨의 말대로 가게의 분위기가 좋아서라든가?"

"단순히 그런 이유라면 다행이지만…… 나 말 걸어볼까 했는데 그게 좀 어려워서……."

나는 크게 끄덕였다. 동물은 말이 통하지 않아도 괜찮지만 인간은 서로 대화가 안 통하면 피곤해져버리니까. 특별히 영원 씨가 그렇다고 단정 지어서는 안 되지만 그만큼 독특한 분위기를 풍기는 사람이었다.

"가시와기 씨는 뭐래?"

"그게 말이야, 어제는 못 봤대. 뭔가 이상해……."

어제, 가게 홈페이지에 일본얼룩배영원이 새로 들어왔다는 소식과 매장의 모든 파충류 용품을 할인한다는 정보를 올린 터라 가시와기 씨는 거의 종일 파충류 코너에 있었던 듯했다.

"마키타 씨는?"

"며칠 전과 똑같아. 뒷모습은 봤대."

하루 종일 매장을 돌아다니는 마키타 씨가 그 남자의 얼굴만은 보지 못했다는 게 이상했다.

"일단은 상황을 지켜보자고."

"응…… 그럴 수밖에 없겠네."

우리는 결국 가장 무난한 선택지를 택했다.

점심 휴식 중, 간보쿠의 시집을 읽으며 나는 필사적으로 웃음을 참았다. '만남: 달빛 아래의 그대'라 이름 붙여진 제2장에는 첫사랑에 대한 애틋한 마음과 고뇌가 그려져 있었다.

달빛 아래에서 어린 손이 어린 뺨에 닿았다. 그 차가움을 나는 잊으려 하는 것인가? 기적. 그대라는 기적에 닿은 손으로, 나는 말을 자아내고 있다. 뺨의 차가움. 손이 뜨거워진다. 안녕—

'안녕'이라는 말 다음에 나오는 긴 줄이 참으로 좋은 맛을 내고 있었다.

어쩌면 이런 식으로 시를 즐기는 것도 하나의 방법 아닐까? 아무리 노력해도 국어 수업의 영향인지 '시'라는 소리만 들으면 '이 맛을 모르는 녀석은 감수성 제로야'라고 하는 것 같아서 그만 경계하고 말았다. 하지만 내 나름대로 즐길 수 있으면 그만인 거였다.

또 하나 배웠다고 생각하며 책을 덮고 화장실에 갔다. 볼일을 보던 중 간보쿠의 시 한 구절이 떠올랐다.

어수선 속에서 멈춰 선다. 걸어가는 사람은, 모두 행선지를 갖고 있다. 우두커니 선다. 나만이 우두커니 서 있다. 북적임이 나를 삼켜버린다. 내가 사라진다. 내가 사라진다. 내가 삼켜져간다— 사상, 꿈, 말까지도 삼켜지고 최후에 남은 작은 조각. 그것이 그대다.

'어수선'이라는 말에 자극된 건지, 혹은 화장실 창으로 보이는 풍경에 겨울 색조가 보인 탓인지, 나는 아주 조금 쓸쓸한 기분이 들었다. 겨울이 오고 봄이 오면 나는 대학교 3학년이 된다. 취업 활동이나 여러 가지로 고민하는 일도 많겠지. 그래서 지금 이 시간을 아무것도 생각지 않고 즐기고만 싶었다. 아르바이트로 착실하게 땀 흘리며, 걱정되는 사람을 생각하고, 그 아이에게 영향을 받아 시집을 읽어보기도 하고, 이 시간이 언제까지고 계속되면 좋을 텐데…….

잠깐 권태로운 생각을 하며 사무실로 돌아오니 고타는 얼굴이 시뻘게져 있었고 가시와기 씨는 울고 있었다. 나는 어안이 벙벙했다.

"가쿠, 여기 직장이야. 이거 너무 야해서 안 돼…… '무지개처럼 울고 있다'라니."

고타는 전날 도마가 내게 읽어줬던 데를 펼쳐놓고 있었다.

"무슨 소리야. 모든 게 남자의 아련하고 애절한 연정인데!"

가시와기 씨가 힘주어 외쳤다.

뭐지. 이 이상한 상황은……?

고타의 말에 의하면 간보쿠의 시는 모든 것이 '접촉 활동'의 메타포이고, 가시와기 씨 표현으로는 '억지로 쥐어짠 문장이 아니라 사랑하는 사람에 대한 모든 감정을 드러낸 영혼의 외침'이라고 했다.

휴식 중임에도 불구하고 두 사람은 시 낭독회를 시작했다. 고타는 얼굴을 붉혀가며, 가시와기 씨는 눈물을 흘리며 각자 좋다고 생각한 시를 들려줬다.

"……뭐 하는 거야?"

마키타 씨가 들어왔다. 어딘가 겁먹은 목소리였지만 그건 기운이 없어서라기보다는 이 이상한 상황을 목격했기 때문인 것 같았다.

"누님, 가쿠가 19금 책을……."

고타가 그렇게 말하자 마키타 씨는 "가쿠토도 그럴 나인가!" 하고 무리하게 웃으며 시집에 손을 뻗었다.

"아키야마…… 간보쿠?"

"위대한 시인이야. 나는 넋을 잃었어!"

가시와기 씨가 외쳤다.

"아, 나도 며칠 전에 텔레비전에서 봤어. 근데 시를 다 읽고, 가쿠토 의외네 ……이거 그 여자애 영향이구나?"

그렇게 말하며 마키타 씨는 미소 지었다. 이런 게 바로 여자의 감이라는 건가? 식은땀이 났다.

"여자애라면 혹시 도마 씨? 전혀 이미지랑 안 맞는데. 그 사람 이런 외설적인 거 읽어?"

외설적이라…….

"이 좋은 시를 알아보는 여자가 있다니, 좋은 사람이잖아!"

가시 씨마저 이러니, 도마가 간보쿠를 좋아하는 이유는 '왠지 모르게 웃게 되니까'라고는 도저히 말할 수 없게 되었다. 휴식 시간이 끝나자마자 나는 도망치듯 매장으로 돌아갔다.

수조에 먹이를 던져 넣자 일본얼룩배영원들이 정신없이 달려들어 순식간에 다 먹어 치웠다. 그중 한 마리가 나를 올려다보며 고개를 갸웃거렸다. 보고 있으니 그만 웃음이 터졌다. 말로 표현할 수 없는 애교와 약간 맹한 모습이 유쾌했다.

그때 유리가 다가왔다.

"가쿠 오빠……."

목소리에 기운이 없어서 나도 모르게 무슨 일 있느냐고 물어봤다.

"있잖아, 마키 언니가 기운이 없어."

'마키'는 아카이 씨가 마키타 씨를 부를 때의 별명이었다. 유리는 나나 고타뿐만 아니라 펫숍의 동물들과 단골손님을 포함한 모두와 사이가 좋았다.

대충 '그렇구나'라고 말하는 건 그래서 나는 "그런가?" 하고 얼버무렸다.

"역시. 남자는 둔감해."

유리가 어이없다는 듯 툭 내뱉은 말이었다. 제법 냉소적이구나, 너…….

"마키 언니, 실연당한 걸까?"

의외의 말에 놀라면서도 되물었다.

"왜 그렇게 생각해?"

"있잖아, 실연당하면 기운이 없어져. 그래서 그런가 하고."

"음…… 유리는 실연당한 적 있어?"

"나는 없지만 나를 좋아하는 하루토와 쇼에게 관심 없다고 말했더니 기운이 없어져버렸어."

요즘 초등학생들, 무섭네…….

"근데 엄마한테 말했더니 그렇게 해서 유리의 관심을 끄는 거라고 했어. 그런 걸까?"

유리 엄마, 무섭네…….

"마키 언니가 기운을 차려야 할 텐데."

유리가 심각한 눈빛으로 뚫어지게 보는 바람에 나는 수긍할 수밖에 없었다.

정말 연애 문제 때문인가. 누구를 좋아하게 된다는 건 멋진 일이다. 나는 도마를 만나 일상의 설렘이 늘었다고 생각했다. 하지만 그만큼 괴로워질 때도 있었다. 그래도 전체적으로 설레는 감정이 더 크니까 사랑이란 분명 좋은 거겠지, 믿고 있었다.

그렇지만 일단 어른인 나는 마키타 씨의 지금의 기분도 이해가 됐다. 어른이기에 의미도 없이 우울할 때도 있으니까. 어린이가 우리의 상상을 뛰어넘는 많은 고민을 안고 있듯이 어른 역시 많은 것을 안고 있는 법이니까.

그리고 그건 아마도 어른이 된다는 의미일 테니까.

"가쿠 오빠?"

이상하다는 듯이 고개를 드는 유리에게 미소를 짓고는 "마키

언니는 곧 기운 낼 거야"라고 말하며 나는 이단으로 된 접이식
다리를 놓아주었다.

"펫숍의 신입이야. 인사가 늦었네."

"우와, 귀여워!"

유리는 수조 속의 일본얼룩배영원을 쳐다보며 웃었다.

일을 끝내고 사무실로 돌아오니 가시와기 씨가 기다리고 있
었다.

"좋아, 가쿠토와 고타도 오늘은 함께해. 간보쿠의 밤이다. 마
시자!"

"근데 가시 씨 술 못하잖아요."

"나는 간보쿠의 시에 취할 거야."

"전혀 안 멋있어요…… 아, 어쩔 수 없네."

고타는 갈 생각인 것 같았다. 뭐, 나도 한가한 몸이니까.

남자 셋이서 술집으로 몰려가려는데 마키타 씨가 작은 목소
리로 "다들 수고했어" 하며 퇴근하려고 했다. 나와 고타는 말없
이 서로를 보고 끄덕였다.

"누님, 가끔은 같이 가시죠?"

"그래요. 일상의 시름을 달래는 데는 술이 최고죠."

그렇게 말하자 마키타 씨는 눈을 동그랗게 떴다. 가시와기 씨도 웃으며 말했다.

"그래. 너도 같이 가자."

모두가 마키타 씨의 편이었다. 그리고 아마도 이런 때를 위해 우리가 있는 것일 테다.

마키타 씨는 고민하더니 대답했다.

"2차는 노래방 가자."

간보쿠의 밤 행사는 2분 만에 끝났다.

나와 고타는 맥주를 주문했고 가시와기 씨는 우롱차, 마키타 씨는 우롱하이*를 시켰는데, 가시와기 씨가 한눈팔고 있는 사이에 마키타 씨가 우롱하이와 우롱차를 바꿔치기했기 때문이었다. 결과적으로 가시와기 씨는 "위대한 시인, 아키야마 간보쿠 시인에게 건배!"라고 외치며 우롱하이를 단숨에 들이켠 직후에 침몰했고 그러든지 말든지 신경 쓰지 않고 마키타 씨는 태연하게 데운 술 세 병을 시켰다. 고타가 따르고 마키타 씨가 단숨에 들이켰다.

30분이 지나자 마키타 씨의 눈이 약간 풀어졌다.

"전부터 생각했었는데, 너희 남자 셋이서 마시면 즐거워?"

---

* 우롱차에 소주 등을 탄 칵테일.

내가 머뭇거리며 "그럭저럭"이라 말하자 마키타 씨는 단호하게 호통쳤다.

"그런 점에서 완전 틀려먹었다는 거야. 한창때니까 사랑 이야기 해, 사랑 이야기!"

음…… 평소 우리끼리 모여 술을 마실 때는 거의 동물 이야기를 하는 편이었다. 내가 당황하자 고타가 슬쩍 손을 들었다.

"네! 그럼 나부터 갑니다!"

오오, 친구의 사랑 이야기를 이렇게 듣게 되다니…… 고타는 외모도 화려하고 사람을 좋아해서 꽤 인기 있을 거야. 의외의 이야기를 들을 수 있을지도 모르겠다는 기대를 품었다.

고타는 먼 곳으로 시선을 던졌다.

"제목은…… 개를 산책시키다 피어난 사랑."

왠지 기대되는 제목이었다.

"꼬맹이 시절에 본가의 사모예드와 산책하러 갔을 때……."

오오. 뭐야, 뭐야. 느낌 좋은데! 이런 생각을 하고 있는데 마키타 씨가 못을 박았다.

"고타, 개들의 사랑 이야기라면 기각."

"에? 아니에요. 우리 개와 고양이의 종족을 뛰어넘은……."

망했다…… 마키타 씨는 말없이 잔을 비웠다.

"다음은 가쿠토! 시집 빌려준 여자애 얘기 좀 해봐!"

도저히 거절할 만한 분위기가 아니었다.

"저기, 좋아하거나 그런 게 아니라……."

나는 서론을 꺼낸 뒤 도마에 대해 이야기를 늘어놓았다. 대학교에서 만났다는 것, 활기찬 분위기를 풍기는 여자고 이야기를 나눌수록 훨씬 더…… 뭐랄까, 그…….

"죄송해요, 여기까지만 할게요. 쑥스러워서……."

"좋을 때네. 청춘이구나."

마키타 씨가 히죽 웃자 고타가 눈을 크게 뜨며 말했다.

"가쿠, 너 도마 씨한테 관심 있지?"

가시와기 씨는…… 크흥 하고 콧소리를 냈다.

"제 이야기는 됐고 마키타 씨는 어때요?"

나는 달아오른 볼을 맥주잔으로 식히며 자포자기의 심정으로 물었다.

"난 너희처럼 동물에 목숨 거는 인간이 아니니까, 그뿐이야."

"제발 후학을 위해 얘기해주세요."

이렇게 말하는 걸 보니 아마 고타는 아마 또다시 자신에게로 화살이 돌아올까봐 두려워하고 있는 것 같았다. 크하, 이 똑똑한 녀석.

"어떤 걸 들려줄까나."

마키타 씨는 꽤 취기가 올라온 모양이었다.

"안 되겠다. 대부분 나를 소중히 대해주지 않았던 남자뿐이네. 그래서 모두 차버렸어."

그렇게 말하며 마키타 씨는 혼자서 웃어넘겼다. 고타는 살짝 정색하며 내게 눈짓을 보내더니 속삭이듯 말했다.

"'대부분'이라는 말은 소중히 대해준 사람도 있었다는 말?"

"그렇지……."

마키타 씨는 땀을 질질 흘리고 있는 우롱차 잔을 들고서 한 모금 마셨다.

"들려주세요, 누님. 뭐든 이야기하면 즐거워지는 게 술자리잖아요. 마음이 편해질지도 모르고요."

이야기의 흐름을 봐서는 조금 세게 나가는 건지도 모르겠지만 제법 효과적인 방법이라는 생각이 들어서 나도 동의를 담아 끄덕였다.

"그럼, 어디 보자…… 중학교 때 우리 부모님이 사이가 안 좋았었어."

고타가 테이블 옆을 지나가는 직원에게 작은 소리로 데운 술을 달라고 했다. 마키타 씨의 목소리는 맑아져 있었다. 여자란 아니, 사랑을 경험한 사람이라면 응당 당시의 일을 떠올렸을 때 다른 얼굴을 보이는 것일지도 몰랐다.

나 역시 고등학교 때 풋내 나는 사랑을 했었던 적이 있다. 반 년을 사귀고 자연 소멸했지만. 물론 가시와기 씨도 분명 연애를 했겠지. 모두 사랑을 경험하고 난 후에야 어른이 되었다. 고타만은 여전히 수수께끼로 남아 있었다.

"엇나가고 있었어. 고등학교 입학과 동시에 부모님이 이혼했고 그 뒤로 완전히 엇나가버렸지. 중학교 때의 나는 뭐랄까, 고집불통이라서 동성 친구들에게도 털어놓지 못했어. 부모님 문제 말이야."

마키타 씨는 그렇게 말하고는 다시 우롱차를 한 모금 마셨다. 알코올은 들어 있지 않은데도 마시지 않으면 이야기를 할 수 없는 느낌이었다.

"중3 때 같은 반 남자아이, 나쓰카와란 애. 키 작고 안경을 쓴, 어두운 학생이었지. 국어 성적만은 뛰어나게 좋았지만 이과 과목은 엉망이었고. 나는 전부 엉망이었는데. 그래서 남아서 공부했었어. 나쓰카와는 수학, 나는 고전문학."

술집의 왁자지껄한 소리는 더 이상 들리지 않았다. 머릿속에 교복을 입은 마키타 씨와 멍하니 있는 윤곽의 나쓰카와가 보이는 듯했다.

"그래서 내가 혼잣말로 '고전문학 따위 무슨 도움이 되는 거야'라고 했더니 그 녀석 잘난 체하듯이 '이렇게나 재미있는데' 하면서 설명해줬어."

오오, 왠지 나쓰카와는 멋진 사람이었다. 나였으면 '그러게' 하고 얼버무렸을 텐데.

"그래서 어떻게 하다보니 이야기를 나누게 되었어. 보충반에서. 나는 이 녀석이라면 다른 데 이야기할 만한 친구도 없을 거라 생각했어, 우리 부모님 문제 말이야. 나쓰카와는 개대로, 자신은 말을 진지하게 마주하고 싶다는 등 의미를 알 수 없는 말을 하거나 머릿속에 말이 넘쳐나서 멈추질 않아 고민이라고 했어. 그래서 '이야기하고 싶으면 들어줄게' 하면서 전화번호를 주고받았지."

고타가 "후우……" 하고 깊은숨을 쉬었다. 나도 같은 마음이었다. 이상하게 가슴이 쿵쿵거렸다.

"그래서 그 뒤로 그저 평범한 애송이들의 연애를 한 거야. 몰래 커피숍에 들어가보기도 하고 여름에 불꽃놀이도 보고. 근데 그 녀석 좋은 학교에 붙는 바람에 개네 부모님이 나 같은 애랑 사귀는 거 반대했었나봐."

"그래서 헤어졌어요?"

내가 살짝 끼어들었다.

"아니. 개는 좋은 녀석이었으니까. 내가 부모님 문제로 고민했던 것도 알고 있었고. 우리 집 뒤에 작은 공원이 있었는데 매일 밤 거기서 기다리곤 했어."

"나쓰카와 바보!"

고타가 오른손 주먹으로 가슴을 쳤다. 그 모습이 꼭 어설프게 가슴을 두들기는 고릴라 같았다.

"부모님 몰래 밤늦게 나가는 건 신경 쓰였어. 하지만 그 녀석의 등을 보니 굉장히 안심이 되더라. 어쩐지 만날 때마다 항상 달이 환했던 것 같아. 그래서 이런저런 이야기를 나누면서 함께 있었어."

"누님은 나쓰카와를 뭐라고 불렀어요?"

"나쓰카와는 마키타 씨를 뭐라고 불렀죠?"

고타와 나는 예능 리포터처럼 질문을 던졌다.

"평범하게 나쓰카와라고 불렀지. 그 녀석도 날 성으로 불렀고. 참 풋풋하지?"

오히려 뭔가 청춘다워 좋네! 가시와기 씨가 "물……"하고 말한 것 같았는데 우리는 완전히 무시했다.

"그렇게 손만 잡고 있었어. 공원에서."

밤의 공원에서 손을 맞잡은 두 사람의 그림자를 머릿속에 떠올려보았다. 그 모습은 달빛보다도 반짝이는 빛을 내뿜고 있었으며 밤의 고요함은 두 사람을 위해…… 문득 아키야마 간보쿠의 시 같다는 생각이 들었다.

"그그그그래서 나쓰카와랑…… 뽀뽀라든가."

고타가 그렇게 말하길래 어깨를 힘껏 때렸다. 역시 이 녀석은 섬세함이 너무 부족해. 하지만 마키타 씨는 빙긋 웃었다.

"오, 끝내주는데? 각오는 돼 있겠지?"

나와 고타는 기세당당하게 끄덕였다. 가시와기 씨는 모래사장에 올라온 해파리 같은 상태가 되어 있었다.

"만화 같은 전개지만, 그 녀석은 프랑스에 있는 학교로 갔어.

부모님 일 때문에. 건방지게 자신을 잊어달라고 하길래 완전 폭발해버렸지. 까불지 말라고. 절대로 안 잊는다고. 어딘가에서 만나게 된다면 무조건 알아볼 거고, 네 등을 발견하면 무조건 붙잡을 거라고. 그랬더니…….”

잠시 정적이 흐른 끝에 마키타 씨가 입을 열었다.

“그랬더니, 걔가 갑자기 나한테 키스했어.”

우리는 동시에 “꺅!” 하고 카랑카랑한 비명을 질렀다. 마키타 씨는 웃음이 터져버렸다.

나는 “마키타 씨, 완전 청춘이잖아요”라며 데운 술을 따랐고 고타는 “나쓰카와, 포에버!”라며 양손으로 가슴을 마구 두드리기 시작했다. 가시와기 씨는 죽어 있었고.

“그으러어니이까아, 어렸었다고.”

“그래서 그 이후로는……?”

고타가 조심스레 묻자 마키타 씨가 나직하게 웃었다.

“한동안 편지를 주고받았어. 그런데 우리 엄마가 갑자기 나를 데리고 아빠한테서 도망치는 바람에 그 녀석의 주소를 모르게 되었지. 그 직후 부모님이 이혼하면서 환경이 확 바뀌었고, 그래서 자연 소멸의 수순으로.”

마키타 씨는 씁쓸한 듯 한숨을 내쉬었다. 그리고 ‘이렇게 이야기는 끝이 났습니다’처럼 이야기의 막을 내리기 위해 나직하게 말했다.

"'저녁노을로 곱게 물든 궁정 무라사키 벌판, 금원禁苑을 그렇게 걷노라면 들판지기가 보지 않겠어요? 그대의 소매가 흔들리는 것을.'"

마음속의 가장 소중한 보물을 가만히 꺼내는 듯한 말투였다.

"아, 나 그거 알아요. 만요슈*에 실린 거죠?"

고타가 곧바로 대답했다. 나한테는 그 상황이 이상하게 느껴졌는데, 왜냐하면 고타네 집에 몇 번인가 놀러갔었지만 책장에는 이런저런 동물도감과 동물에 관한 어려워 보이는 책만 엄청나게 꽂혀 있었기 때문이었다.

"잘 아네."

마키타 씨도 의외라는 듯이 고개를 갸웃거렸다.

"내가 가장 좋아하는 노래야. 나쓰카와가 알려줬지. 하아, 왜지? 소중하게 대해준 남자가 누구냐고 그러니까 제일 먼저 그녀석이 떠올라버렸네."

언짢지만 즐거운 듯이, 슬프지만 기쁜 듯이. 마키타 씨는 턱을 괴며 그런 웃음을 지었다.

나는 가시와기 씨를 억지로 일으켜 넷이서 다시 한 번 건배했다. 마키타 씨는 당연한 듯 가시와기 씨의 물을 소주로 바꿨고, 다시 요단강을 건너간 가시와기 씨를 보며 크게 웃었다.

---

* 일본에서 가장 오래된 가집.

"너희도 한창때 사랑 많이 해. 그러다 힘들어지면 이 누님이 같이 마셔줄 테니까."

그러면서 마키타 씨는 씩씩하게 웃었다. 여러 가지로 잘 풀리지 않아 괴로워하고 있는 건 정작 자신이면서 어느새 우리를 격려하는 쪽으로 돌아서 있었다. 역시 이 사람은 멋지고 착하고, 최고였다.

그 후 우리는 날이 밝을 때까지 노래방에서 함께했다. 지불은 역시 당연한 듯이 마키타 씨가 했고, 돈은 가시와기 씨의 지갑에서 나왔다.

·
··

다음 날, 술이 덜 깬 상태로 출근한 나는 매장 앞에서 가시와기 씨와 마주쳤다.

"마키타는 기운이 좀 생겼을까?"

가시와기 씨는 토할 것 같은 얼굴을 하고도 마키타 씨를 걱정하고 있었다.

"좋은 기분 전환이 됐을 것 같은데요."

그 말에 가시와기 씨는 미소를 지었다.

"다행이네."

사무실로 들어가자마자 아카이 씨가 달려오더니 내게 센베이 과자가 든 상자를 건넸다.

"덕분에 휴가 잘 다녀왔습니다. 이거는 여행 선물."

그때 고타가 사무실로 들어왔다.

"오, 아카이 씨 없는 동안 쓸쓸했다고요."

"고타, 나 없을 때 별일 없었어?"

어미 개와 강아지가 장난치는 모습 같아서 보고 있으니 조금 기분이 좋아졌다.

"별일이라고 해야 되나, 그 영원 닮은 사람 아직도 와요."

그러고 보니 영원 씨와 처음으로 맞닥뜨린 건 분명 아카이 씨였다. 하지만 아카이 씨는 단번에 못 알아들은 모양이었다.

"왜 있잖아요, 매장을 뻥뻥 돌던 그 사람."

고타가 그렇게 말하자 겨우 생각났는지 "아아" 하고 말했다.

"근데 영원은 도마뱀이잖아? 그 사람 파충류 상이었나?"

"영원은 양서류죠! 그리고 아카이 씨가 먼저 영원 씨라고 불렀잖아요."

"고타, 잠깐만. 아무래도 상관없을지도 모르지만 영원 씨라는 별명은 고타가 지은 거 아니었어?"

"에, 아카이 씨가 키 큰 영원 닮은 사람이라고 해서……."

말로 표현 안 되는 이상한 공기가 사무실에 흘렀다.

"아니지, 나는 영원을 찾던 사람이라고 말했어. 처음에 그 손님이 나한테 '이모리'는 어딨죠?' 하고 물어서 파충류 코너로 안내하려는데 사라져버려서……."

아카이 씨는 이야기를 하다보니 기억이 되살아나는 듯했다.

"맞다. 그때 마침 마키가 지나갔는데, 마키를 보더니 그 사람이 순식간에 사라져버렸어."

이상한 공기는 불안감으로 바뀌었다. 우리는 영원 씨가 그 후로도 매장 안을 계속 서성거렸다고 다시 알려주었다. 그리고 영원이 있는 파충류 코너에서는 그의 모습을 전혀 발견하지 못했다는 사실도.

"그 사람, 혹시 마키를 스토킹 하는 거 아냐?"

아카이 씨가 눈썹을 찌푸리며 말했다. 방범 카메라 영상으로 똑똑히 봤듯이, 마키타 씨는 그와 딱 한 번 스쳐 지나갔지만 그 이후로 얼굴은 본 적이 없다고 말했었다. 만약 영원 씨가 마키타 씨의 뒤를 따라다니고 있었던 거라면 얼굴을 보지 못한 이유도 납득됐다.

순식간에 영원 씨는 불길한 존재가 되었다.

"점장님, 어떻게 안 되나요?"

아카이 씨는 불안한 듯 물었다.

"음…… 잠시 생각할 시간을 주세요. 저 오늘 계속 사무실 근

* '영원'의 일본식 발음.

무니까 카메라 똑바로 살필게요…….”

그때 마키타 씨가 들어오는 바람에 대화가 끊겼다.

영원 씨가 이상한 짓을 꾸미지 않아야 할 텐데…….

파충류 코너에서 대기하고 있었지만 영원 씨에게 수상한 움직임은 없었다. 저녁이 가까워질 무렵 일본얼룩배영원 한 쌍이 입양됐다. 손님은 “봄은 언제 오려나. 번식시키고 싶네”라며 기쁜 표정으로 중얼거렸다.

영원은 번식기가 되면 수컷의 몸, 특히 꼬리가 희미하게 보라색으로 물든다. 하지만 아직 우리 펫숍의 영원들은 수컷도 암컷도 멍하니 그저 가을을 유유자적 즐기고 있었다.

대부분의 동물들에게 봄은 사랑의 계절이다. 아니, 사랑이라기보다 훨씬 더 생물의 근원적 욕구라고 할 수 있지만, 그건 뭐 넘어가자.

나는 나쓰카와라는 사람과 마키타 씨의 아련한 사랑을 떠올렸다. 모든 감정이 생존 본능에 의한 거라 단정한다면 마키타 씨는 옛 추억을 그렇게 소중히 여기지 않았겠지. 더구나 인류가 진보한 것도 사랑이라는 복잡한 감정이 있었기 때문일지도 몰랐다. 상대의 마음과 자신의 마음을 생각하고 그 충돌을 제대로 고민하며 소통을 중요하게 여겨온 것이 인류의 발전에 도움을 미치지 않았을까.

거기까지 생각하니 자연스레 생각이 도마에게로 향했다. 지금 뭐 하고 있을까. 그때 갑자기 마이크 헤드셋에서 소리가 났다.

"가쿠토, 들려?"

가시와기 씨였다. 약간 긴박한 목소리길래 나는 서둘러 망상을 떨쳐냈다.

"영원 씨가 마키타에게 접촉하려고 하고 있어. 서둘러 가줘. 장소는 개와 고양이 코너야!"

서둘러 개와 고양이 코너로 달려가니 영원 씨와 마키타 씨의 뒷모습이 보였다. 마키타 씨는 신상으로 나온 강아지용 우비를 진열하던 참이었다. 내가 한 발짝 내딛기 전에 영원 씨가 먼저 움직였다.

"저기……"

의외로 맑은 목소리였다. 마키타 씨는 뒤돌아보더니 영업용 미소를 지었다. 지금 내가 나설 차례인가, 고민하고 있는데 영원 씨는 살짝 고개를 숙이더니 그대로 굳어 있었다.

"무슨, 용건 있으세요?"

어쩐지 마키타 씨의 목소리가 급격하게 싸늘해진 것 같았다.

"아무것도…… 아닙니다."

영원 씨는 그렇게 중얼거리고는 뒤돌았다. 그제야 겨우 얼굴이 보였다. 왠지 굉장히 상처받은 듯한, 금방이라도 울 것 같은 얼굴을 하고 있었다.

영원 씨가 사라짐과 동시에 나는 마키타 씨에게로 달려갔다.

"괜찮아요? 영원 씨……."

"그 녀석? 그냥 기분 나쁘게 집적대는 놈이잖아. 괜찮으니까 걱정 마."

씹어 뱉듯이 '집적대는 놈'이라고 불렀다.

"무례하기 짝이 없다니까, 정말. 가슴을 뚫어져라 쳐다보면서…… 너도 고타도 저러면 안 돼."

그렇게 말하며 마키타 씨는 다시 우비를 진열했다.

가슴을 뚫어져라 쳐다봤다니…… 여자들은 가슴을 쳐다보면 바로 알아채는 듯했다. 영원 씨는 고개를 숙이고 있었고 마키타 씨 본인도 그렇게 말했으니 틀림없겠지. 하지만 뒤돌아봤을 때의 그 얼굴은 뭔가 수심에 잠긴 것처럼 보였다.

그때 마이크 헤드셋에서 "들어와서 보고하고 좀 쉬어"라는 가시와기 씨의 목소리가 들려서 나는 사무실로 돌아왔다. 마침 고타와 가시와기 씨가 기다리고 있었다.

"어땠어? 영원 씨는 지금 막 매장에서 나갔어."

고타가 걱정스레 물었다.

"마키타 씨한테 관심이 있어 보였어요. 그러니까, 가슴을 쳐다본다든가……."

"으음…… 그 점은 주의가 필요하겠네."

가시와기 씨가 중얼거리는 그때 마키타 씨가 우비를 가득 안고 들어왔다.

"가시와기, 창고에 재고 넣을게."

"으응, 그래! 마키타! 수고해!"

아연실색할 정도로 어설프게 웃으며 가시와기 씨가 대답했다. 마키타 씨가 창고 쪽으로 간 동시에 고타가 모니터를 보고 소리쳤다.

"아, 영원 씨가 돌아왔다!"

영원 씨는 조잡한 영상으로 봐도 단번에 알 수 있을 만큼 어깨가 축 처져서는 두리번거리고 있었다. 품에는 뭔가를 안고 있는 듯했다. 그걸 보느라 우리 셋은 모니터에 바짝 달라붙어 있었는데 등 뒤에서 갑자기 날카로운 목소리가 들려왔다.

"거기, 아까부터 뭐 하고 있어?"

"앗, 누님! 아무것도 아니에요!"

고타의 말을 무시하고 마키타 씨는 우리의 등 너머로 모니터를 들여다봤다.

"조금 전에 집적대던 놈이잖아. 하여튼 인간은 끊임없이 치근덕거려. 참 싫다니까."

무슨 말을 해야 좋을지 몰라 일단 마키타 씨를 쳐다봤다.

"엥? 저 녀석 뭐 하는 거야."

마키타 씨가 모니터를 가리켜서 이번에는 영원처럼 목을 사십오 도로 홱 돌렸다.

강아지 옷 코너까지 도착한 영원 씨는 품에 든 물건을 조심스
럽게 바닥에 내려놓았다. 그런 다음 몇 번이고 멈춰 서서 놓아
둔 물건을 쳐다보다가 사라졌다.

"뭐야. 기분 나쁘게……."

"고타, 가줄 수 있겠어?"

말이 떨어지자마자 고타는 전력을 다해 튀어 나갔다. 곧바로
모니터에 비친 고타는 그 물건을 주워 들어 카메라를 올려다보
며 입을 벙긋거렸다. 그런 다음 또다시 전력을 다해 모니터 밖
으로 사라졌다…… 대체 뭘 주운 걸까?

사무실로 돌아온 고타는 불쑥 중얼거렸다.

"의미를 모르겠네요……."

마키타 씨를 신경 쓰고 있어서인지 좀처럼 그 물건을 보이려
하지 않았다.

"마키타, 자리 옮길까?"

가시와기 씨가 그렇게 말했지만 마키타 씨는 무표정으로 고
개를 가로저었다. 고타는 마지못해 들고 있던 물건을 천천히 꺼
냈다.

그건 검은색 모종 화분에 들어 있는 식물이었다. 꽃은 달려
있지 않았고 뾰족한 잎사귀만이 자신의 존재를 뽐내고 있었다.
흔히 쓰는 조그맣고 하얀 이름표가 흙에 꽂혀 있었다. 밖에 있
는 가드닝 매장에서 파는 거였고, 검은 매직으로 자초紫草라 쓰

여 있었다.

"……무라사키구사?"*

우리 모두가 입을 닫고 있었다. 무슨 의미로 두고 간 건지 그 누구도 알지 못했다.

"마키타, 영원 씨가 또 접근한다면 우리 쪽에서……."

"상관없어."

분명하게 말하는 마키타 씨에게 놀라 우리 모두가 쳐다봤다.

"내버려둬."

그 한마디를 남기고 마키타 씨는 사라져버렸다. 하지만 뭐랄까, 그 얼굴은 아주 조금 쓸쓸해 보였다.

영원 씨 같은 얼굴이네, 나는 막연히 그런 생각을 했다.

그날 이후 마키타 씨는 또다시 기운을 잃었다. 의기소침이라는 말이 딱 들어맞을 정도였다. 아카이 씨가 차를 마시자고 해도 싫다, 고타가 노래방에 가자고 해도 싫다. 일만은 똑 부러지게 했지만 업무가 끝나면 칼같이 퇴근해버렸다.

대체 무슨 일이 일어난 거지?

* '자초'의 일본식 발음으로 '무라사키'는 '자색, 보랏빛'을 의미한다.

우리는 마키타 씨를 지키기 위한 준비를 했다. 혹시 영원 씨가 다시 나타난다면 고타나 내가 일대일로 상대하고, 마키타 씨에게 접근하려 한다면 가시와기 씨가 나설 것이고, 아카이 씨는 만약의 상황에 대비해 계산대 아래에 방망이까지 준비해두었다.

하지만 그 이후로 영원 씨는 펫숍에 나타나지 않았다.

나는 뒤숭숭한 마음으로 학교 수업을 듣고 있었다. 어느 정도로 마음이 뒤숭숭했냐면 도마가 수업 내내 옆에 앉아 있어도 전혀 알아차리지 못했을 정도였다.

수업이 끝나자 도마가 말했다.

"뭔가, 고민 있는 얼굴이네."

"……아닌데."

나는 태연하게 받아넘겼다.

"너는 숨기는 게 서툴대도. 말해봐."

미소를 지으면서도 걱정해주는 눈빛이었다. 다정한 그 눈빛이 기뻤다. 동갑인데도 정말 어른이구나 싶게 도마는 나보다 훨씬 더 다른 사람의 기분을 헤아려 곧바로 고민을 알아차리는 능력이 뛰어났다.

처음에는 그저 동경의 마음뿐이었지만 인간적으로 알게 되고 대화를 쌓아가면서 존경심마저 들었다. 그러면서, 나는 도마가 좋아졌다.

이 아이가 고르는 단어가 좋다. 이 아이의 따뜻함이 사랑스럽다. 이 아이가 웃고 있으면 기쁘다. 숫기 없는 나지만, 어쩐지 볕을 받고 있는 도마를 보고 있으니 갑자기 좋아한다고 고백하고 싶어졌다.

역시, 사랑은 위대해.

도마는 고개를 갸웃거리고 있었다. 나는 가만히 미소 지었다.

"아무것도 아냐. 기운 차렸어."

그녀는 고개를 기울인 채로 내 얼굴을 물끄러미 보더니 옅게 웃었다. 분명 믿지 않는 눈치였지만 일단 내가 체면을 차릴 수 있게 해준 것 같았다.

어쩌다가 둘이서 구내를 걷게 된 상황에서 나는 가슴이 계속 두근거렸다.

마키타 씨는 "인간은 끊임없이 치근덕거려"라고 말했었다. 그 말을 떠올리자 쓸쓸한 웃음이 번졌다.

좋은 말은 아니지만, 인간의 발정기는 상대에 대한 마음이 깊어질 때마다 찾아오는 것일지도 몰랐다. 그리고 그때마다 좋아하는 사람에게 좋아한다고 전하고 싶어질 테고.

"그러고 보니 최근 간보쿠 씨가 블로그를 시작했어. 사진도 올리고 시도 올려. 활동 거점을 프랑스로 옮길 것 같던데."

나는 시집을 빌려둔 게 생각났다.

"미안…… 다 읽었는데 두고 와버렸어."

"다음에 줘."

나는 분위기를 바꿀 겸 아키야마 간보쿠가 펫숍에서 엄청난 인기를 끌고 있다고 알려주었다. "한 사람은 사랑하는 남자의 순수함을 이야기한 걸작이라고 평가했어"라고 하자 "가시와기 점장님?" 하고 바로 맞혔고 "그리고 또 한 사람은 에로스 덩어리라고 평가했어"라고 하자 "고타 군?"이라며 연달아 알아맞혔다.

"잘 아네."

그러자 그녀가 아하하 웃었다.

"예전엔 시가 이렇게 재미있는지 몰랐어. 정말로 읽는 사람에 따라 감상이 완전 달라."

"동감. 다음에 서점에서 유명한 거 사볼까."

나는 간보쿠의 시집이 영문 모르겠다는 점에서 재미있게 느껴졌다. 하지만 지금이라면 다를지도 모르겠다. 시 속에 있는, 첫사랑에 대한 마음을 이해할 수 있을 것 같았다.

사랑. 그것은 인간에게 허락된 특권이다. 결코 모두가 좋은 결과로 이어지는 것은 아니며, 인생을 크게 혼란시키는 사람 또한 있다. 하지만 그럼에도 사랑은 좋은 거라는 확신이 들었다.

'사랑'이라는 말이 마키타 씨의 과거를 상기시켰고, 그리고 지금 안고 있는 문제인 영원 씨의 쓸쓸한 얼굴이 떠올랐다.

영원 씨에 대해선 도저히 좋은 인상을 가질 수 없었다. 그 이유는 아마도 가슴을 쳐다보고 있었다는 마키타 씨의 말 때문인 것 같았다. 얄팍한 속셈으로 마키타 씨 쳐다보지 마, 라고 말하고 싶어졌다.

게다가 그 무라사키구사라는 식물, 그런 걸 왜 두고 갔을까. 스토커처럼 시커먼 꿍꿍이로 끝을 내버린 게 영 기분 나빴다.

그런데 마키타 씨는 그 식물을 본 뒤로 갑자기 기운이 빠졌다. 어떤 메시지가 담겨 있었을지도 모른다……

아니, 생각이 너무 나갔나. 하긴 마키타 씨는 영원 씨를 보고 기분 나쁘게 집적대는 놈이라 했으니까. 첫 대면의 상대와 서로 통할 만한 메시지 따위 있을 리 없었다.

영원 씨의 마음은 얄팍한 속셈이고 내 마음은 사랑이다. 하지만 그걸 내가 이미지만으로 단정해도 되는 걸까…… 생각이 정리가 안 됐다.

"그냥 털어놔."

방울 소리 같은 도마의 목소리가 울렸다.

"그게……"

그래. 그냥 다 말하자. 내가 좋아하는 이 사람에게.

도마는 살짝 고개를 갸웃거렸다. 아무래도 생각할 때 나오는 버릇 같았다.

"그 식물 무라사키구사가 아니라 그냥 무라사키라고 읽을 거야. 이거 유명한데."

"뭐가?"

그녀는 깍지 낀 손을 가슴에 대고서 눈을 감았다.

"'무라사키처럼 향기롭고 아름다운 그대를 원망한다면 남편까지 있는 그대가 그토록 사랑스럽겠소?'"

"'보라색 그대를 원망하고'…… 그다음이 '유부녀'였나?"

그녀는 나직히 웃었다. 음, 아무래도 잘못 짚은 듯했다.

"'자초 꽃처럼 아름다운 그대여. 유부녀라도 원망하지 않아요. 이렇게나 그리워하고 있으니.' 고전문학 수업 때 안 배웠어?"

고전문학이라. 나쓰카와에 얽힌 추억이 되살아났다. 물론 직접 만난 적은 없었지만.

"만요슈에 실린 와카* 말이야. 오아마 황자가 지은 거였나."

만요슈…… 갑자기 머릿속에 뭔가 떠올랐다.

"이 와카는 다른 것까지 세트로 외웠었거든. 분명히 누카타노 오키미가 지은 와카에 대한 답가였다고. 누카타노 오키미의 와카가 무슨 내용이었더라……."

"아카네사스, 그러니까 저녁노을……."

"맞아! 너도 알고 있네. '저녁노을로 곱게 물든 궁정 무라사키

---

* 일본의 사계절과 남녀 간의 사랑을 주로 노래한 5·7·5·7·7의 31자로 된 일본 고유의 정형시.

벌판, 금원을 그렇게 걷노라면 들판지기가 보지 않겠어요? 그대의 소매가 흔들리는 것을.'"

"그 와카는 어떤 의미야?"

도마는 "그게 말이지" 하며 고개를 갸웃거렸다.

"대강 얘기하자면 '그렇게 소매를 휘두르면서 걸어가면 우리의 비밀 사랑이 들켜버려요' 이런 느낌."

"……미안, 이해를 못 하겠어. 그러니까 누카타노 오키미라는 시인이 유부녀였단 말이야?"

"맞아. 오아마 황자의 형인 나카노오에 황자의 부인이었지. 다이카개신* 때 나카노오에 황자가 덴지 천황이 된 거 맞지?"

"음…… 그랬던 거 같아."

나는 문과이면서도 역사에 대해선 잘 몰랐다.

"누카타노 오키미는 원래 오아마 황자와 결혼한 사이였어. 그런데도 나중에 형인 덴지 천황이랑 다시 결혼해버렸지. 그래서 오아마 황자가 와카 발표회에서 읊은 노래야."

그럼 이건 비밀의 연가인가. 그런 생각을 하고 있는데 도마가 웃었다.

"이걸 애절한 연가라고들 하지만 실은 서로를 조롱한 노래 아니었을까. 과거에 서로 사랑했으나 이제는 그 사실을 숨김없

---

* 왕 중심의 중앙집권적 정치개혁.

이 털어놓을 수 있는 관계가 되었노라고. 왜냐하면 그 와카 발표회 때 형도 있었거든."

과거에 서로 사랑했으나…… 나는 먼 옛날을 생각했다. 오아마 씨와 누카타 씨가 어떤 마음으로 노래를 읊었는지는 모르겠지만, 그래도 두 사람에게는 함께한 추억이 있었다.

함께한 추억…… 자초…… 혹시 영원 씨는……

"고마워!"

나도 모르게 도마의 손을 덥석 잡자 그녀는 약간 당황해하며 말했다.

"별말씀을……."

　　　　　　　　　　　　🐾

나는 오후 수업을 팽개치고서 펫숍으로 서둘러 갔다. 사무실에는 고타와 가시와기 씨가 있었다.

"마키타 씨는요?"

"왜 그래, 가쿠? 오늘 누님은 휴문데……."

아, 일정표 확인한다는 것을 잊고 있었다…… 정신을 어디다 팔고 있는 거야.

"대체 왜 그래?"

"확인하고 싶은 게 있어서요. 영원 씨가……."

고타가 말을 끊었다.

"아, 이미 알고 있어. 아무튼 깜짝 놀랐다니까."

"뭐?"

"완전 팬인 내가 찾았지."

무슨 일인지 가시와기 씨는 자신만만해 보였다.

"저기, 잠깐 두 사람 무슨 얘기 하는 거예요?"

가시와기 씨가 자신의 스마트폰을 내게 보여주었다. 글자가 빼곡했다.

"지금, 처음이자 마지막 사인회 하고 있대…… 가고 싶어."

"가시 씨, 그 부분 아니에요. 프로필 부분을 열어요."

가시와기 씨가 스마트폰을 누른 뒤 다시 내게 화면을 보였다.

어라? ……어엇!

아키야마 간보쿠의 사진이 게재되어 있었다.

동그란 눈과 나른해 보이는 표정. 바로 영원 씨였다.

머릿속이 혼란스러워졌다. 나는 천천히 머릿속의 개운치 않은 덩어리를 풀어갔다.

아키야마 간보쿠와 영원 씨는 동일 인물이다. 그러니까…….

"가쿠, 확인하고 싶다는 게 뭐야?"

나는 침을 삼키며 생각했던 걸 말했다.

"영원 씨는 아무래도 나쓰카와와 동일 인물인 것 같아요."

"뭐어!?"

고타와 가시와기 씨가 동시에 소리쳤다. 그러더니 가시와기 씨는 심각한 표정을 지었다.

"나쓰카와가 누구야? 가쿠의 친구?"

"가시 씨는 좀 조용히 해요!"

고타의 말에 가시와기 씨가 꿍얼댔다.

"나 여기 점장인데……."

그 모습이 가여워서, 우리는 마키타 씨의 첫사랑에 대해 이야기해줬다. 아주 어리숙하고, 아주 사랑스럽고, 아주 진지한 사랑 이야기였다. 가시와기 씨는 한숨을 내쉬었다.

"의외네, 마키타에게 그런 과거가."

"영원 씨가 나쓰카와라니……."

고타가 말을 잇지 못하고 있는데 그제야 가시와기 씨는 뭔가 생각난 듯 말했다.

"잠깐만! 영원 씨는 간보쿠 시인이랑 동일 인물이잖아. 그러니까 나쓰카와가 간보쿠 시인이라면 그 시집에 적힌 달빛 아래의 그대는 마키타라는 말이네! 내가 생각했던 이미지랑은 완전다르다고! 달빛 아래의 그대는 밤처럼 검은 머리칼에, 추운 겨울 속 새하얀 숨에 나에 대한 마음을 담아 가만히 별이 빛나는 하늘로 내뱉는 이미진데, 마키타는 안 돼!"

소리치는 가시와기 씨를 그대로 두고서 고타에게 물었다.

"고타는 국어 수업 때 계속 시튼 동물기만 읽었지? 여러 번

반복해서."

"아니, 종종 파브르 곤충기도 읽었어."

"그런 고타가 어떻게 만요슈 와카를 알아?"

"그런 고타라니. 너 안 배웠어? 그 와카는 생물 수업에도 나와. 영원의……."

그러면서 고타는 영원의 발정기에 대해 들려주었다.

아…… 이제야 나는 확신하게 됐다. 영원 씨는 정말로 영원이었구나. 좀 더 일찍 알아챘어야 했는데. 처음에 호프만 씨가 그런 말을 했었다. 영원은 우아한 멋을 지니고 있다고.

영원 씨는 가게 안을 돌아다녔지만 파충류 코너에만은 나타나지 않았다. 영원 씨는 처음에 아카이 씨에게 영원이 어디 있냐고 물었다. 마키타 씨는 영원 씨의 뒷모습만 봤다. 마키타 씨는 영원 씨가 가슴을 쳐다봤다고 말했다. 영원 씨는 자초를 놓고 사라졌다.

나는 고타와 가시와기 씨에게 전부 설명했다. 한 가지만은 도저히 알 수 없었지만 두 사람은 납득해주었다.

"근데 처음이자 마지막 사인회라니 무슨 말이에요?"

나는 서둘러 물었다. 더 이상 시간이 없을지도 몰랐다.

"아니, 본격적으로 프랑스로 이주한대. 거기서 시를 처음부터 다시 배우고 싶다고……."

나는 스마트폰을 꺼내 마키타 씨에게 SNS 메시지를 보냈다.

지금 어디냐는 단문에 고맙게도 바로 읽음 표시가 떴다.

'집인데? 또 마시러 가자는 거면 미안. 돈 없어.'

다행이다, 마키타 씨는 집에 있었다!

"가쿠, 나도 오늘은 이만 퇴근하려고. 뭐 도울 일 없어?"

고타가 물었다.

"그럼 전차 시간을…… 아니, 택시를 탈 수밖에 없겠네!"

"이미 불러놨지."

그렇게 든든하게 말해준 건 가시와기 씨였다.

"마키타를 부탁해. 그 녀석은 내 소중한 동기야. 그리고 미안하지만 계산은 이 카드로 해줘."

우리는 가시와기 씨와 힘차게 악수를 했다.

"무슨 일인지 모르겠지만 지갑에서 현금이 사라졌어."

가시와기 씨에게 정말로 죄송한 마음을 가지며 우리는 뒷문으로 나와 도착해 있던 택시에 올라탔다. 점잖은 기사님께 마키타 씨네 집 주소를 알려준 다음 곧바로 마키타 씨에게 전화를 걸었다.

좋았어! 한 번에 받았다!

"뭐야…… 가게에 문제라도 생겼어?"

"나쓰카와 씨가 떠난대요."

마키타 씨는 말이 없었다. 아무래도 내 예상이 적중한 듯했다. 마키타 씨는 자초를 보고 영원 씨의 정체를 알아차렸던 것이다.

"……별로 만나고 싶지 않아."

"그럼 최근에 기운이 없었던 이유를 알려주세요."

"스피커폰으로 해!"

고타의 말에 나는 스피커폰 버튼을 눌렀다.

"딱히. 그냥 미안하다고 생각했을 뿐이야. 그 녀석은 일부러 와주었는데, 나는 전혀 알아보지 못했으니까. 엉망이잖아, 나란 인간."

마키타 씨는 동창회에 가지 않았다. 나쓰카와는 동창회에 갔을까, 아마 연락해온 간사에게 틀림없이 마키타 씨의 연락처를 물었던 것 같았다.

"누님, 간보쿠 씨는 진심으로……."

"간보쿠 씨라면 아키야마 간보쿠라는 시인 말하는 거야?"

"아, 간보쿠 씨가 아니라 나쓰카와 씨."

나는 설명하기 시작했다. 나쓰카와는 아키야마 간보쿠라는 시인이 되었고, 첫사랑을 자신의 원점이라 했다.

그가 파충류 코너에 나타나지 않은 이유는 단순했다. 마키타 씨는 파충류라면 질색했으니까. 파충류 용품 보충은 마키타 씨가 아닌 우리가 하고 있었다. 그러니까 마키타 씨가 파충류 코너에 가까이 가는 일은 전무했다.

그리고 지금 상황에서 나쓰카와는 큰 오해를 하고 있었다. 마키타 씨는 고교 시절에 부모님이 이혼하면서 아마 성이 바뀌었을 테다. 나쓰카와는 가슴을 쳐다봤던 게 아니라 명찰을 보고 있었던 것이다. 그리고 성이 바뀐 이유를 결혼 때문이라 믿은 거였다. 그래서 자초를 놓아두고 사라졌다. 유부녀가 되어도 자신의 마음은 변치 않는다는 괴로운 의미의, 마키타 씨만 알아차릴 수 있는 메시지를 남기고.

"그러니까 준비해서 가세요. 지금 도쿄에서 사인회를 하고 있어요."

"안 가."

마키타 씨의 목소리는 차가웠다. 고타가 소리치듯 말했다.

"누님, 있잖아요! 수컷 영원은 번식기에 몸 전체가 보라색으로 변해요. 그리고 보라색 꼬리를 암컷 앞에서 필사적으로 흔든다고요!"

나쓰카와는 분명 부끄러움을 잘 타는 사람인 것 같았다. 게다가 마키타 씨의 성격을 우리보다 훨씬 더 잘 알고 있는 듯했다.

방범 카메라에 찍힌 영상에서 두 사람은 스쳐 지나갔다. 그때 나쓰카와는 마키타 씨가 알아봐주길 바랐을 것이다. 하지만 알아보지 못했다. 그럼에도 마키타 씨를 생각해 부르지 않았던 것이다. 끝내 알아차리지 못한 자신을 탓하고야 마는 마키타 씨를 배려해서.

자신이 부르기 전에 먼저 알아봐주기를 바라면서.

그래서 그는 등을 계속 보였던 거였다. 어릴 적에 "네 등을 발견하면 무조건 붙잡을 거야"라던 그 말을 믿고서, 영원처럼 몇 번이고 등을 보였던 거다. 좁다란 등짝의 소년이 이제 어른이 된 자신의 등을 알아봐달라고 말이다.

"수컷 영원이 내뿜는 페로몬을 소데프린이라고 불러요. 만요 슈에서 이름을 따온 건데, 재미있죠."

마키타 씨는 침묵했다.

"나쓰카와 씨는 필사적이었어요. 누님이 알아봐주기만을 바라면서."

"나는 알아보지 못했어. 그러니까, 이걸로 끝난 거야."

고타의 목소리가 커졌다.

"그렇지 않아요! 풋풋했던 그때 그 시절 그대로 돌아갈 수는 없어요. 그건 알아요. 하지만, 그렇다고 해서 오해한 채로 이렇게 끝내버리기 아쉽지 않아요? 밤의 공원에서 이야기를 나눈 두 사람이 있고, 수컷은 그때의 기억을 완전 소중히 여기고 있는데 오해로 끝내버리다니…… 정말 시시해. 그런 거 정말 싫다고요!"

고타의 눈가가 조금 촉촉해졌다. 고타도 틀림없이 옛날에 무슨 일이 있었겠지. 우리는 모두 저마다 사랑을 하며 어른이 된 걸 테니까.

"최소한 오해는 풀어야죠. 그럼 되잖아요."

마키타 씨는 또다시 침묵했다.

"귀여운 남동생을 위해서, 제발!"

나와 고타는 동시에 외쳤다. 스마트폰 너머에서, 분명히 들렸다. 주저하면서도 키득거리는 작은 웃음소리가.

"뭐, 인사만 하러 가는 거라면⋯⋯."

"빨리 나와요! 우리 지금 집 앞이니까!"

마키타 씨는 '준비'라든가 '화장'이라는 말을 해댔지만 우리는 무시했다. 마키타 씨는 언제나 최고로 예쁘니까.

마키타 씨가 택시에 올라탔다. 나는 시계를 보고 외쳤다.

"아아, 근데 사인회, 앞으로 30분 후에 끝나!"

그때 얌전하던 택시 기사님이 갑자기 말했다.

"날아가겠습니다. 30분이면 어디든 도착합니다."

기사님은 백미러 너머로 싱긋 웃고는 손가락 뚫린 장갑 자락을 탕 하고 폼 나게 잡아당겼다.

뭐지, 이 사람⋯⋯ 완전 멋있잖아! 가시와기 씨의 카드도 나와 고타의 노력도 전부 무시하고 택시 기사님이 깨끗하게 MVP를 가져가버렸다⋯⋯ 남자는 역시 사랑을 응원하기 위해서라면 필사적이 되는 생물이다.

그 후의 일은 시시콜콜 말하지 않는 게 멋이라는 거겠지.

내가 풀지 못한 마지막 수수께끼, 그러니까 왜 나쓰카와는 처음에 아카이 씨에게 영원에 대해 물었던 건지에 대해선 마키타 씨가 택시를 타고 가던 중 말해주었다.

"나, 부모님을 따라서 처음 펫숍에 갔을 때 나랑 성이 같은 동물이 있다는 얘기를 듣고 막 두근대면서 수조를 살폈었어. 그랬는데 하필이면 끔찍히 싫어하는 파충류…… 아, 양서류랬지."

부모님이 이혼하기 전 썼던 마키타 씨의 성은 이모리, 즉 영원이었던 것이다.

행사장에서 마키타 씨는 간보쿠 시인의 시집에 사인을 받았다. 그리고 우리에게 먼저 돌아가라고 말했다. 건네받은 시집에는 '가시와기 점장님'이라 쓰여 있었다. 나와 고타와 택시 기사님은 기쁨에 덩실거리며 펫숍으로 돌아왔다.

"뭐야, 돌아올 때도 택시 탔어……?"

가시와기 씨는 얼굴이 시퍼래졌지만 우리가 진심으로 사죄하고 간보쿠 시인에게 받은 시집을 건네자 용서해주었다.

간보쿠 씨는 블로그에 새 글을 올렸다. 아주 솔직한 투로, 사인회에 와준 사람들에 대한 감사 인사와 그리운 사람과 재회했다는 것, 그리고 '첫사랑 이후'라는 제목의 기쁨과 따뜻함으로 충만한 시가 올라와 있었다.

결국 간보쿠 시인은 프랑스로 가버린 듯했지만 최근 마키타 씨는 매우 활기차졌다. 마키타 씨의 책상에는 자초가 놓여 있었다. 반드시 언젠가 예쁜 꽃을 피우겠지. 그리고 개장한 분위기가 적응되었는지 가게의 매상도 전보다 올랐다.

나는 학교 식당에서 도마를 기다리고 있었다. 주머니에는 영화 티켓 두 장이 들어 있었다. 고타가 골라준, 화제의 대작이 아닌 동물 주연의 따뜻한 코미디 영화였다.

빨리 오면 좋겠다, 그런 생각을 하면서 간보쿠 시인과 마키타 씨가 달빛 아래에서 만나는 모습을 떠올려보았다.

사모예드와 시로타로

"진짜 완전 재미있었어!"

눈부신 미소를 짓는 도마의 얼굴을 보고 나는 어지러움을 느꼈지만, 이내 정신을 차리고 상냥하게 고개를 끄덕였다. 용기 내보러 가자고 한 동물 코미디 영화가 취향을 저격했던 것이다.

영화를 본 뒤에는 아무렇지 않게 "아직 시간 있는데 동물원이라도 갈래?"라고 물었다. 아니, 정확히는 "아아아아직, 시간 있는데에에에 동물원이라도⋯⋯"라고 말했지만. 어쨌든 도마는 만면에 미소를 띠고 대답했다.

"가고 싶어!"

우리는 설레는 마음으로 전차를 탔다. 조금만 더 가면 목적지였다. 도마는 주변에 방해가 되지 않도록 내 옆으로 가까이 다가와 방금 본 영화에 대해 속닥거렸다. 나는 도마가 가까이 온 것만으로도 아득한 행복감을 느꼈다.

"역시, 개를 싫어하는 사람이 개를 키운다는 설정은 잘 먹혀. 그것만으로도 두근거리는데 사모예드는 또 어찌나 사랑스러운지…… 정말 최고야! 블루레이 나오면 사버릴까? 돈은 없지만."

도마의 표정이 시시각각 변했다. 사모예드 견종은 복슬복슬한 순백의 긴 털을 자랑하는 대형견이다. 눈부시게 아름다운 개로, 얼굴은 항상 싱글벙글 웃는 표정을 짓고 있다.

"영화 마지막 장면에서 마음 졸였어."

"응. 사모예드가 무사해서 다행이야. 만약 죽었다면 나 팝콘 던졌을지도 몰라."

주인공인 흑인 형사가 개에게 마음을 여는 에피소드 뒤에 마피아가 습격하러 온 장면에서는 나도 모르게 형사보다 개를 걱정하고 말았다.

영화는 어떤 자에게 습격당해 상처를 입은 동료가 기르던 개를 주인공 형사에게 부탁하는 장면으로 시작했다. 개라면 질색을 하는 주인공이 서서히 개에게 애정을 느낀다는, 완전히 잘 먹히는 전개였다. 게다가 습격당한 동료에 대한 사건의 열쇠를 개가 쥐고 있었다는 반전은 더할 나위 없이 흥미로웠다.

동물 애호가라면 잘 알겠지만 동물을 소재로 한 픽션에서 중요한 요소는 단 하나밖에 없다. 동물이 죽느냐, 안 죽느냐. 전자라면 절대 보고 싶지 않고 후자라면 안심하고 볼 수 있다.

그건 그렇고, 참으로 멋진 겨울날이었다. 영화 속 사모예드는 하얗고 복슬복슬하고 폭신폭신해서 마음까지 따뜻해졌고, 핑크색 터틀넥 위에 얇은 베이지색 피코트를 입고 그레이 롱스커트를 입은 도마는 보고 있는 것만으로도 설레고 사랑스러워서 땀이 날 지경이었다.

마침내 목적지에 도착한 우리는 전차에서 내렸다. 평일인데도 꽤 많은 사람들이 동물원으로 향하고 있었다. 우리도 인파를 따라갔다.

동물원 입구 앞에는 사람들이 세 줄로 서서 입장권을 사려고 기다리고 있었다. 우리도 줄 맨 끝에 섰는데 뒤로 점점 줄이 길어져 거의 떠밀리는 지경이 되었다.

도마를 놓쳤다간 큰일이니까! 이럴 땐 손을, 잡아도, 괜찮겠죠……?

나는 신에게 물어봤다. 신의 응답을 기다리고 있는데 "학생 두 장 주세요"라며 신이 아닌 여신, 아니 도마의 목소리가 울려 퍼졌다.

음, 어느새 줄의 맨 앞에 서 있었구나…….

안으로 들어서자 한겨울의 태양이 더욱 환하게 빛나 보였다.

좋아하는 사람과 좋아하는 동물이 가득 있는 장소에선 이렇게 나 기분이 좋은 걸까, 하는 감동이 밀려왔다. 이제 막 십이월인데, 벌써 크리스마스 데이트를 신청해도 될까…… 아니야, 오늘 잘되면 생각하자.

그러고 보니 고타와 가시와기 씨도 휴무인 날이었다. 고타는 요즘 갑자기 "살 뺄 거야!"라면서 휴식 시간에도 팔굽혀펴기를 해댔기에 휴일 정도는 집에서 편히 쉬고 있겠지 싶었다. 가시와기 씨는 유급 휴가를 써버리지 않으면 안 되는 건지 "일하고 싶은데……"라며 어쩔 수 없어 하는 것 같았다.

두 사람도 나와 마찬가지로 충실한 휴일을 보내면 좋겠다고 생각하면서 동물원 입구 근처의 조류 코너로 향했다.

흰올빼미와 인도공작 등 희귀한 새들을 보고 나는 도마와 함께 "우와" 하고 탄성을 질렀다. 부모와 함께 온 아이가 근처를 지나가다가 올빼미 우리로 달려왔다. '그렇지, 유아기 때부터 동물을 접하는 경험은 중요해요 부모님, 잘 알고 계시네요'라고 생각하면서 아이의 부모를 쳐다봤다. 하지만 아이의 부모는 영역을 침범당한 고양이처럼 굉장히 험악한 표정으로 우리 쪽을 쳐다보고 있었다.

알고 보니 올빼미 우리 한쪽에서 정장 차림의 한 젊은 남성을 쳐다보고 있었던 거였다. 그는 우리 쪽으로 얼굴을 돌려 뭐라고 중얼거리고 있었다. 누가 봐도 수상한 사람이었다.

근데 저 사람의 등, 어디서 본 것 같은데…….

어쩐지 매우 기분 나쁜 예감이 들어서 몰래 다가가봤다.

"나, 새, 안 무서워, 나, 새, 안 무서워……."

아악……! 나는 나도 모르게 그만 도마의 손을 낚아채고 온 힘을 다해 그곳에서 도망쳐 나왔다.

"왜 그래?"

"체험 코너에 조랑말이 있는 것 같아! 탈 수 있을 것 같아서!"

"분명 애들밖에 못 탈 텐데!"

손잡고 데이트하는 걸 꿈꿔왔지만, 이건 뭔가 아니었다…….

그건 그렇고, 뭘 하고 있는 거지? 가시와기 씨는…… 유급 휴가 중에 약점 극복 훈련이라니.

가시와기 씨는 평소에 새소리만 들어도 펄쩍 뛰는 사람이지만 최근 노력한 보람이 있는지 가게의 마스코트인 잉꼬 유리의 울음소리에는 놀라지도 않았다. 그의 말마따나 "그 녀석과는 겨우 서로를 이해하게 되었어"라는 말은 맞는 것 같았지만, 여전히 다른 새소리는 무서운 모양이었다. 어쨌든 "동물이라고 생각하면 안 돼요"라고 말한 건 나였으며, 약점을 극복해보려는 그 모습은 존경할 만했다. 그렇다고 굳이 동물원에서 할 필요는 없는데!

우리는 헉헉대며 체험 코너에 도착했다.

"이것 봐, 꼬맹이들밖에 없잖아."

몸집이 작은 조랑말을 앞에 두고 소풍 온 듯한 유치원 아이들이 사육사 누나의 설명을 귀 기울여 듣고 있었다. 그 아이들 가운데 덩치가 꽤 큰 금발 아이 하나가 눈에 띄었다.

제발 외국인이나 혼혈, 아니면 장난꾸러기 부모를 둔 아이이길…… 하고 바랐지만 아이들 무리에 가까이 다가갈수록 그 기대는 무너졌다. 금발에 특유의 엉거주춤한 자세, 그리고 익숙한 얼굴…….

"자, 제일 먼저 조랑말 타고 싶은 친구?"

사육사 누나가 문자 앞다퉈 들어대는 아이들의 조그만 손 사이에 지지 않고 번쩍 든 큰 손이 보였다.

"저요저요저요! 나나! 제발 나요! 부탁합니다!"

……신은, 역시 없는 건가.

"음, 형아는 어려울 것 같은데요?"

사육사 누나가 미묘한 표정을 지었다.

"괜찮아요. 오늘을 위해 엄청 살을 뺐거든요. 그리고 이틀간 아무것도 안 먹었어요! 게다가 성인도 탈 수 있는 조랑말이 있는 동물원은 전차 요금이 너무…… 그러니, 그러니 제발…… 마지막 소원이에요!"

마지막 소원이라…… 나는 깊은 한숨을 내쉬었다.

"하, 하지만 아이들이……."

그 말을 들은 금발의 몸집 큰 친구 고타는 땅바닥에 무너져내리려 납작 손을 붙였다. 아이들은 "불쌍해" 하고 소곤거렸다.

당황해하는 사육사 누나 앞에서 민폐를 끼쳤다는 걸 눈치챘는지 고타는 겨우 일어나 눈물을 닦았다.

"모두들 고마워…… 하지만 이 형아는 포기할게. 마지막으로 모두에게 한마디. 조랑말은 탈 수 있을 때 타둬…… 승마 클럽은 비싸니까……."

그렇게 말하며 고타는 아이들에게 손을 흔들고 등을 돌렸다. 지금 이걸 멋지다고 생각하고 있는 걸까…….

그러다 결국 나와 눈이 마주쳐버렸다.

"어, 뭐야. 가쿠잖아?"

어깨를 돌리는 순간 또 다른 익숙한 목소리가 들렸다.

"고타……? 가쿠토도 있네. 여기서 뭐 하고 있어?"

이 두 사람, 뭐 하고 있었느냐니. 그건 내가 할 소리라고!

그들은 언제나 떠들썩한 나의 직장, 펫숍의 동료들이다.

동물원의 푸드 코트에서 나는 나초와 오렌지 주스를, 도마는 참치 크레이프와 블루베리 주스를 샀다.

"가쿠토, 나는 피자와 콜라 부탁해. 고타, 너는?"

"나는 살 빼야 되니까 됐어요."

어째 당연하다는 듯 두 사람이 따라왔다.

"가쿠토가 데이트를⋯⋯ 이야, 좋은 풍경이군⋯⋯."

"그러게요, 가시 씨. 아마 그거겠죠. 동물 영화를 보고 분위기가 무르익어서 동물원까지 오게 된 상황이에요."

두 사람 모두 엄청나게 히죽거리는 표정이었다. 그 영화를 데이트 코스로 추천한 사람이 고타였다. 그러니까 전부 알고 있었단 소리다. 게다가 "괜찮아. 사람도 개도 안 죽으니까"라며 걱정 말라고 장담한 사람도 녀석이었다.

"근데 정말로 우연이네요. 가시와기 점장님에 고타 군까지."

"에, 실례지만 저를⋯⋯ 아, 가게에 자주 오시는 손님이구나. 가쿠토, 너 일하는 중에 작업을⋯⋯?"

"아니에요, 대학교 친구예요."

나는 도마가 '친구'라는 걸 강조하는 듯해 조금 동요했다. 그때 고타가 치고 들어왔다.

"도마 씨는 이미 나랑 친구인걸요. 그렇지?"

"그렇지."

두 사람이 고개를 기울이는 걸 보니 왠지 즐겁지가 않았다.

"그러고 보니 영화 재미있었어. 고타 너도 보러 가는 게 어때? 지금 당장."

내가 유치하게 살짝 빈정거렸다.

"아, 나는 패스할게. 못 봐."

의외였다. 이미 봤을 거라 생각했는데.

"진짜로 재밌는데. 사모예드가 너무 사랑스러워⋯⋯."

"응, 알아. 하지만 패스."

고타는 이야기를 중단시키려는 듯 말을 잘라버렸다. 항상 붙어 다니며 함께 일하는 나로선 문득 고타가 이상하게 느껴졌지만 도마는 이상한 점을 눈치채지 못한 것 같았다.

"왜? 고타 군, 개 좋아하는 줄 알았는데. 고양이파야?"

묘하게 불안해졌다. 고타는 입은 웃고 있지만 눈은 건들지 말라고 하는 빛을 띠었다. 대답 대신 눈을 한 번 깜빡인 뒤 다시 가늘게 뜨며 씨익 웃고 말았다.

"그런 게 아니고. 나, 어릴 때 사모예드 키웠었거든."

"키웠었다"는 말은 애완동물을 기르는 사람이라면 누구나 짐작할 수 있는 슬픈 속뜻이 담겨 있었다. 나는 간신히 떠올렸다. 고타는 마키타 씨와 한잔하던 날 사모예드와의 추억담을 언뜻 들려줬었다. 그런데도 사모예드가 나오는 영화에 대해 여러 가지로 알아봐줬던 건가⋯⋯.

"아, 미안해. 미처 생각 못 했어."

풀이 죽은 도마에게 고타는 손을 내저었다.

"도마 씨 잘못 아니니까 괜찮아. 그보다, 알고 있었어? 그 영화 주연배우, 사모예드가 완전 마음에 들어서 촬영 후에 주인에게 양도해달라고 울며 애원했대."

"진짜?"

도마가 웃었다. 고타는 정말로 배려심 있고 섬세한 녀석이라 나보다도 훨씬 어른이었다. 조랑말을 타고 싶어 하기는 해도.

가시와기 씨가 손목시계를 보더니 말했다.

"나, 이제 가게에 나가봐야 돼."

"오늘 유급 휴가잖아요?"

"잠깐 손님이 올 예정이어서 말이야. 고타도 방해 그만해."

가시와기 씨는 일어나더니 진지한 표정으로 도마의 얼굴을 내려다봤다.

"도마 씨, 우리 가쿠토를 앞으로 잘 부탁드립니다. 일도 열심히 잘하고 무엇보다 성실한 인간입니다."

그렇게 말하고는 구십 도로 허리를 굽히며 고개를 숙였다. 우리는 아직 사귀는 사이도 아닌데, 고타도 그것을 알고 있기에 묘한 분위기가 흘렀다.

고개를 든 가시와기 씨는 분위기가 그렇게 된 게 '너무 딱딱한 인사 탓'이라 생각했는지 만회하려는 듯 말했다.

"그러니까…… 동물원에만 주우욱, 미……안…….'

왜 뜬금없이 호프만 씨 같은 말장난을…… 분위기를 만회하기는커녕 찬물을 끼얹는 그 말장난에, 나와 고타는 재빠르게 눈짓을 주고받고는 일부러 더 크게 웃어서 얼어붙은 공기를 어떻게든 녹여보려고 했다.

그런데 그 순간, 깜짝 놀랄 만한 일이 일어났다. 도마가 손뼉을 치며 폭소를 터뜨린 것이었다. 애가 말장난을 좋아했나……데이트를 하다보면 의외의 모습을 보게 된다.

결국 고타는 "조랑말 꼭 타고 말 거야. 히치하이크해서!"라고하더니 "그럼 천천히 즐겨"라는 인사를 마지막으로 우리에게서 손을 흔들며 멀어졌다.

가까스로 둘만의 시간으로 돌아온 우리는 천천히 동물원을 거닐었다. 다양한 동물들을 구경하면서 신나게 이야기를 나눴다. 크리스마스에 데이트를 하자고 콕 집어서 말하지 못했는데 도마가 헤어지기 전에 입을 열었다.

"또 놀러 가자."

집에 돌아온 나는 잠들기 전 영화 팸플릿을 가만히 보다가 정말이지 황홀한 기분으로 잠이 들었다. 그리고 그 기분 그대로 잠에서 깨, 그 기분 그대로 준비를 하고, 그 기분 그대로 아르바이트를 나갔다.

나를 꿈에서 현실로 되돌려놓은 것은 사무실 문을 연 순간이었다.

"아니, 그러니까…… 그건 내 맘이잖아요!"

평소답지 않은 고타의 날카로운 목소리가 들려왔다. 사무실에는 고타와 가시와기 씨 외에는 아무도 없었다. 뿔난 목소리는 가시와기 씨를 향해 있는 것 같았다. 가시와기 씨는 과자 포장지를 만지작거리면서 살벌한 눈빛으로 고타를 쏘아보고 있었다.

"아무튼 다음 달에 휴무 넣어둘 테니까."

"그러세요. 하지만 나는 내 맘대로 할 거예요."

"너, 다른 사람 말을 좀 듣는 게 어때?"

험악한 분위기가 흘렀다. 나는 대체 무슨 일이지 생각하면서 "좋은 아침입니다" 하고 중얼거렸다.

"좋은 아침."

언짢은 듯한 두 명의 목소리가 겹쳤다.

"됐어요. 청소하러 갑니다."

고타는 따분하다는 듯이 말하고는 매장으로 나가는 문을 열어젖혔다. 세차게 닫힌 문이 쾅! 하고 큰 소리를 냈다. 가시와기 씨는 말없이 한숨을 내쉬고만 있었다.

"무슨 일 있었어요?"

내 말에 가시와기 씨는 고개를 가로저었다.

"아냐, 아무것도 아냐. 그보다, 먹을래?"

나는 무심히 쿠키를 집어 한 입 베어 물었다. 사각사각 소리가 나며 입안에 잔잔한 단맛이 퍼졌고 가루가 바닥에 투두둑 떨어졌다. 멋대로 쿠키라 믿고 있었는데 라쿠간* 같은 화과자인 것 같았다.

"자세히 알려주세요. 두 사람 싸우는 거 싫어요."

그렇게 말하자 가시와기 씨는 푸핫 웃었다.

"싸운 거 아냐. 그리고 일에 관한 이야기도 아냐. 뭐라고 말해야 할까……."

그는 멍하니 허공을 바라보았다.

"인생 선배로서, 아니 친구로서의 충고랄까."

그러고는 내 눈을 보며 미소 지었다. 아주 쓸쓸해 보이는 눈빛이었다.

"뭐, 내가 상사 입장이다보니 그 녀석도 터놓고 이야기하는 건 꽤 어렵겠지. 어쩔 수 없는 건가."

나는 부정하고 싶었다. 가시와기 씨는 상사이기 이전에 우리가 의지하는 형님이었다. 고타도 잘 알고 있었다. 그런데도 충돌을 일으켰다는 건 뭔가 사정이 있다는 뜻이었다.

"고타한테 가서 청소 돕고 올게요. 그리고 잘은 모르겠지만 친구로서의 충고라는 의미로 잘 받아들이라고 말해볼게요."

* 곡물 가루와 설탕으로 만든 건과자의 일종.

내가 사무실을 나가려는데 가시와기 씨가 말했다.

"가쿠토, 고마워."

나는 고개를 끄덕이고 매장으로 갔다.

매장은 평소보다 조용하게 느껴졌다. 밥 달라고 소란 피우는 동물들의 소리가 조금 작아진 기분이 들었다. 고타는 기분에 따라 동물을 대하는 태도가 바뀌는 녀석이 아니지만, 분위기는 옮는 법이니까.

고타는 동물의 건강 상태를 체크하고 있었는지 마키타 씨가 대신 달려왔다.

"고타 무슨 일 있어? 웃는 얼굴이 어색해 보여."

"아무 일도 없어요."

내 말에 마키타 씨가 말했다.

"왠지 이상한데. 그 녀석의 기분이 가라앉다니."

다음은 아카이 씨가 달려왔다.

"고타가 기운이 없네? 제대로 밥은 챙겨 먹고 다니나?"

나는 또다시 미소를 지으며 말했다.

"아무것도 아닐 거예요."

"아줌마의 쓸데없는 걱정이려나. 나한텐 가쿠토도 고타도 점장도 모두 아들 같아서 말이야, 아무래도 걱정이 된다니깐."

정말이지, 모두가 걱정하고 있구나…… 나는 조금 기뻐하면서 고타를 찾았다.

　모두를 걱정시킨 장본인은 열대어 코너에서 한 손에 브러시를 들고 수조의 이끼를 벗겨내고 있었다. "어이" 하고 내가 부르자 고타는 굳은 표정으로 돌아다봤다.

　"왜 그래? 모두 걱정하고 있잖아."

　고타는 잠시 입술을 삐죽거린 후 "아무것도 아냐"라며 이끼 청소를 계속했다. 나는 삼단 접이사다리에 걸터앉았다. 고타의 등을 쳐다보고 있는데 이상하게 등에서 '말 걸지 마'라는 오라가 마구 뿜어져 나왔다.

　"너 표정만 봐도 알아. 바로 거짓말이 들통나거든."

　"별로, 거짓말 같은 거 안 하니까."

　끼익끼익 이끼를 벗겨내는 소리가 났다.

　"나는 의외로 고타를 모르는구나 싶어."

　"그래? 나는 언제나 솔직하게 살고 있는데."

　"조랑말 타본 적 없다는 거 몰랐어."

　"그건 정말로 내 인생의 오점이라서 말 안 한 것뿐."

　이쪽을 쳐다보지도 않았다. 마치 토라진 아이처럼.

　"히치하이크는 성공했어?"

　"아니. 너는? 데이트 잘했어?"

　나는 일부러 "실은 그 뒤에……" 하고 의미심장하게 말했다.

고타가 의외라는 듯이 돌아봤기에 나는 속으로 '됐다' 하면서
어깨를 으쓱했다. 고타는 다시 입술을 삐죽거렸다.

"가시와기 씨랑 싸운 거 아니지?"

그러자 고타는 힘없이 웃으며 다시 이끼를 벗겨냈다. 오라는
사라진 것 같았다.

"⋯⋯가시 씨가 쓸데없는 참견을 하잖아. 일과 상관없는 사
생활까지 간섭하려 하고."

나는 느릿느릿 말했다.

"일과 상관없다니, 우리도 지금까지 여러 일에 간섭해왔잖
아. 일하고는 전혀 상관없는 일에."

"⋯⋯뭐, 그야 그렇지."

"그리고 가시와기 씨가 참견을 잘하는 건 맞지만 항상 진심
으로 우리를 생각해주고 있어. 여기서 많은 것을 배울 수 있도
록 항상 지켜주고 있는 느낌이잖아."

이끼를 벗겨내는 소리가 멈췄다.

"우리는 분명 아르바이트생이고 가시와기 씨는 점장이야. 하
지만 어제 우연히 동물원에서 만났을 때나 셋이서 한잔하러 갔
을 때, 스스로 점장이라는 점을 강요한 적은 단 한 번도 없어."

"응⋯⋯."

고타가 뒤돌아봤다. 왠지 길을 잃은 강아지를 연상시켰다.

"알아. 나도 안다고⋯⋯."

"무슨 일인지 말해."

영업 시작 전임에도 불구하고 마키타 씨와 아카이 씨가 슬며시 다가와 나머지 청소와 먹이 주는 일을 전부 해치워주었다. 나는 두 사람에게 감사해하면서 고타와 계속 이야기했다. 분명 고타는 누군가에게 털어놓고 싶었던 것 같았다. 그는 쌓인 감정을 터뜨리듯이 거침없이 이야기하기 시작했다.

"……가시 씨가 나보고 다음 달에 무슨 일이 있어도 본가로 돌아가라고 했어."

"다음 달이면 설 연휴?"

설 연휴 기간의 펫숍은 꽤 한가한 법이다. 다만 유어셀프의 홈센터는 문을 여니까 펫숍도 통상 영업을 할 것이다. 가시와기 씨는 "어차피 한가하니까"라며 내게도 사흘의 휴가를 주었다. 그래서 설 연휴에는 오랜만에 부모님도 뵙고 아르바이트비로 선물을 사드려야겠다고 생각하던 참이었다.

"그 자리에서 거부했어."

고타는 아무 일도 아닌 것처럼 말했다.

"그랬더니 최소한 성인식*에는 참석하라고 하는 거야……."

성인식이라. 나는 그것을 작은 동창회 정도로 여기고 있었다.

---

* 일본은 한국과 달리 성인식을 성대하게 치른다. 매년 일월 둘째 주 월요일을 공휴일인 '성인의 날'로 지정하여 전국 지방자치단체들이 청년들을 격려하기 위해 일제히 축하행사를 진행한다.

참석하든 안 하든, 우리는 이제 곧 진로를 생각해야 할 시기니까. 다만 고타의 본가는 북쪽 지역이라는 말을 들은 적이 있었다. 가미조에서 꽤 떨어져 있어서인지 본가에 올라가는 걸 한 번도 본 적이 없었다.

"왜, 괜찮잖아. 가끔은 본가에 얼굴을 비추는 것도."

고타는 인상을 쓰고 있었다. 나는 왠지 모르게 짐작이 갔다.

"혹시 부모님과 사이가 안 좋아?"

"응…… 엄마랑은 좋은데. 아버지와는 별로. 완전 별로."

아무래도 골이 꽤 깊은 듯했다.

"옛날부터 형편없었어. 그 사람. 항상 무뚝뚝한 얼굴이라 웃는 모습 한 번 본 적이 없어. 게다가 짜증 날 정도로 커. 190센티미터 정도에 완전 근육질 달마티안 같아. 고기만 먹어대. 무뚝뚝한 거구의 근육질 달마티안이라니, 나랑 공통점이 제로를 넘어 마이너스 수준이야."

말투는 농담 같았지만 눈빛은 진지했다.

"맨날 일일일 거렸어. 놀아준 적이 한 번도 없고. 심지어 내가 초등학교 때……."

거기까지 말하고 고타는 혀를 찼다.

"부모님이랑 함께 가기로 한 소풍을 떠나기 직전에 취소해버렸어, 일 때문에. 어찌나 화가 치솟던지 그냥 꾀병을 부리고 소풍을 땡땡이쳤어. 그 덕에……."

증오가 느껴지는 목소리였다.

"그 덕에⋯⋯?"

"나는 목장에 못 갔고 조랑말도 못 탔지!"

시시했다⋯⋯ 아니, 안 시시한 건가? 동물 원리주의자에게는 사활을 건 문제였을지도 몰랐다.

어색한 침묵이 흐르길래 나는 일단 화제를 돌리기로 했다.

"요즘 고타는 조랑말 붐이네."

"조랑말이랄까, 말이라면 전부야. 얼마 전에 텔레비전에서 재팬컵*을 하더라고. 경마에는 흥미 없지만 말은 타보고 싶어."

"그럼 승마 클럽 같은 데 가면 되잖아."

그러고 보니 최근 한 도시에서 떨어져 사는 사람이 가게에서 승마 클럽 티켓을 팔아달라고 한 적이 있었다. 몸무게가 백 킬로그램 이하면 승마를 할 수 있는 것 같았다.

"음, 승마를 한다고 쳐. 그러면 그때의 말이 첫경험 상대가 되는 거잖아. 나는 절대로 못 잊을 거야. 또 그때처럼. 결국 승마 클럽 회원이 되어버릴 거라고. 그러니까 언제든 탈 수 있는 조랑말을 찾는 것부터 시작하고 싶어."

굉장히 오해를 부를 만한 말투였다. 하지만 동물에 대해 말할 때마다 고타는 엄청나게 생기 넘치고 행복한 웃음을 지었다. 아

---

* 일본에서 가장 유명한 경마 대회.

버지 이야기를 하던 때와는 반대로, 고타의 웃는 얼굴에서 퍼져 나온 활기가 매장 전체로 전해지는 기분마저 들었다.

고타는 나를 보더니 문득 말했다.

"걱정해줘서 고마워."

"가시 씨에게 그랬던 건 사과할게. 그런데 나도 사정이 있어. 성인식을 하러 가진 않을 거야. 고집부리는 어린애처럼 보이겠지만."

그렇게 말하며 고타는 미소를 지었다. 아버지와의 문제는 걱정됐지만 우선 가시와기 씨와의 마찰은 일단락이 난 것 같았다.

❖

영업이 시작되고 나는 정말 열심히 일했다. 설 연휴에는 한가하겠지만 연말은 정신없이 바빴다. 사료나 배변 시트 같은 용품이 날개 돋친 듯 팔려 나갔다.

많은 손님 그리고 기운 넘치는 동물들, 평소와 다름없는 광경이었지만 나는 뭔가 약간의 위화감을 느끼고 있었다. 좀 불안하다고 해야 할지, 불편하다고 할지…… 분위기가 묘하게 꺼림칙했다. 고타와 스쳐 지나갔지만 평소와 다름없이 웃음 띤 얼굴을 하고 있었다. 가시와기 씨도 평소처럼 상품 보충을 도와주었고, 아카이 씨도 계산대에서 단골손님과 가볍게 세상 돌아가는 얘기를 나누고 있었다.

하지만 뭔가 달랐다. 평소와 똑같은데 평소와 다른, 그런 느낌이 들었다.

그때 브라운 씨가 다가왔다.

"어서 오세요. 오랜만이네요."

나는 정중히 고개를 숙여 인사했다.

"가게는 어때요?"

브라운 씨는 변함없이 고양이 통조림을 들고 있었다. 고양이 통조림도 재고가 얼마 안 남아 있을 것 같았다. 통조림 말고도 재고가 다 떨어진 상품도 있을 텐데, 나중에 보충해야겠다고 생각했다.

"요즘은 불티나게 팔리고 있어서 감사하죠."

"역시 용품이 많이 팔리는 게 좋군요?"

브라운 씨는 미소를 지었다. 그 단순한 물음에 "네. 당연히"라고 대답했다. 그렇게 말하자 브라운 씨는 "수고해요"라고 말하고는 사라졌다.

음…… 브라운 씨도 평소대론데, 역시 뭔가 달랐다. 가슴속에서 뭔가 쓸쓸한 느낌이 스며 나오는 것 같기도 했고 매장 전체에 감도는 것 같기도 했다.

휴식 시간에 사무실 문 앞에 섰을 때 나는 아연실색했다. 분노와 초조함이 뒤섞인 고타의 목소리가 또다시 들렸던 것이다.

"안 된다니깐요, 구도 씨!"

브리더인 구도 씨는 평소에 고타와 사이가 엄청나게 좋았다.

서둘러 사무실 문을 열자 고타는 잔뜩 화가 난 표정이었고 가시와기 씨와 구도 씨는 곤란한 표정을 짓고 있었다. 마키타 씨는 말없이 회계 일을 하고 있었다. 그리고 거기엔 새하얗고 복슬복슬한, 작디작은 강아지가 있었다.

"사모예드는 안 돼요! 손님의 부담이 장난 아니라고요! 돌보는 일도 산책시키는 일도 굉장히 까다로우니까. 그걸 제대로 인지하고 확실하게 키워줄 손님은 절대로 찾기 힘들 거예요!"

"키우기 어려운 거야 알고 있지만 여기라면 제대로 준비된 손님에게……."

구도 씨는 웬일로 횡설수설하고 있었다.

"뭘 모르시네요. 사모예드는 다른 개보다 키우기가 진짜로 힘들다니까요! 우리 펫숍은 지금 있는 아이들과 손님 간에 다리를 놓아주고 있잖아요. 하지만 사모예드는, 정말 기를 수 있는 사람이 기르고 싶다는 마음을 가지고 확실하게 찾아오는 게 아니라면 힘들다고요!"

내가 살그머니 다가가자 마키타 씨가 작은 소리로 이유를 알려주었다.

"구도 씨의 브리더 친구가 입원해서 지금 도와주고 있나봐.

그래서 사모예드를 우리 펫숍에 두겠다고……."

고타는 필사적이었다.

"도대체가! 그 브리더 친구, 홋카이도 사람이죠? 그분도 더운 관동 지역에서 사모예드가 살길 바라지는 않을걸요! 왜 그걸 모르세요."

구도 씨는 그 말에 화가 났는지 표정이 떨떠름했다.

"저기, 고타. 그 녀석은 나를 믿고 좋은 펫숍을 추천해달라고 했어. 그래서 나는 이곳을 선택했고. 네 멋대로 단정하지 마."

고타도 약간 기가 꺾였지만 굴하지 않았다.

"그러면 가시 씨에게 결정하라고 하죠. 어쨌든 저는 무조건 반대예요."

두 사람은 가시와기 씨를 쳐다봤다. 뚱하니 생각에 잠겨 있던 가시와기 씨는 잠시 뒤 입을 열었다.

"우선은 우리 매장의 견해야. 우리 매장은 손님과 동물을 제일로 중요시해. 손님, 그리고 동물과의 운명적인 만남을 중개하여 가족이 되게 하지. 그리고 그 가족을 평생 서포트하는 게 우리 매장의 방침임과 동시에 사회적 의무야."

"만남을 중요시 여긴다면 역시 여기서 사모예드는……."

고타가 기대하며 반짝이는 눈으로 말했다.

"우리 매장은 많은 손님이 이용하고 계셔. 손님 모두가 새로운 가족을 사랑하고 소중히 여기고. 정말로 감사한 일이지. 물론 사모예드를 돌보는 일이 힘들다는 것은 구도 씨에게도 고타에게도 들었어. 하지만 그 이유만으로 이 아이와 손님의 만남이 방해받아서는 안 된다고 생각해. 그리고 여름철에 오는 손님들을 생각해봐. 개나 고양이, 장모종과 단모종을 불문하고, 대형과 소형을 막론하고, 모든 손님은 여름철에 정말로 필사적으로 우리 매장에 찾아오잖아. 뭔가 편리한 용품은 없을까, 내 가족을 조금이라도 더 즐겁게 할 수 있는 물건은 없을까, 그런 손님들뿐이잖아. 그러니……."

"잠깐만요! 사모예드는 원래 툰드라 지역의……."

고타의 흥분한 목소리와 동시에 마키타 씨의 조용한, 그렇지만 냉엄한 목소리가 들렸다.

"고타, 그만해. 점장님 얘기하시는 중이잖아."

가시와기 씨는 헛기침을 했다.

"구도 씨는 우리 매장을 신뢰해주셨어. 그리고 우리 매장은 손님을 신뢰하지. 더군다나 우리라면 반드시 이 아이를 가족으로 맞이해줄 사람을 찾을 수 있을 거라는 자부심도 있어. 그러니까 이 아이는 우리가 맡는다. 이 아이를 한평생 지켜줄 수 있는 사람을 찾자."

고타는 천장을 올려다보더니 소리쳤다.

"그런 거 다 거짓말이야! 희귀한 견종 하나 들여놓고서 손님 끌고 싶은 거잖아!"

그 귀를 찌르는 쇳소리를 성난 목소리가 막아섰다.

"적당히 해!"

그렇게 외친 건 가시와기 씨가 아니었다. 마키타 씨도, 구도 씨도 아니었다.

바로 나였다.

화들짝 놀란 모두의 시선을 받으며 나는 차분히 말을 골랐다.

"너 대체 왜 그래? 우리가 사모예드를 맡는 것을 반대하는 마음은 잘 알아…… 심한 말인지도 모르지만, 고타가 어릴 적에 사모예드를 키웠던 경험 때문에 과민해진 것도 이해해. 하지만 가시와기 씨는 우리 매장이라면 할 수 있다고 말했잖아? 그건 바로 우리를 신뢰하고 있다는 말이야. 그러니까 우리가 이 아이를 분명히 행복하게 해줄 수 있겠다 싶은 손님을 찾으면 돼. 우리, 지금까지 쭉 그렇게 해왔잖아."

고타의 눈에는 분노가 스며들어 있었다. 분노의 대상은 나뿐 아니라 가시와기 씨와 구도 씨, 마키타 씨, 그리고 그 자신에게 조차 향해 있는 듯했다.

고타는 천천히 고개를 숙이며 말했다.

"……이 아이를 맡는다는 말이요. 점장님, 이거 업무상 명령입니까?"

나는 가슴이 욱신욱신 아려왔다.

"그래."

가시와기 씨가 굳건하게 끄덕였다.

"……알겠습니다. 새로운 케이지 꺼낼게요. 가격표는 나중에 붙여주세요. 실례했습니다."

고타는 그렇게 말하고 사무실을 뛰쳐나갔다.

"대체 무슨 일인 거야, 저 녀석."

구도 씨는 걱정스레 말했다. 마키타 씨는 언제 내왔는지 구도 씨에게 조용히 차를 건넸다.

"모르겠어요. 하지만 저 녀석도 분명히 열심히 해줄 겁니다."

가시와기 씨의 목소리에는 확신이 차 있었다.

❖

그 후 고타에게 큰 변화는 없었다. 나는 고함쳤던 일을 사과하려고 했지만 그날 오후 벌써 아무렇지도 않게 말을 걸어와 도리어 내가 당황했다.

일을 마치고 가시와기 씨에게 구도 씨에 대한 태도로 꾸지람을 들었는데 먼저 고타가 고개 숙여 깊이 사과했고, 다음 날에는 태연하게 평소와 다름없이 일에 전념했다.

딱 하나, 확실히 달라진 게 있었다. 고타는 가시와기 씨를 더 이상 '가시 씨'라고 부르지 않았다. 대신 작은 목소리로 '점장님'이라는 낯선 말로 불러서 듣는 사람을 따분하게 만들었다.

구도 씨가 가게를 방문한 지 사흘이 지났다. 나는 개와 고양이 코너를, 고타는 열대어 코너를 맡은 날이었다. 고타의 붙임성 좋은 목소리가 들려왔다.

그런데도 여전히 나는 위화감이 들었다. 역시나 뭔가 빠져 있는 기분이 들어 견딜 수 없었다. 평소와 같은 풍경인데도 결정적인 뭔가 때문에 이상했다…….

'가시 씨'라는 말이 들리지 않는 것, 바로 그 사실이 피부로 다가왔다.

나도 모르게 한숨을 내쉬었을 때, 새하얗고 복슬복슬한 사모예드와 눈이 마주쳤다. 무심히 손가락을 내밀자 강아지는 킁킁거리며 내 손 냄새를 맡고는 쿠슉! 하고 재채기를 했다.

보고 있으니 그만 웃음이 터져버렸다. 강아지는 피부가 출렁거려 얼굴이 녹아내리는 것처럼 보이는데, 그중 어린 사모예드는 으뜸이라 해도 좋을 것이다. 보는 사람도 녹아버릴 듯 무장해제시키는 얼굴이었다.

사모예드는 내가 맡게 되었다. 고타가 훨씬 더 지식이 풍부할 거라 생각했으나 가시와키 씨는 "그 녀석이 거절했어"라고 말했다.

역시나 사모예드는 너무 사랑스러워 많은 손님이 질문 세례를 퍼부었다. 나는 상세하게 설명했지만 역시나 모든 손님들이 "우리 집에서는 무리겠네"라는 말로 끝맺음했다.

아가야…… 나는 강아지의 이마를 쓰다듬었다. 이렇게 말랑 말랑한 게 또 있을까 싶을 만큼 부드러운 감촉이었다.

안심해. 나도 노력할 테니까.

이 아이를 맞이해줄 사람은 어떤 사람일까. 사모예드는 굉장 히 온화하니까 어린아이가 있는 집이어도 괜찮다.

어린 시절에 기르는 동물은 특별하다. 함께 자라며 서로 마음 이 통하기를 바라고, 통하지 않을 때는 고민하기도 하게 된다. 사랑이라는 무조건적인 감정이 자신 안에서 생겨나는 것을 실 감할 수 있다. 사랑하는 동물과 이별할 때는 당연히 몸이 찢어 지는 것처럼 슬프지만 그 이상으로 따뜻한 추억이 남는다.

고타는 어린 시절 사모예드와 함께 자랐다. 그의 못 말리는 동물 사랑은 바로 그때가 시작이었는지도 몰랐다.

그래서 고타가 사모예드를 특별하게 여기는 것도 이해됐다. 예전에 기르던 아이가 생각나서, 이렇게 해주고 싶었는데, 이렇 게 해줬으면 더 기뻐했을 텐데, 하는 생각이 저도 모르게 들었 을 테니까.

어느새 옆에 와 있던 호프만 씨가 불쑥 중얼거렸다.

"이 녀석, 이렇게 털이 많은데 추워서 벌벌 떨고 있군."

"네, 그래서 사미*라고 부르더라고요."

---

* '춥다'를 의미하는 '사무이'를 이용한 말장난.

해외에서는 사모예드가 '사미'라는 애칭으로 알려져 있다.

"좋아좋아. 자네도 말장난의 도를 닦고 있군."

'말장난의 도'는 뭘까…… 생각하고 있는데 호프만 씨가 껄껄 웃었다. 관심을 달라는 건지 꼬마 사모예드가 케이지 안에서 총총 뛰었다. 호프만 씨는 그 모습을 따스한 눈길로 쳐다봤다.

"사모예드는 인간과 이상적인 공생…… 아니, 그 이상의 관계를 형성하는 동물이지."

나는 끄덕였다. 나도 나름대로 공부를 했다.

사모예드는 시베리아의 한 유목민들에게 없어서는 안 될 파트너였다. 그들이 순록 사냥을 할 때 사모예드는 훌륭한 사냥개였고 아무리 무거운 썰매도 끄떡없는 운반 전문가이기도 했다.

유목민이 순록 사냥 다음으로 방목을 하기 시작했을 때에는 집 지키는 개의 역할도 충실히 해냈다. 사모예드는 몸을 덮고 있는 털이 무척 풍성해서 그 털로 의류도 만들 수 있었고 무엇보다 함께 자면 따뜻했다.

사람을 잘 따르고 온화한 성격은 인간과 오랜 세월을 함께 살아왔다는 증거라고 할 수 있었다. 그리고 '사모예드 스마일'이라 부르는, 입꼬리가 올라가 항상 웃는 것 같은 그 얼굴은 요즘 많은 사람들에게 사랑받고 있었다.

"자네가 사모에 대해 잘 아는 것 같으니 퀴즈를 내보겠예드."

순간 말장난인지도 몰랐다.

"아메리카 원주민인 히카리야족과 아파치족은 순백의 개를 어떤 상반되는 두 개의 상징으로 삼고 있지. 뭔지 아나?"

이 질문은 동물 퀴즈라기보다 문화인류학의 영역이었다. 나는 고민하다가 결국 항복했다.

"정답은 태양과 달. 이 빛이 반짝이는 듯한 아름다움을 지닌 개에게 어울리는 건지도 모르지."

"우와."

나는 진심으로 감탄했다. 분명 사모예드는 자애로운 표정을 띠고 있어 어떤 상징으로 느껴도 이상하지 않았다.

"이 가게에도 태양이 있다네. 다만 지금은 시들어버린 듯하네만."

"……네?"

나는 멍하니 호프만 씨의 얼굴을 쳐다봤다.

"자네는 모를 수 있겠지만 달도 있다네."

무슨 뜻인지 모르겠어서 얼이 빠져 있는데 때마침 가시와기 씨가 지나갔다. 호프만 씨는 갑자기 내 폴로셔츠의 깃을 잡아당기더니 귀에 입을 갖다 댔다.

"우선, 저 남자는 태양과 달의 관측자라고 할까나."

내가 어리둥절해하자 호프만 씨는 활짝 웃더니 사라졌다.

시들어버린 태양…… 그리고 달. 게다가 달이 무엇인지는 내가 모를 수도 있다고? 전혀 이해가 안 갔다.

잠시 멍하니 서 있는데 이번에는 유리가 왔다.

무슨 일인지 입을 이, 하고 벌린 채 치아를 다 드러내고 있었다. 유치가 빠졌는지 오른쪽 송곳니 자리가 뻐끔히 비어 있어 약간 바보 같아 보였다.

"……왜 그래? 그거 학교에서 유행하는 거야?"

"으므그드 으느."

……'아무것도 아냐'라고 말하고 싶은 거겠지. 나는 유리가 기행에 당황했지만 일단은 연례행사인 신입 소개를 했다.

"가게에 새로 들어온 친구야. 사모예드라는 개란다."

"우왓! 인형 같아!"

유리는 케이지 안을 보더니 흥분했다. 아무래도 안아보고 싶은 것 같길래 나는 조심히 케이지에서 사모예드를 꺼내 건넸다. 역시 사모예드는 따뜻한 태양의 온기를 품고 있는 표정을 짓고 있어서 아이들에게도 인기가 좋았다.

유리는 볼을 비벼대기도 하고 사모예드가 얼굴을 핥을 땐 웃기도 했지만 사모예드를 케이지에 돌려놓자 또다시 입을 이, 하고 벌렸다.

"……그거, 정말로 왜 그러는 거야? 이가 근질거려?"

유리는 다시 "으므그드 으느"라고 말하고는 달아나버렸다.

으음…… 대체 뭐지?

나는 두 단골손님의 수상한 행동과 기행에 내내 시달렸다.

점심에 휴식 시간이 되자 고타가 탈의실에서 편의점 도시락을 먹고 있었다. 나는 매장으로 돌아가 손님용 자판기에서 캔커피를 두 개 뽑았다.

그리고 문득 매장에서 느꼈던 위화감의 정체를 알아챘다. 힌트를 준 사람은 호프만 씨였다.

매장 전체를 비췄던 밝은 빛. 시들어버린 태양. 그건 역시 고타의 웃는 얼굴을 뜻하는 것 같았다. 고타가 아버지 이야기를 꺼내던 순간, 그리고 사모예드 사건으로 화를 낸 순간 이후부터 위화감이 느껴지기 시작했다는 확신이 들었다. 나와 고타는 동료지만 그 이상의 친구니까 내가 제일 먼저 그 위화감을 느낀 거였다.

탈의실로 들어가자 고타가 고개를 들며 말했다.

"수고."

내가 끄덕이며 커피를 건네자 고타는 아주 살짝 웃어 보이며 "고마워"라고 말했다. 역시, 무리하고 있었다.

"사모예드 말이야, 손님들이 꽤나 찾고 있어."

"가시…… 점장님께 강아지용 쿨매트 추가로 주문해달라고 말씀드렸어. 지금은 괜찮아 보여도 입양할 손님이 나타나면 꼭 안내해드려야 돼."

고타는 사모예드를 매장에 들이기로 한 후로 더 이상 반대는 하지 않았다. 역시 한번 맡은 이상 책임감이 있는 데다가 고타

정도의 동물 애호가라면 강아지를 내버려둘 리가 없었다.

"그래서 보러 온 손님들은 어때?"

"뭐, 귀여우니까. 여러 가지 물어보지."

"가능하면 자택에 풀장이 있는 사람이면 좋겠는데……."

"그건 역시 무리 아닐까."

그런 이야기를 나누고 있는데 가시와기 씨가 얼굴을 비췄다.

"고타, 다음 달 일정 비워뒀으니까 성인식에 가. 그리고 내일도 휴무야. 다음 달을 위해 제대로 쉬어둬."

고타는 재채기를 하는 사모예드처럼 눈을 꽉 감았다.

"가시…… 점장님, 일단 다음 달 일정은 제 마음대로 하겠습니다."

가시와기 씨는 갑자기 표정이 어두워지더니 "뭐, 네 자유이기는 해. 그래도 연장자의 충고는 들어둬" 하고는 탈의실에서 나갔다.

"진짜…… 쓸데없이 참견한다니깐. 가시…… 점장."

나는 "고집부리지 말고 늘 하던 대로 가시 씨라고 불러" 하면서 쓴웃음을 지었다.

"그렇게 가기 싫어?"

고타는 캔커피를 따면서 "응" 하고 끄덕였다.

"연락 끊은 지 어느 정도 됐어?"

"스마트폰으로 바꾸면서 번호가 바뀌었는데 아버지한테는

안 알려준 정도."

그런 걸 세간에서는 단절이라 하던가…….

"듣기 거북하겠지만, 아버지가 혹시 자식 망치는 부모 같은 분이야?"

"아니, 그 정도는 아냐. 그냥 엄청나게 쌀쌀맞아. 무엇보다 나한테 관심도 없고 공통점도 없어."

거침없이 내뱉는군. 동물을 사랑하고 인간도 사랑하는 고타가 이렇게까지 누구를 부정하는 모습이 낯설었다. 물론 아버지라서 할 수 있는 건지도 모르겠지만.

"특별히, 먹여주고 키워준 건 감사해하고 있어. 하지만 인간에게는 궁합이란 게 있잖아. 일만 하는 인간이었으니 못 놀아준 것도 어쩔 순 없지."

쓸쓸해 보이는 옆모습이었다.

"전에 내가 사모예드 키웠다고 했었잖아. 시로타로*라는 이름의, 하얀 수컷 강아지였거든."

음…… 실로 고타답게 솔직한 이름이었다. 고타는 동물의 이름을 항상 직설적으로 지었다.

"정말 좋아했었어. 물론 지금도 좋아하지만."

"응…….'"

---

* '흰색'을 나타내는 일본식 발음 '시로'와 일반적으로 아들에게 붙이는 이름인 '타로'를 합친 말이다.

"그 아이, 항상 웃었어. 산책하면서 까불다가 생채기가 났을 때도, 감기에 걸렸을 때도. 그래서 나도 그렇게 되고 싶다고 생각했거든. 아버지 같은 얼굴로 분위기를 무겁게 가라앉히는 녀석보다, 시로타로처럼 늘 웃는 얼굴로 모두를 행복하게 해주는 사람이 되고 싶다고. 걔는 나한테 형이나 마찬가지였는데, 지금 생각하니 아버지였네. 중1 때 이별하게 되었는데 참 많이 울었어. 좀 더 밖에서 놀게 해줄걸, 함께 있었다면 좋았을 텐데, 하고 말이야."

고타는 헤헤 웃었다. 지금도 여전히 좋아하는 마음이 고스란히 전해지는 들뜬 목소리였다.

누구나 자신의 가족은 소중하고 행복해지기를 바란다. 고타는 분명 그 따뜻한 마음으로 가능한 한 많은 걸 해줬을 것이다. 하지만 후회도 남겠지. 그래서 우리 가게가 사모예드를 맡는 걸 그렇게나 반대했던 것이었다.

고타는 슬픈 기분을 뿌리치려는 듯 아버지에 대한 험담을 늘어놨다.

"어찌나 과묵한지, 밥 먹을 때도 맛있다 맛없다 소리 한 번을 안 해. 한동안 이 사람은 나와 같은 인간이 맞나, 하고 진심으로 생각했어. 엄마는 저래 봬도 좋은 점도 있다고 말했지만, 내가 남이야? 아들이라고. 시험에서 백 점을 맞아도, 운동회에서 1등을 해도 흥 하고 콧방귀 뀌고 끝이야. 무관심 자체였어. 그에 비해 시로타로는 내가 빵점을 받아도, 마라톤에서 엎어져 나뒹굴어도 웃어줬다고."

"음…… 사람마다 다른 부분이 있는 거니까, 그것만으로 무조건 관심 없다고 단정하기는 어렵지 않을까?"

"아냐, 내가 초등학교 4학년 때……."

고타의 표정이 순식간에 시들었다. 아무래도 핵심에 가까워진 것 같은 기분이었다. 하지만 나는 당황했다. 이야기를 털어놓음으로써 편해지는 경우도 있지만 반대로 힘들어지는 경우도 있으니까.

"무리해서 말 안 해도 돼."

고타는 캔커피에 입을 대고 스릅 소리를 냈다.

"아니. 하는 편이 나을 것 같아. 아직 시간도 있고."

"알았어."

나는 각오를 다졌다.

"초등학교 4학년 때, 반 친구 모두에게 왕따당했어. 갑자기."

"……대체 왜?"

나는 놀라움을 감추지 못했다.

"이유 같은 거 없었어. 일진 같은 놈한테 밉보여서 다른 애들도 따른 것뿐이니까. 그때의 오메가 개체가 나였을 뿐."

오메가 개체란 늑대처럼 단체 행동하는 동물 무리 중에서 서열이 가장 낮은 한 마리를 뜻한다. 무리에서 스트레스 해소를 위해 먹이를 나눠주지 않거나 따돌리기도 한다.

열대어 수조 안에서도 따돌림을 당하는 개체는 나왔다. 나나고타는 기본적으로 그 녀석에게 많은 먹이를 주거나, 정도가 심할 때는 다른 수조로 옮기기도 했다.

"그래서 매일 힘들었어. 솔직히 말해서 셀 수 없이 학교를 빠졌어. 매일 아침마다 학교 가기 싫다고 엄마에게 울며 매달리고…… 같은 반 녀석들은 싫어, 시로타로만 좋아, 하면서. 하지만 아버지가 있으면 소용없었어. '가라' 하고 딱 한마디만 했지. 나는 정말 괴로워서 울면서 가방을 메고 학교에 갔어. 엄마가 걱정이 됐는지 산책을 핑계로 시로타로와 함께 학교 근처까지 데려다줬어. 어쩐지 시로타로 녀석이 '고타, 돌아오면 실컷 놀자'라고 말해주는 것 같았지. 그 아이가 웃고 있으니까 나도 웃어야겠다고 생각했어. 계속 웃어줄게, 라면서 말이야. 그렇게 간신히 극복한 것 같아. 반이 바뀔 때까지."

고타는 이미 다 마신 캔커피를 기울였다가 멈췄다. 이렇게 좋은 녀석을 왕따시키다니, 반 친구들은 제정신이 아니었나보다.

단지 세상을 살다보면 지나가는 비처럼 갑작스럽게 악의가 덮치는 때가 있는 것 같다. 그럴 땐 그 누구도 비옷이나 우산을 갖고 있지 않아서, 악의가 사라지고 나서도 흠뻑 젖은 몸은 녹초가 되어 까딱 잘못하면 감기에 걸리기도 하고 그게 꽤 오래가기도 한다.

아니, 어쩌면 고타에게는 시로타로가 우산이었을지도 몰랐다. 돌아오면 함께 놀자고 희망을 주고 웃는 얼굴을 가르쳐주었으니까.

고타의 고백은 충격적이었지만 살짝 납득이 갔다. 외모는 날라리지만 고타는 심지 있는 따뜻함을 지니고 있는 녀석이었다. 나보다도 다양한 경험을 쌓았구나 싶은 때도 많았다.

터벅터벅 걸어가는 가방 멘 소년. 그 소년을 지켜주는 하얀 개…… 고타의 괴로운 과거를 떠올리니 눈물이 나올 것 같았다.

"그때 아버지가 한마디라도 해주었다면…… 이렇게까지 싫어하진 않았을지도 몰라."

아무 말도 할 수가 없었다.

"뭐, 덕분에 얕보이면 진다는 것은 배웠지. 대비책을 세웠어. 외모만이라도 위압감 있게 바꿔보려고 금발로 염색하고. 그냥 시골 양아치 이론이지. 물론 난 양아치는 아니지만. 게다가 이제는 이 머리가 참 마음에 들어."

고타는 금발을 손가락으로 돌돌 말았다. 그리고 아무 말 못하고 있는 내게 "왜 축 처진 거야?" 하며 웃었다.

사모예드는, 시로타로는 고타에게 특별함 그 이상의 존재였구나 싶었다.

"본가에 올라가라는 가시 씨의 마음은 좋아. 여러 가지로 신경 써줘서 고맙기도 해. 하지만 시로타로도 없고, 내게 관심도 없는 아버지가 있는 집에는 절대 가고 싶지 않아."

고타는 정색하고 말했다. 나는 이제 하는 수 없다고 생각했다.

"그만 돌아갈까? 왠지 이야기하고 나니 가뿐해졌어. 며칠 전의 태도는 가시 씨에게 다시 제대로 사과해야겠어."

가시 씨라는 호칭이 기뻤다. 이제 평소의 고타로 돌아왔다.

"고타."

"응?"

"그때 고함쳐서 미안."

"나 아무렇지 않아. 내가 패닉 상태로 개인적인 감정을 마구 이입해버렸으니까. 따끔하게 혼내줘서 오히려 다행이었어."

고타는 주먹을 내밀었다. 나도 주먹을 내밀어 맞댔다.

"다시, 화해."

"응."

영화처럼 폼 잡은 화해에 우리는 동시에 웃음이 터졌다.

집으로 돌아와 샤워를 하다가 나는 고타의 일을 떠올렸다.

고타는 '본가에는 안 올라간다'고 선언함으로써 마음에 맺힌 응어리가 풀린 것 같았다. 나도 펫숍에서 내내 느꼈던 위화감이 사라졌다.

고타는 예전의 자신을 오메가 개체라고 불렀다. 분명히 말하지만 왕따를 시키는 인간은 최악이라 여겨왔다. 오메가 개체를 자주 예로 들며 "동물 세계조차도 왕따가 있으니까"라고 말하는 인간이 있는데, 웃기지 말라고 외치고 싶었다. 그것이 본능이라고 해도 우리는 동물 중에서 본능을 다스릴 줄 아는 유일한 생물이다.

왕따를 주동하는 녀석은 본능을 다스리지 못하는, 인간이라는 무리 속에서는 최악인 작자다. 그런 녀석이야말로 진짜 오메가 개체인 것이다.

정말 괴로웠겠지.

그저 학교에 가라고만 했던 고타의 아버지에 대해서는 분노까지는 아니지만 안타까움을 느꼈다. 학교에 안 가는 게 상책이라는 뜻은 아니고, 보낼 거면 나름의 어떤 대책을 취해주는 게 좋지 않았을까. 아니, 그렇게까지 안 해도 좋으니까 단 한 마디라도 위로나 조언의 말을 해줬다면 좋았을 텐데.

욕실에서 나오니 스마트폰 액정이 깜박이고 있었다. 가시와기 씨에게서 온 문자메시지였다.

'일 때문에 그런 건 아닌데, 내일 고타 뭐 하는지 알아?'

나는 퇴근할 때 고타가 "내일은 기필코 히치하이크를 성공시켜 보이겠어!"라고 했던 게 생각나서 '조랑말 타러 갈 것 같아요'라고 답장했다.

'알았어. 고마워. 내일 점심 같이 안 할래? 개인적으로 상담하고 싶은 게 있어서. 거절해도 괜찮아.'

나는 곧바로 그러자고 했다. 가시와기 씨는 일과 무관한 내용은 SNS 메시지로 보내곤 했다. 구태여 문자 메시지를 보냈다는 건 아마도 무슨 일과 관련 있는 것 같았다.

정오가 되자 나는 가시와기 씨의 차에 탔다. 마키타 씨는 "공짜로 밥 먹고 좋겠네"라고 했지만 가시와기 씨는 그 말을 무시했다.

펫숍에서 조금 떨어진 찻집으로 들어가 가시와기 씨는 "예약한 가시와기입니다"라고 직원에게 말했다.

"오늘 너한테 소개해주고 싶은 사람이 있어."

조금 놀랐다. 설마 진짜로 사적인 상담일 줄이야. 혹시 결혼 상대? 아니, 그렇다면 나를 소개해줄 필요는 없을 거고. 대체 누구지? 그런 생각을 하고 있는데 가시와기 씨는 "미안, 계속 참고 있었어. 화장실 좀!" 하면서 자리를 일어서고 말았다.

으음…… 어쩌지? 그러고 있는데 직원이 다가왔다. 그 뒤에서 느릿느릿하게 그림자가 움직였다. 그림자의 정체는……

에!? 곰이잖아!?

"여여여, 여깁니다."

손님의 안내에 곰은 위협하듯이 고개를 끄덕이며 나를 향해 달려왔다.

아, 나를 죽이려나봐!

나는 심각하게 당황했다. 그때 곰이 나직이 말했다.

"가시와기 씨의 일행인 미나미 가쿠토 씨입니까?"

나는 의아해하면서 곰을 올려다봤다. 얼굴에는 깊은 주름이 새겨져 있었고 머리에는 듬성듬성 털이 나 있다. 190센티미터가 넘어 보이는 키에, 검은 스웨터를 입고 있는 것처럼 보이기도 했다. 얼굴 주름으로 가늠해보건대 사람 나이로 환산하면 오십대 후반 정도려나.

아니, 집요하게 뜯어봐도 여전히 긴가민가했다. 바로 눈 때문이었다. 조금이 아니라 정말로 오금이 저릴 만큼 강한 인상이었다. 곰으로 보인대도, 꿀 따위에 만족하지 않을 진짜 곰으로 보인대도 할 말이 없는 수준이었다.

우리 매장에는 종종 위험 인물이 오는 경우도 있었다. 당연히 야쿠자 같은 사람도 오곤 했다. 시비를 당한 일도 있었지만 가시와기 씨가 의연하게 대응한 덕분에 그럭저럭 잘 마무리된 적도 있었다. 거의 트라우마처럼 남은 경험인데, 그런 공포 체험은 아무것도 아닐 정도로 눈앞의 존재는 인상이 강했다. 그 야쿠자의 위협 따윈 비교도 안 됐다.

심지어 뭔가에 굶주린 것처럼 보였다. 자세히 보니 볼이 홀쭉

하고, 뭐랄까 전체적으로 핏발이 서 있었다.

"혹시 가시와기 씨의 일행 아닌가요? 제가 착각했습니까?"

곰이 나직이 말했다. 아무래도 틀림없이 인간인 것 같았다. 곰, 아니 사람인 그를 보며 나는 필사적으로 고개를 저었다.

"실례합니다."

그는 정중히 인사를 하고 내 맞은편에 앉더니 번쩍이는 눈빛으로 주머니에 손을 찔러 넣었다.

아, 이렇게 죽는구나 싶어서 나는 심각해졌다. 원한을 산 기억은 없는데 주머니에서 나오는 것은 권총 차카*겠지? 아, 그 차카가 차카타루리쓰구미**면 좋을 텐데!

금방이라도 비명을 지를 듯한 나와 달리 그는 무심한 손짓으로 주머니에서 꺼낸 과자를 내밀었다.

"괜찮으면 드세요."

모르는 사람이 주는 과자는 받으면 안 된다고들 하지만, 무서운 사람이 과자를 내밀면 거절할 수 없는 법이다. 거절했다간 후환이 두려우니까. 내가 슬며시 손을 내밀자 그가 내 손에 과자 하나를 떨어뜨렸다.

포장을 뜯어 쿠키 같은 네모난 것을 한 입 베어 물었다. 예상보다 식감이 부드러웠는데, 너무 세게 깨문 탓에 까드득 소리가

---

* '권총'을 뜻하는 일본의 속어.
** '멕시코파랑지빠귀'의 일본식 이름.

나면서 부스러기가 테이블에 떨어졌다.

그때 가시와기 씨가 돌아왔다. 가시와기 씨는 쾌활하게 웃는 얼굴로 "안녕하세요. 늦었습니다" 하며 상냥한 미소를 보였다.

점장님…… 나는 반사회적인 위험 인물과의 만남은 서툴다고요…….

가시와기 씨가 자리에 앉자 그는 다시 인사를 해왔다.

"가쿠토 씨, 바쁘신 와중에 시간 내주셔서 정말로 감사합니다. 그리고 가쿠토 씨와 이야기를 나누고 싶다는 제 요청을 들어주셔서 가시와기 씨께도 대단히 감사드립니다."

말투는 놀랍도록 정중했다. 표정도 목소리 톤도 전혀 변화가 없다는 건 여전히 무서웠지만.

"아뇨, 그런 말씀 마세요. 바쁜 건 마찬가지인데요 뭘…….."

"저는 이미 은퇴한 몸이라."

"그렇구나. 용퇴하셨군요, 구리스 씨."

어? 성이 구리스라니!?

남자는 또다시 고개를 숙였다.

"가쿠토 씨, 인사가 늦었습니다. 제 아들놈이 신세가 많지요. 저는 고타의 아버지, 구리스 이치로라고 합니다."

떡, 입이 벌어졌다.

가시와기 씨는 참치 샌드위치, 구리스 아저씨는 커피를 주문했지만, 메뉴를 볼 수 없을 정도로 놀란 나는 가시와기 씨와 같은 메뉴를 주문했다.

주문한 게 나올 때까지 가시와기 씨가 사정을 설명했다. 구리스 아저씨는 정말 고타의 아버지라고 했으며 가시와기 씨와 종종 연락을 주고받았다고 했다. 고타가 휴무일 때 펫숍으로 몇 번 찾아온 적도 있었는데, 고타가 나와 친해지면서 내가 일할 때에는 휴무 중에도 한가한 시간을 주체하지 못하고 펫숍에 나오곤 해서 최근에는 밖에서 만난다고 했다.

"정말로 가시와기 씨에게는 뭐라 감사의 인사를 드려야 할지 모르겠습니다."

구리스 아저씨는 표정의 변화 없이 말했다. 고타가 말한 것처럼 굉장히 무뚝뚝한 분이었다. 가시와기 씨는 싱긋 웃었다.

"아뇨, 아드님은 제게도 친구 같은 존재인걸요."

나는 쭈뼛거리다가 그제야 대화에 끼어들었다.

"가시와기 씨는 언제부터…… 아버님과 연락한 거예요?"

"너희가 아르바이트 시작하고 바로, 펫숍에서 만나뵈었지."

구리스 아저씨는 미묘한 표정의 변화도 없이 후후 소리를 냈다. 혹시 웃고 있는 걸까?

"부끄러울 따름입니다. 아들 바보라고 웃으시겠지만, 집사람에게 일하는 장소를 물었지요. 부족한 아들을 맡긴 이상 가만히 있을 수가 없어서…… 그때 가시와기 씨와 연락처를 교환했습니다."

나는 두 가지 의미로 놀랐다. 하나는 우리가 아르바이트생으로 들어왔을 때 가시와기 씨는 점장이 되기 전이었는데도 우리의 교육을 맡았다는 것이다. 일개 아르바이트생을 걱정하며 그의 아버지와 연락을 주고받다니, 쉽게 할 수 있는 일이 아니었다. 역시 이 사람은 점장이 되어야 할 운명이었다.

또 하나는 고타에게 들은 아버지 이야기와는 느낌이 사뭇 달라서였다. 구리스 아저씨는 아들을 무척 걱정하고 있었다. 고타는 "아버지는 내게 관심 없어"라고 단언했으나 정반대였다.

"그나저나 좀 야위셨어요?"

가시와기 씨가 의아하다는 듯 말했다.

"아뇨, 그렇지 않습니다."

구리스 아저씨는 예의 무표정이었다.

나는 여전히 이분의 말을 백 퍼센트 믿을 수 없었다. 표정 변화가 조금도 없어서 감정이 느껴지지 않았다. 무뚝뚝함의 수준이 아니었다. 일부러 감정을 드러내지 않는 것 같은 묘한 인상도 느껴졌다.

"아버님은 예전부터 아드님의 친구와 이야기를 나누고 싶다고 하셨어. 있는 그대로 네가 전해드려."

가시와기 씨는 내 어깨를 툭 쳤다.

처음에 나는 당황했지만 천천히 이야기를 시작했다.

내가 자주 고타의 도움을 받았다는 것, 그의 밝은 성격에 구원을 받았다는 것, 둘이서 바보짓도 많이 했다는 것, 그가 내게 둘도 없는 소중한 친구라는 것.

계속 말해도 여전히 부족할 정도였다. 그럼에도 이야기하는 내내 구리스 아저씨는 무표정이더니 무뚝뚝한 투로 말했다.

"아들을 친한 친구라고 해줘서 정말로 고맙습니다."

더는 참을 수 없었다. 어쩌면 굉장히 실례되는 말을 해버릴 것 같았다. 그렇지만 내 친구는 무관심한 아버지 때문에 괴로워하고 있었다. 자신을 오메가 개채라 여기며 슬픈 자의식을 품은 채 시로타로처럼 웃어 보이고자 필사적이었다.

"고타는 아버지에게 관심을 못 느끼고 자랐다고 했어요. 솔직히 말씀드리면, 지금 저도 그런 기분이 드네요."

"가쿠토."

가시와기 씨가 조심스럽게 제지했지만 멈추지 않았다. 나는 살짝 고개만 숙인 채 눈은 아저씨를 쳐다보며 얘기를 계속했다.

"아저씨는 고타를 진심으로 걱정하고 계신가요? 따돌림을 당할 때 왜 도와주지 않으셨죠? 혹시 지금 이 관심이 남들에게 보여주기 위한 척일 뿐이라면 저는 아저씨를 용서할 수 없어요. 돌아가겠습니다."

가시와기 씨는 입을 다물고 있다가 조용히 "아버님"이라고 말했다.

구리스 아저씨는 눈을 아주 살짝 가늘게 떴을 뿐 여전히 무표
정이었다. 강한 인상에 아주 약간의 감정이 보이는 듯했다.

"괜찮다면 잠시, 제 이야기를 해도 괜찮을까요? 꼭 들어주셨
으면 합니다."

나는 고개를 끄덕였다.

"저는 지난해까지 형사 일을 했습니다. 4과, 폭력배 대책반이
었지요."

나는 나도 모르게 화들짝 놀랐다. 야쿠자보다 더 무섭게 느낀
까닭이 이제야 이해됐다.

"변명으로 들릴지 모르겠지만, 실제로 적이 많은 일입니다.
가족을 미끼로 한 협박도 적지 않았습니다. 집사람은 그래도 좋
다며 저 같은 사람에게 시집을 와주었지요. 참으로 강한 여자입
니다. 저는 집사람을 반드시 지키겠다고 맹세했고 부지런히 일
했습니다. 아이가 생긴 건 결혼하고 8년이 지났을 때의 일이었
습니다. 아이는 애초에 포기했었고, 하필 친구에게 받은 하얀
개를 집으로 데려온 날 집사람의 임신 소식을 듣게 됐습니다."

구리스 아저씨는 다시금 눈을 가늘게 떴다. 하얀 개라고 했을
때 시로타로가 생각났고 그 말을 다 듣고 나니 전에 고타가 했
던 말이 무슨 의민지 저절로 알게 되었다.

고타는 시로타로를 '형'이라 불렀었다. 고타답게 부른 거라고
생각했으나 실제로 시로타로는 고타가 태어나기 전부터 집에

있었던 것이다.

그렇다면 이름을 지은 사람은 누구지? 분명 고타의 부모님 중 한 분이라는 얘기였다. 지금 말투를 보건대, 틀림없이 구리스 아저씨가 지은 것 같았다.

고타는 아버지와 공통점이 하나도 없다고 말했었다. 하지만 아니었다. 단박에 깨닫자마자 왠지 가슴이 답답해졌다.

"아들이 태어난 날 나는 기쁨과 함께 공포를 느꼈어요. 이렇게나 사랑스러운 존재가 이 세상에 또 있을까, 폭력배들이 아들에게 손을 댄다면…… 그런 생각을 하니 아찔했습니다. 아들을 지키고 싶다, 그러기 위해서는 어떻게 해야 할까. 저는 고민했습니다. 개를 데리고 산책을 하면서 생각에 생각을 거듭했지요. 답은 개가 알려주었습니다. 기르던 개는 사모예드였는데 늘 웃고 있는 것 같은 표정의 희한한 개였습니다. 그 웃는 얼굴에 셀수 없이 구원을 받았지요. 저는 개와는 정반대의 길을 택했습니다. 어느 때라도 포커페이스로 일관하고자 결심했습니다. 항상 무심하게 억누르고 있으면 가족이 내 아킬레스건임을 적들에게 들키지 않을 거라고. 눈이 캄캄해질 만큼 아들을 사랑하게 되면서 약점이 생겨버린 저 자신을 직면하는 일은 없을 거라고 말이지요."

하얀 수컷이니까, 시로타로…… 참으로 단순하지만 좋은 이름이었다. 나는 고타에 대한 아버지의 사랑을 느끼고 말았다.

내 친구 고타幸多의 이름은, 아버지가 아들의 인생에 행복이 가득하기를 기원하면서 지은 거였다.

그런데, 그럼에도 여전히 내 입에서는 반항조의 말이 나왔다.

"하지만 따돌림을 당할 때에는⋯⋯!"

"따돌림에 관해서는 말씀하신 그대로입니다. 저는 그 아이를 강한 아이로 키우고 싶었습니다. 아무리 청렴하게 살아도 불합리한 일은 언젠가 반드시 찾아오기 마련이지요. 저도 어린 시절에 따돌림을 당한 적 있습니다. 괴롭히는 아이에게 맞서기 위해 몸을 단련했지요. 그렇게 따돌림을 당하지 않게 되자 훈장을 받은 듯한 기분이었습니다. 따돌림을 당하는 아들을 보는 일은 괴로웠지만 그래도 부당한 일을 극복하는 아이가 되길 바라는 마음이었습니다. 결과적으로 아들은 이겨냈지요. 맞습니다, 저는 아무것도 하지 않았습니다⋯⋯ 지금에 와서야 그때 손을 내밀었어야 했다는 생각에 괴롭습니다."

구리스 아저씨는 고개를 떨궜다. 목소리에서는 분명히 고통이 묻어났다.

젠장, 더 반박할 말이 없어졌잖아. 일개 아르바이트생에 불과한 나지만 어른 역시 실수할 때가 있다는 것쯤은 알고 있었다. 후회하고 괴로워하는 때가 있다는 것도. 부모라고 해도 완벽할 순 없다. 인간은 자식이 태어나야 비로소 부모가 되는 거니까.

"⋯⋯정말로 실례했습니다. 저는, 착각을 하고 있었습니다."

가시와기 씨가 또다시 툭 하고 어깨를 쳤다.

"시로타로는 고타에게 매우 소중한 존재라고 들었습니다."

구리스 씨는 신음하듯 말했다.

"고맙습니다."

시로타로. 나는 위대한 사모예드를 떠올렸다. 시로타로는 아
버지에게 가족을 지키기 위한 결단을 내리게 하고, 아들에게 웃
는 얼굴의 힘을 가르쳐주었다. 받아들이는 방식은 전혀 달랐다
고 해도 사모예드는 두 남자의 인생을 바꿔놓았다.

"그래서……"

가시와기 씨가 헛기침을 한 번 했다.

"아드님 말입니다만, 역시 성인식을 거부하고 있습니다."

구리스 아저씨는 잠시 말이 없더니 한숨을 내쉬었다.

"가시와기 씨, 전에 말씀드린 것처럼 저도 그게 좋다고 생각
합니다. 그 아이도 좋아하는 동물과 훌륭한 동료들에 둘러싸여
충실히 지내고 있지요? 제가 무리하게 요구해 괴롭게 만드는
것도 상책은 아닌 듯합니다."

"정말 이대로 괜찮습니까?"

가시와기 씨는 구리스 씨의 얼굴을 살폈다. 그는 천천히 끄덕
이고는 말했다.

"잠시 실례하지요. 화장실 좀 다녀오겠습니다."

"고타네 아버지요, 펫숍에 여러 번 찾아오셨죠?"

"그렇지도 않아."

가시와기 씨는 참치 샌드위치를 입이 미어지게 넣으며 중얼댔다. 나는 고개를 저었다.

"동물원에서 우연히 만났을 때 가시와기 씨는 가게에 올 손님이 있다고 했잖아요. 그다음 날에 과자를 줬고요. 그런데 조금 전 가시와기 씨가 없을 때 구리스 씨에게 과자를 받았는데 그때 가시와기 씨가 준 거랑 똑같은 거였어요."

"너 종종 묘하게 예리해."

가시와기 씨는 쓴웃음을 짓더니 말을 이었다.

"아키타 모로코시라는 과자야. 라쿠간의 일종이지. 고타의 본가는 아키타에 있어."

아키타였구나…… 가미조에서는 정말로 먼 곳에 있었다.

"가쿠토, 네 생각은 어때? 저 부자, 이대로 괜찮을까?"

나는 대답할 수 없었다.

솔직히 부자지간의 문제는 타인이 참견해서는 안 되는 법이다. 고타 자신도 현재 상황에 불만은 없으며 구리스 아저씨도 그걸로 됐다고 말씀하셨다. 그런데 내가 괜히 쓸데없는 짓을 해서 관계가 악화되면 그거야말로 진짜 눈 뜨고 볼 수 없어질 것 같았다.

아버지와 아들의 단절은 대화가 부족한 게 이유였다. 아들에게는 아들의 생각이 있고 아버지에게는 아버지의 생각이 있으니까.

커다란 오해일수록 오히려 꽃이 활짝 피듯이 모든 게 깨끗하게 해결될 때가 있었다. 하지만 단순한 엇갈림의 문제라면 그건 어쩐다……

고타는 커오는 동안 줄곧 아버지는 이런 인간이라고 믿어왔다. 그러니까 이제 와서 애써도 소용없는 게 아닐까. 아버지의 진심을 고타에게 말한다 해도 "그래서 뭐?"라는 대답을 들을 게 뻔했다.

생각에 생각을 거듭할수록 내가 할 수 있는 일은 하나도 없는 것 같았다. 가시와기 씨도 생각에 잠긴 표정이었다.

내가 참치 샌드위치를 다 먹고 나서야 가시와기 씨는 말했다.

"그런데 구리스 씨, 왜 이렇게 늦지?"

확실히 듣고 보니 화장실에 간 지 10분은 지나 있었다.

"화장실에 사람이 많은 게 아닐까요?"

"그렇다고 해도……."

그때였다. 카페 직원의 목소리가 들렸다.

"손님! 여기, 구급차 좀!"

소리가 난 쪽은 화장실이었다. 우리는 서로 마주 보고는 쏜살같이 달려갔다.

곧바로 도착한 구급차에 나와 가시와기 씨도 함께 탔다. 들것에 실린 구리스 아저씨는 시퍼런 얼굴로 헐떡이고 있었다. "정신을 잃지 않도록 이름을 불러주세요"라는 구급대원의 지시에 나와 가시와기 씨는 동시에 필사적으로 이름을 불렀다.

병원에 거의 다 도착했을 때 아저씨는 희미하게 눈을 떴다.

"피로했나봅니다…… 역시 나이 먹는 건 싫군요."

그렇게 말하며 힘들게 웃어 보였다. 구급차가 멈추고 구급대원이 말했다.

"들것 움직일게요. 안정을 취하세요."

"아들에게는 부디 비밀로…… 이런 한심한 모습, 보이고 싶지 않습니다."

구리스 씨는 그렇게 말하며 다시 눈을 감았다.

병원에 도착해 가시와기 씨는 갑자기 사정이 생겨서 가게에 늦게 돌아갈 것 같다고 마키타 씨에게 전화를 걸었다. 마키타 씨는 이유도 묻지 않고 "알았어"라는 한마디만 한 모양이었다.

결국 구리스 아저씨는 입원했다. 검사를 포함해 일주일에서 열흘 정도. 의사 선생님은 우리에게 병명은 알려주지 않았다. 아무래도 아저씨에게 입막음을 당한 듯했다.

"조금 전 사모님과 연락이 닿았습니다. 오늘 밤 오신다네요."

의사 선생님의 말에 나와 가시와기 씨는 우두커니 서 있었다.

이제 어떻게 해야 좋을까.

"돌아가는 수밖에, 없겠죠?"

"으음…… 하는 수 없지."

우선 둘이서 구리스 씨의 병실에 들러 몸조리 잘하시라는 한마디 정도는 하는 게 예의겠지. 간호사들이 분주히 뛰어다니고 있어서 우리는 병동의 입원 환자 목록을 살펴보았다. 이제 막 입실해서인지 구리스 이치로라는 이름이 보이지 않았다.

하지만 한 병실 앞을 지나갈 때 낯익은 목소리…… 아니, 포효가 들렸다.

"이런…… 아내에게 전했단 말입니까?"

나와 가시와기 씨는 마주 보고는 걸음을 멈췄다. 의사의 목소리는 너무 작아서 잘 들리지 않았다.

"이 무슨…… 끝까지 숨기려 했는데……."

아저씨의 목소리가 떨렸다. 찻집에서 이야기하던 때와는 반대로, 감정을 숨기려고 하지도 않았다. 심상치 않은 상태가 벌어졌구나, 고타와 구리스 아저씨를 생각하니 눈앞이 캄캄해지는 것 같았다.

"부탁이니 한시라도 빨리 퇴원시켜주세요. 뭐든 하겠습니다."

가시와기 씨는 내게 "가자"고 말했다. 속이 타들어가는 것 같았지만 이 이상은 사생활에 관여되는 문제였다. 우리는 미련을 남긴 채 병원을 뒤로했다.

가시와기 씨와 의논한 끝에 우리는 이 일을 둘만의 비밀로 하기로 했다. 마음은 괴롭지만 사모님이 오신다니 맡기는 수밖에 없겠지, 싶었다.

나는 펫숍으로 돌아와 케이지 안의 사모예드를 보고 있었다. 사람을 잘 따르는 사모예드는 평소처럼 웃는 얼굴로 내 손가락을 날름날름 핥아댔다.

"너 지금 진심으로 웃고 있는 거야?"

무심결에 튀어나온 물음에 사모예드는 고개를 갸웃거렸다.

결국 인간도 개도 서로 다른 개체다. 우리는 그들의 얼굴을 보며 '웃고 있으니 행복한가보네' 하고 믿는 수밖에 없는 법이다. 아무리 인간의 최고 파트너라고 할지라도 머릿속까지 들여다볼 수 있는 건 아니니까.

이는 사람들에게도 마찬가지다. 같은 언어로 말이 통해도 우리는 거짓말을 한다. 상대를 위로하거나 배려하기 위해 악의 없는 거짓말도 한다. 결국 개개인은 홀로 존재하기에 평생 본심을 속속들이 드러내지 않고 살아가는 사람 또한 많다.

마음과 마음이 통하는 일 자체가 어렵기 때문에, 통하고 있는지 아닌지는 서로 믿는 수밖에 없다.

거기까지 생각이 미치니 견딜 수 없이 슬퍼졌다.

나는 고타와 그의 아버지를 떠올렸다. 최악의 경우 아저씨는 아들과 이야기를 나눌 시간이 더 이상 없을지도 몰랐다. 그렇게 된다면 고타는, 그래도 괜찮을까.

그렇지만 아저씨는 아들에게 비밀로 해달라고 부탁했었다.

"큐큐."

그 이상한 말에 나는 고개를 돌려보니 유리가 와 있었다. 머릿속이 고민 모드에서 접객 모드로 바뀌었다.

"……이야. 그거 아직도 계속하는 거야?"

유리는 입술을 한쪽으로 오므리고 이를 앙다문 채 끄덕였다.

"그러면 입 아파. 그리고 평소의 모습이 훨씬 귀여운데?"

그렇게 말했는데도 유리는 절레절레 고개를 저었다.

"괘차아. 이가기아서마니니댜."

뭔 말인지 도통 모르겠네…….

"손님, 평소처럼 말해주세요."

내가 살짝 웃자 유리는 생각 이상으로 진지한 표정을 지으며 입술을 다물었다.

"……방금 뭐라고 했어?"

"괜찮아. 이 가게에서만이니까, 라고 했잖아."

손님…… '라고'라니요. 당연하다는 듯 말하셔도…….

"왜 그렇게 이상하게 말하는 거야?"

"고타 오빠가 웃질 않으니까."

그 말에 나도 모르게 목소리가 높아졌다.

"왜? 왜 그렇게 생각해?"

"왜냐하면, 요즘 고타 오빠 안 웃잖아. 항상 웃고 있어서 피곤해졌나 하고. 그래서 내가 대신 웃어봤어 ……역시 너무 피곤한 일이야."

유리는 작은 손으로 작은 볼을 문질렀다.

"동물 박사도 그랬어. 이런 거 하지 말라고. 마음으로 웃지 않으면 의미가 없다고."

동물 박사라니, 누굴 말하는 건지 영문을 모른 채로 있는데 때마침 "어이, 동물 공주" 하는 소리가 들렸다. 호프만 씨였다.

"저기…… 고타 아버님에 대해 알고 계셨죠?"

고타가 태양이라면 그에 상반되는 것은 달이니까.

"자네가 아르바이트를 시작하고서부터 드문드문 눈에 띄었지. 게다가 그 금발의 젊은 직원과 많이 닮았으니까."

"닮았다고요……?"

오히려 정반대에 더 가깝지 않나.

"닮았어. 처음 태양은 처세술로 만들어진 웃는 얼굴이었지. 동료에게 인정받고 일을 능숙하게 해나가면서 지금의 그 웃는 얼굴이 진짜가 되어가고 있다네. 한쪽은, 달도 처세술일세. 필시 일 때문이었을 게야, 확고하게 만들어진 표정이잖나."

호프만 씨의 말투는 온화했다.

"최근 들어서 태양은 시들어버린 기색이고 달은 아주 야위었어. 아무 일도 없으면 좋으련만⋯⋯."

나는 다시 한 번 병원을 방문해야겠다고 생각했다. 정말로 가만 둬도 되는 걸까. 우리가 할 수 있는 일이 뭔가 없을까⋯⋯

멍하니 상념에 잠겨 있으려니 사모예드가 "멍" 하고 항의하듯 짖었다. 나는 부드러운 털을 어루만지며 위대한 시로타로를 생각했다.

이대로 두면 안 되겠지, 시로타로?

병원 면회 시간은 이미 지나 있었지만 의외로 외부인 출입 제한이 느슨해서 아무렇지 않게 현관으로 들여보내주었다. 낮에 그의 목소리가 들렸던 병실 앞으로 향했다. 병실 앞에서 또다시 큰 소리가 들렸다.

"더는 나도 몰라요!"

비통에 찬 여자가 지르는 고함이었다. 눈앞의 문으로 하늘하늘한 흰 원피스를 입은 여자가 튀어나왔다. 사십대 정도로 보였는데 매끈하게 뻗은 콧날로 보건대 나는 그 사람이 누구인지 바로 알아차렸다.

여자는 내게 시선도 주지 않고 달려 나갔다. 어느새 밤이 된 병원 복도에 따각따각 발소리가 울렸다.

나는 잠시 망설였다. 달려 나간 여성은 틀림없이 고타의 어머니였다. 역시 구리스 아저씨는 심각한 병에 걸린 건가, 생각하니 가슴이 무거워졌다.

그나저나 어떻게 하지. 어머니를 쫓아가야 할까, 아저씨를 만나러 가야 할까……

결국 어머니를 쫓아가기로 했다. 분명 구리스 아저씨는 내 얼굴을 봐도 아무 말도 해주지 않을 테니까.

자판기 옆에서 어머니는 조용히 울고 있었다.

"저기……"

내가 말을 걸자 아주머니는 고개를 돌렸다.

새삼 나는 어떤 확신이 들었다. 어머니의 얼굴은 원래도 여성스러운 고타의 볼을 조금 부풀려놓은 것 같고, 금발머리 대신 윤기가 흐르는 칠흑의 긴 머리칼을 길러놓은 같고, 속눈썹도 2~3밀리 길게 붙여놓은 생김새다. 아키타 지역의 미인이라는 말이 딱 어울리는 아름다운 분이었다.

"구리스 이치로 아저씨의 부인이시죠? ……저는, 아드님 고타의 친구인 아르바이트 동료 미나미 가쿠토라 합니다."

여성은 왼손을 입에 갖다 대며 "어머" 짧게 말했다. 몸짓에서 품위가 묻어났다.

"혹시 가쿠 씨인가요? 아들에게 들었어요."

"아, 네……."

"아들이 신세를 지고 있네요. 오늘도 남편이 민폐를……."

고타의 어머니는 구리스 야요이라고 자기소개를 했다. 남편과는 정반대로 감정이 풍부한 분이었다. 희로애락이 확실하게 얼굴에 드러난다고 할까, 내가 고타의 친구임을 알았을 때에는 만면에 미소를 띠었다. 하지만 역시 곧바로 '현실'로 끌려들어 간 듯 슬픈 표정을 지었다.

"저기, 대단히 죄송스럽지만 고타의 아버지는……."

"형사 일에서 정년퇴직한 뒤로 남편은 이제야 단둘이 느긋하게 살 수 있겠다고 그랬어요. 봄이 되면 여행도 많이 다니고 또 새로운 개를 기르자면서, 이야기를 정말 많이 나눴는데……."

야요이 씨는 왈칵 눈물을 쏟았다. 나는 그 어깨에 어색하게 손을 올렸다.

"감정을 드러내는 게 서툰 사람이에요. 아들에게도 마찬가지라…… 애가 학교에 가기 싫다고 했을 때도 누구보다 안절부절못해서, 애가 나가면 곧바로 나랑 개를 산책 보내고……."

다음 말이 이어지지 않았다. 아버지의 사랑은 분명 아들에게 쏟아지고 있었던 것이다.

"고타는 설 연휴에 성인식에도 안 갈 거라고 했어요. 그대로 둬도 괜찮을까요……?"

나는 슬쩍 여쭤봤다. 아주머니와 아들과 아버지를 만나게끔 하고 싶다고 말한다면 나는 고타를 끌고서라도 병원에 데려올 작정이었다. 화해를 하든 안 하든, 이렇게 끝내기엔 너무 비참

했다.

"그건 아들의 자유예요. 지금 생활이 정말로 즐거워 보여서 억지로 돌아오게 할 필요는 없다고 생각해요."

어라…… 기대에 어긋나는 말이었다.

"흐트러진 모습을 보여드려 미안해요. 괜찮다면 잠시 아들 이야기를 들려줄 수 있나요?"

나는 구리스 아저씨에게 했던 이야기를 다시 들려주었다. 오랜 시간 함께한 까닭에 부부의 반응은 닮아 있었다. 아주머니도 아저씨와 마찬가지로 눈을 가늘게 뜨고서 미소 지었다.

"아들도 메일로 그런 말을 했어요. 가쿠라는 소중한 친구가 곁에 있고, 가시 씨라는 진심으로 존경하는 분도 있어서 매일이 즐겁다고요. 남편 일은 알리지 않고 그냥 돌아갈 생각이에요. 그 아이도 이제 성인이니 부모가 끼어들 필요도 없죠."

나는 도저히 견딜 수 없었다. 아주머니는 남편의 일을 진심으로 슬퍼하고 있었다. 그럼에도 아들과 대면시킬 생각은 없다고 말했다.

"진심으로…… 괜찮으세요?"

"네. 애가 분명 걱정할 거예요. 그런 아이니까."

이번에는 부드러운 미소를 지었다. 야요이 아주머니는 나보다도 둘의 갈등을 잘 알고 있는 듯했다. 그러니 억지로 만나게 하고 싶진 않은 걸지도 몰랐다.

그때 전화벨이 울렸다. 병원인데 전원을 꺼두는 걸 까먹었다니, 멍청한 나 자신에 대한 짜증을 억누르며 화면을 흘끗 봤다.

고타에게서 온 SNS 메시지였다.

'보고합니다. 나, 구리스 고타는 오랜 꿈이었던 조랑말 타기에 성공했습니다! 실은 가나가와의 승마장까지 왔어. 역시 황홀해. 앞으로는 매달 히치하이크할 거야!'

그런 속 편한 문장 뒤에 넋을 잃은 표정으로 조랑말을 타는 고타의 사진이 도착했다.

"아, 아드님 사진 보시겠어요?"

화면을 보여주자 처음에는 기쁜 표정으로 스마트폰을 건네받았으나 화면을 보더니 어깨를 떨기 시작했다.

"가쿠 씨…… 부탁이 있어요. 아들을, 병원으로 데려와줄 수 있나요?"

앗……?

"그건 문제없지만…… 갑자기 무슨 이유라도."

"역시 애한테 남편의 모습을 보여줘야겠어요. 부끄럽지만, 이야기할게요. 남편이 쓰러진 건……."

그 뒤에 이어진 말에 나는 깜짝 놀랐다.

하아. 이게 대체 무슨 일이지? 어둑해진 병원에 절망스러운 마음이 담긴 한숨이 울려 퍼졌다.

"그러니까, 그러니 부탁드려요. 우리 애랑 남편은 만났다 하면 싸우지만 정말로 많이 닮았거든요. 남편이랑 아들은…….”

아주머니의 말을 끝까지 듣고 나서 나는 두 사람을 대면시키겠다고 맹세했다.

❖

다음 날 나는 가시와기 씨에게 사정을 말했다.

“그, 그럴 리가, 설마…… 그 구리스 씨가…….”

깊고 깊은 한숨이었다.

“지금 상황에서는 우리가 나서야지. 마음은 무겁지만.”

우리가 마주 보고 깊은 한숨을 내쉬던 그때 고타가 의기양양하게 들어왔다.

“어라, 둘 다 왜 그렇게 얼굴이 어두워요? 기운 차리고 일하자고요!”

아버지의 일로 그렇게 괴로워하고 있었으면서도 고타는 오늘 꽤나 기운이 넘쳤다. 아마 조랑말을 탔기 때문에 일시적으로 행복해진 거겠지.

“고타, 아버님 일인데…….”

“또 그 얘기예요? 됐어요, 지겨워요.”

고타는 손사래를 쳤다.

“그렇게 만나는 게 싫어?”

"네. 전에도 말했지만 부자지간이어도 공통 관심사 하나 없다구요."

"정말로 없어?"

"아이 참, 아예 없다니까. 말도 안 통하고. 내 입장에서 그 사람은 외계인이야."

"아니, 그렇지 않아."

가시와기 씨가 단호하게 말했다. 나와 가시와기 씨는 고타를 쏘아봤다.

"왜, 왜 그래요? 두 사람 다…… 무섭잖아."

"고타는…… 예전 일 때문에 아버지랑 만나고 싶지 않은 거야?"

예전 일이란 따돌림당한 과거를 뜻하는 거였다. 고타는 어깨를 움츠렸다.

"그건 뭐, 어쩔 수 없다고 쳐요. 아버지는 그런 가치관으로 살아왔으니까."

"실은 가치관이 닮아 있으면?"

가시와기 씨가 물었다.

"훅훅 치고 들어오시네요…… 안 닮았으니까 하는 말이죠. 가치관이 비슷하거나 공통 관심사라도 있다면 또 몰라도. 나는 기본적으로 이야기하는 걸 좋아하니까요."

"너, 분명히 말했다?"

나와 가시와기 씨가 일제히 외치자 고타가 눈을 크게 떴다.

"알았다구요. 근데 대체 왜 이래요?"

"결정된 거야. 너 일 끝나면 함께 갈 데가 있어. 셋이서 가는 거다."

가시와기 씨가 못을 박았다.

"에? 뭐라고요?"

고개를 갸웃하는 고타를 두고 나는 말없이 사무실을 나왔다.

업무를 마친 뒤 우리는 가시와기 씨의 차를 타고 병원으로 갔다. 가는 차 안에서 야요이 아주머니와 어젯밤 교환했던 연락처로 '곧 도착합니다'라고 문자메시지를 보내자 곧바로 '수고를 끼쳐 미안해요'라는 답장이 왔다.

"웬 병원이야?"

고타는 어리둥절한 것 같았다. 하지만 우리는 아무 말도 안 했다. 뭐라 말할 기분이 아니었으니까. 나머지는 야요이 아주머니께 맡길 참이었다.

"도착했다. 가자."

주차장에서 병실까지 가는 동안에도 우리는 입을 다물었다. 고타도 이상한 분위기를 느낀 모양인지 뭔가 심각한 일이 일어나는 건 아닌가 불안한 기색이었다.

"자, 잠깐만요."

병실 앞에 도착하자 고타는 문 옆의 명찰을 가리켰다.

"안에 네 아버지와 어머니가 계셔."

가시와기 씨가 짧게 말했다.

"가시 씨가 우리 아버지를 어떻게 알아요? 그리고 아버지는 왜 입원을……."

고타의 얼굴이 파랗게 질렸다. 안절부절못하는 고타를 그대로 둔 채 우리는 병실로 들어섰다.

야요이 아주머니는 커튼이 드리워진 침대 옆에 앉아 있었다.

"가시와기라 합니다. 남편분과 고타에게 늘 신세를 지고 있습니다."

아주머니가 일어나 가시와기 씨의 인사를 정중히 받았다. 그리고 병실 문 쪽을 향해 한마디 했다.

"고 짱."

떨떠름한 얼굴을 한 고타가 얼굴을 슬쩍 내밀었다.

"엄마, 다른 사람 앞에서는 그렇게 부르지 말라니까."

고타는 뚱한 표정으로 잠시 생각에 잠긴 것 같았다.

"아버지 입원하셨어?"

야요이 아주머니는 "그래" 하고 짧게 답했다. 그 말에 고타의 눈빛이 당황스러움으로 바뀌었다.

"무, 무슨 병이야…… 나 못 들었는데."

야요이 씨의 눈에 가득 눈물이 고였다. 급기야 오른쪽 눈에서 눈물이 주르륵 흘러내렸다.

"엄마 왜 울어. 아버지는!"

고타는 커튼을 거칠게 젖혔다.

구리스 아저씨는 눈을 감은 채 조용히 자고 있었다. 고타는 이불을 걷어 아버지의 몸을 보고는 아연실색했다.

"세상에…… 이렇게나 삐쩍 말라서…… 대체 무슨 일이야!"

미동도 없는 아저씨의 몸에 고타는 떨리는 손을 뻗었다. 아주머니는 다시 소리를 내며 흐느꼈다.

"바보! 당신은 근육질 달마티안이잖아! 장난치지 마요!"

"고타."

가시와기 씨가 불렀지만 고타는 듣지 않았다. 야요이 씨의 눈물이 옮아갔는지 고타도 눈물을 뚝뚝 쏟았다.

"장난 그만해…… 나 당신 정말 싫어했지만 지금은 너무 이르잖아! 알고 있었다고요…… 어렸을 때 내가 억지로 학교 갈 때마다 엄마와 시로타로를 일부러 산책 내보낸 거. 당신이 시킨 거잖아요. 분명히 나를 지켜줬잖아요. 그리고, 나랑 텔레비전 볼 때마다 동물 방송 틀어줬잖아요. 언제나 항상……."

보고 있는 것만으로도 정말 괴로운 장면이었다. 고타는 아랑곳 않고 울부짖었다.

"제발, 제발 일어나!"

고타는 아버지의 몸을 세차게 흔들었다.

그러자 구리스 아저씨는 정말로 아무렇지 않게 눈을 떴다.

음, 왜냐면 잠들어 있었을 뿐이니까. 고타는 뭔가 착각하고 있는 듯했지만 설명할 여유가 없었다.

"어?"

"고타……?"

아버지와 아들은 서로 마주 보았다.

"……대체 어떻게 된 거야, 이 인간!"

좀처럼 보기 드문 고타의 편잔이 날아왔다. 구리스 아저씨는 눈을 희번덕거렸고 야요이 아주머니는 이제 그만하고 싶다는 듯 울고 있었다. 가시와기 씨는 쓴웃음을 지으며 망설이고 있을 뿐이었다. 그래서 설명은 내 차지가 되었다.

"고타, 말하기 어려운데 병명은 말이야……."

"뭐야……."

"빈혈이래. 일단 검사 차원에서 입원했는데 아무 이상 없었던 것 같아."

"하아아아아아아!?"

그래. 나도 어젯밤 병원에서 외쳤고 말고.

"그리고 어쩌면이겠지만, 정정해줘. 시로타로와 엄마를 산책 보낸 장본인이 아버지라는 건 정답이지만 동물 방송만 틀어준 사람은……."

구리스 아저씨가 작은 소리로 말했다.

"흐흠…… 내가 좋아하는 거였으니까."

고타는 다시 "하아!?" 하고 소리를 질렀다.

나는 어젯밤 야요이 아주머니께 들은 내용을 말해주었다. 요즘 아저씨도 누구와 마찬가지로 텔레비전에서 경마를 보고 말 붐에 푹 빠진 듯했다. 하지만 승마 클럽은 체중이 백 킬로그램보다 적게 나가야 가입할 수 있었다.

형사로 단련해온 신체는 백 킬로그램을 훌쩍 넘었다. 그래서 아저씨는 다이어트를 시작했고 찻집에서 음료만 주문했던 거였다. 이른바, 단식을 하느라.

아내에게는 다이어트를 한다는 사실을 숨기고 있었다. 남편이 급격하게 야위어가는 모습을 본 아내는 분명 걱정했을 것이다. 그러던 중에 남편이 아들에 대해 이야기를 들으러 가서 갑자기 쓰러졌다고 병원에서 연락을 받은 거였다.

심장이 덜컥 내려앉았다고 했다. 그래서 병원에 도착해 급격한 체중 감소로 인한 빈혈이라는 말을 들었을 때에는 몹시 화가 났다고 그랬다. 왜 그렇게까지 살을 빼려고 하는지 추궁한 결과, 말을 타고 싶어서였다고 솔직하게 털어놓았던 것이다.

"남편은 동물이라면 환장을 해요. 형사가 동물에 사족을 못 쓴다고 하면 바보 취급 당한다며 숨겼지만요."

야요이 아주머니는 너무나도 한심한 상황에 어둠이 내린 병원에서 눈물을 계속 흘렸던 거였다.

그래, 울고 싶을 만도 하지…….

그때 고타에게서 온 사진을 내가 보여드렸던 것이다. 아들도 똑같이 비쩍 말라서 조랑말을 타고 있는 모습을 보고 아주머니는 둘을 만나게 해야겠다는 생각을 굳혔다고 했다. 공통점 투성이인 바보 같은 남편과 바보 같은 아들을 혼내지 않을 수가 없다면서.

"당신들, 바보짓도 정도껏 해!"

야오이 아주머니의 표정에는 희로애락의 로와 비가 뒤섞여 있었다.

"지이이인짜로 두 사람 모두 바보야! 걱정만 시키고…… 말붐이 웬 말이야! 이 엄마는 바보 붐이네요! 정말, 똑바로 좀 해!"

"면목이 없군…….”

구리스 아저씨는 움츠러들었다. 고타도 마찬가지였다.

나도 모르게 그만 웃음이 터져버렸다. 두 사람이 너무 판박이라서.

"참나, 이왕 하는 김에 말 좀 해야겠어요. 당신은 고 쨍이 태어나고서부터 항상 벌레라도 씹은 것 같은 얼굴을 해가지고, 그야 물론 바깥일 때문이라는 건 알고 있어요. 그래도 한마디 정도는 의논해요! 당연히 바람났나 의심하게 되잖아!"

아저씨는 더욱 위축되었다. 고타가 "어, 어엄마……" 하고 끼어들었다.

"너도 그래! 맨날 동물동물동물, 동물 타령이나 하고! 기껏 대학교 들어가서는 가자마자 때려 치고 프리터를 하겠다니! 나한테! 한마디! 말도! 없이!"

야요이 아주머니도 참 힘들겠다, 나는 태평하게 생각했다.

"이, 일단 저와 가쿠토는 이만 실례하겠습니다."

가시와기 씨, 나이스 타이밍. 맞아. 이건 가족 문제니까…….

"아유 정말로 죄송합니다! 두 바보가 이렇게나 폐를 끼쳐서! 어이, 두 사람 모두 제대로 사과드려요!"

아주머니는 고개를 숙였고 아저씨는 일어나다가 살짝 휘청거렸다. 고타가 순식간에 달려와 아버지의 어깨를 붙들어주는 모습을 나는 똑똑히 봤다.

"퇴원하면 남편과 가게로 찾아뵙겠습니다. 그러니 부디 모자란 저희 아들을 앞으로도 잘 부탁드립니다!"

"엄마, 병실에서 묵을 거야?"

"당연히 너네 집에 가야지! 아버지도 퇴원하시면 너네 집에서 묵을 거야. 이번 기회에 두 사람의 성격을 확실하게 바로잡아놓겠어!"

"설마……."

고타는 절망적으로 중얼거렸다.

그로부터 며칠 뒤 구리스 아저씨는 퇴원했다. 고타는 아르바이트 일정을 마구 채우려고 했으나 가시와기 씨가 기각해버렸다. 야요이 아주머니가 손수 만든 요리 덕분인지 아저씨는 최근에 혈색이 좋아지신 것 같았다.

아주머니는 이따금 펫숍에 찾아와 아카이 씨와 마키타 씨와 금세 친해져 고타를 당황시켰다.

"가쿠…… 크리스마스 때 한가해?"

"미안, 잠시 볼일이……."

"아, 혹시 도마 씨랑 어디 가?"

실은 그렇다. 이번에는 수족관 데이트를 하기로 했다.

"부탁해. 엄마가 너 밥해 먹이고 싶대. 데이트는 다음에 하면 되잖아."

"안 돼. 그나저나 아버지는 건강하셔?"

"응. 뭐, 보통이려나."

고타는 짧게 웃었다. 아무래도 마음을 열어가고 있는 모양이었다.

연말이 되자 펫숍의 사모예드도 파트너를 만났다.

파트너는 구리스 이치로 님, 전에도 사모예드를 기른 적이 있는 신뢰할 수 있는 손님이었다. 강아지가 피로해하지 않도록 아키타까지 자동차로 천천히 올라갈 거라고 했다.

야요이 아주머니는 마키타 씨와 아카이 씨에게 "페이스북에 이 아이 사진 많이 올릴게요"라고 말했다. 갑자기 너무 친해져 버린 건 아닌가 하는 생각이 살짝 들었다.

결국 고타는 성인식을 위해 본가로 돌아간다고 했다. 딱히 부모님을 뵈러 가는 건 아니고 사모예드를 잘 키우고 있는지 확인하러 간다고 변명했다.

크리스마스 때 (별다른 진전은 없었지만) 꿈처럼 즐거운 데이트를 하고 연말에 나도 본가로 돌아갔다. 부모님께 아르바이트하는 곳에서의 일을 이야기해드렸더니 엄청 웃으셨다.

설 연휴 동안 오랜만에 고향 친구들과 놀며 마음껏 기를 폈다. 고타와는 연하장을 SNS 메시지로 주고받은 정도로, 서로의 일정이 엇갈린 탓에 설 연휴가 지난 무렵이 되어서도 만나지 못했다.

성인식 전날 나는 다시 본가로 되돌아왔다. 내가 정장을 입고 사진을 찍고 있는데 고타에게서 타이밍 좋게 메시지가 왔다.

'시로타로와 하카마* 차림의 나!'

사진에는 전통 옷을 입고 근심 걱정 없는 맑은 얼굴을 한 고

---

* 기모노 곁에 입는 일본 전통 의복으로, 허리에서부터 다리를 덮는 주름 잡힌 낙낙한 하의.

타와 싱글벙글 웃는 사모예드가 있었다. 그 옆에는 유리처럼 이, 하고 어색하게 웃고 있는 구리스 씨가 있었다.

성인식이 끝나면 가시와기 씨와 이런 대화를 나눌 것 같았다.

"시로타로라는 그 재미없는 이름은 부자 중에 누가 지었을까요?"

그리고 고타를 만나면 시로타로에 대한 자랑을 엄청나게 듣겠지. 고타는 환하고 빛나는, 틀림없이 태양 같은 얼굴을 하고 있을 것이다. 분명.

인간이라는 동물

$$\frac{1}{3}\frac{2}{4}$$

사월의 어느 토요일. 펫숍에 꼬마 손님들이 많이 찾아왔다.

유리와 유리네 엄마가 남자아이들과 애완동물을 기르고 싶어 하는 학부모들을 데려와서 가게 안이 꺅꺅 멍멍 야옹야옹 소리로 소란스러웠다.

"나는 평소대로 순찰하러 다녀올게. 하루토는 가쿠 오빠에게 안내해달라고 해."

유리는 새침한 얼굴로 그렇게 말하더니 엄마의 손을 잡고 나가버렸다. 남겨진 하루토는 실망한 듯했다. 음, 남자는 괴롭군…….

"형에게 여러 동물 친구들 보여달라고 할까?"

하루토네 엄마가 말을 보태서 나는 개와 고양이 코너로 안내
했다.

"귀여워!"

두 사람은 강아지와 아기 고양이를 바라보며 크게 기뻐했다.

음, 좋은 느낌이네, 하면서 케이지를 둘러봤다. 하루토는 "강
아지랑 고양이 기르고 싶어!"라고 외쳤지만 엄마에게 곧바로
"안 돼"라는 말을 들었다. 나는 남몰래 소리 죽여 웃으며 그 모
습을 바라봤다. 멋진 토요일이었다.

하루토는 검은 시바견 한 마리를 보고 있었다. 검은 시바견도
하루토를 쳐다봤다. 강아지는 혀를 내밀며 친근감 있는 표정으
로 소년을 올려다보고 있었다.

"안아볼래?"

내가 묻자 하루토는 응응 하고 끄덕였다. 검은 시바견은 벌벌
떠는 하루토의 품속에서 꼬리를 살랑거리며 아이의 얼굴을 여
기저기 핥아댔다. 부드러운 표정과 달리 하루토의 눈빛은 사랑
에 빠지는 순간, 아니 깊은 사랑으로 변하는 순간처럼 빛났다.

"이 아이 귀엽지?"

내가 묻자 하루토는 "좋아…… 세상에서 제일 좋아" 하면서
로맨틱하게 말했다. 하루토 엄마는 "엄마도 안아보고 싶네"라
며 부러운 표정으로 보고 있었다.

나는 도그런에 다른 개가 없음을 확인하고 두 사람과 한 마리

를 안내했다.

하루토가 검은 시바견과 마음껏 어울려 논 뒤, 하루토 엄마가 "저기, 이 아이……"라고 말을 걸었다.

나는 한껏 자신감에 취해 구매자용 설명 데스크로 안내한다. 검은 시바견과 헤어진다는 생각에 안절부절못하는 하루토를 곁눈질하며 엄마를 상대로 동물 보험과 기르는 방법 등에 대해 꼼꼼히 설명해줬다.

음, 잘하고 있어, 그렇게 생각했을 때였다. 고타가 옆에서 하루토에게 말했다.

"강아지 키우는 거 처음이야?"

갑자기 나타난 고타를 보고 하루토는 머뭇거리면서도 살짝 끄덕였다. 고타는 한쪽 무릎을 꿇고 하루토와 눈높이를 맞췄다.

"아…… 미안. 이름이 뭐야?"

하루토는 자기 이름을 속삭였다.

"하루토는 배가 아프면 어떻게 해?"

"……엄마에게 말해. 배가 아프다고."

"그렇지. 하지만 강아지는 배가 아프다는 말을 못 해. 슬프다는 말도 못 하고. 산책하고 싶다는 말도 못 하지. 오로지 몸과 울음소리로 말할 뿐이야."

하루토는 잠깐 고타의 얼굴을 쳐다본 후 알겠다며 끄덕였다.

"이제 형이 되겠네. 축하해. 시바고로…… 저 아이를 소중하게 챙겨줘."

고타는 하루토의 머리를 한 번 쓰다듬고는 사라졌다. 하루토
는 방금 전까지 들떠 있던 기분이 가라앉고 조금 성장한 듯한
얼굴이 되었다.

"저 직원, 참 친절하네요."

하루토의 엄마가 말했다.

"저희 가게의 자랑입니다."

나는 그렇게 말하면서도 이상하게도 거북함을 느꼈다.

❖

검은 시바견을 무사히 건네고 나서 나는 탈의실에서 휴식을
취하고 있었다. 어쩐지 한숨이 나왔다.

"오, 가쿠. 판매 축하해. 수고했어리각시매미충."

고타도 탈의실에 왔다.

"뭐야 그게. 말장난? 아재 같아."

"아냐, 유리가 한 건데. 하이색구슬우렁이라든가 바이바이마
뿔박이뾰족맵시벌처럼. 그래서 나도 완전 붐이 붙었지."

"말끝에 동물 이름을 붙이는 붐?"

"아니, 좀 더 연구를 해서 말끝을 희귀 동물 이름으로 하는
붐. 곤충류나 파충류. 대결하면 불타오를걸."

고타는 도전적으로 싱긋 웃었다. 아무래도 내게 도전장을 내미는 것 같았다.

"내가 고타를 이길 리가 없잖아."

"음…… 역시 그렇겠지. 호프만 씨가 사정없이 희귀 동물 이름을 쏟아내고 있어서 더욱 하고 싶어!"

천진하게 볼을 부풀리는 고타에게 나는 어쩐지 거북함을 느끼고 말았다. 그런 내가 싫어서 나는 필사적으로 웃는 표정을 지었다.

"가시 씨도 딱 한 번 응해줬어. 그 사람, 서툰 지식을 공부하겠다고 조류도감을 전부 암기했대. 그래서 조류 분야로 해봤는데……"

"고타가 이겼어?"

"일단은. 하지만 전혀 이긴 것 같지가 않아."

"그게 뭐야."

"수고방오리라고 했더니, 역시 내게는 무리다마도요……라면서 하는 둥 마는 둥 엉뚱한 대답을 하더라고. 그래서 포기."

나와 고타는 폭소를 터뜨렸다. 참으로 가시와기 씨다워서.

"음료수 사 올게. 오늘은 더워서 그런지 탄산이 먹고 싶네. 아, 먹고 싶어치."

내가 대답을 못 하고 있자 고타는 승리의 미소를 지어 보이며 탈의실에서 나갔다.

문득 하루토와의 대화가 떠올랐다. 역시 고타는 대단한 사람이었다. 동물에 관한 지식뿐 아니라 동물을 기르는 것 자체를 진심으로 대하고 있다.

나도 분명 고타와 같은 생각을 하고 있었다. 하지만 '팔았다'는 기쁨에 빠져 무의식적으로 가장 중요한 정보를 전하지 못했던 것이다.

그때 터벅터벅 발소리가 나더니 마키타 씨가 탈의실에 얼굴을 내밀었다.

"아, 여기 있었네."

그렇게 말하는 목소리에는 짜증이 살짝 묻어 있었다.

"얼마 전에 들어온 토끼, 네덜란드 드워프였지? 그 아이 전시 가격표에 부가세가 포함되어 있더라."

마키타 씨가 눈살을 찌푸렸다. 나는 일어나 "죄송해요"라고 말하며 고개를 숙였다.

그때 또 다른 터벅터벅 발소리가 들렸다.

"오, 가쿠토 찾았구나."

이번에는 가시와기 씨였다.

마키타 씨는 "다음부터는 신경 써줘" 하고 싱긋 웃더니 나갔다. 가시와기 씨는 마키타 씨의 등을 보더니 말했다.

"마키타 녀석, 기분 좋아 보이네. 간보쿠 시인과 잘되어가나."

"모르겠는데요."

"아니아니, 블로그 보니까 간보쿠 시인도 요즘 행복해 보여. 저 녀석 5월 연휴 뒤로 유급 휴가 왕창 받을 테니까. 아마 프랑스 갈걸."

가시와기 씨는 어딘가 분해 보였다. 마키타 씨의 애인인 간보쿠 시인에게 질투를 느끼는 게 아니라, 아마도 간보쿠 시인을 만날 수 있는 마키타 씨에게 질투를 느끼는 것 같았다.

"그보다 건조식품 신상품 홍보 문구 다 됐어?"

나는 또다시 고개를 숙였다.

"죄송해요! 깜박했어요."

최근 들어 자꾸 깜빡 잊는 일이 잦았다.

"요즘 무슨 일 있어?"

가시와기 씨는 부드럽게 웃었다.

"그게, 조금…… 주의하겠습니다."

"너무 무리하진 마."

가시와기 씨는 그렇게 말하고는 사라졌다.

혼자 남은 탈의실에서 나는 멍한 채로 있었다. 요즘 자꾸 실수를 하는 이유가 뭔지 알고 있었다.

나는 대학교 3학년이 되었다. 아직 취업 활동 정보가 뜨기도 전인데 주위 동기들은 안절부절못하고 있었다. 나도 분위기에 휩쓸려 덩달아 불안해져서 학교에서 열리는 취업 활동 강의를 들었다.

졸업생을 찾아가는 방법, 입사지원서 기입 방법, 취업 활동이란 무엇인가에 대해 열심히 배웠다.

하지만 위기감이 찾아왔다. 이른바 자기분석에 대한 수업이었다.

강사는 "'나는'으로 시작해 '라는 인간입니다'로 끝나는 문장을 다섯 개 써보세요"라고 말했다. 학생들이 글을 쓰는 소리를 들으며 나는 뻥, 하고 수업에서 쫓겨난 기분이 들었다.

일단 샤프펜슬을 한 손에 들고 억지로라도 글을 써나갔다.

'나는 동물을 좋아하는 인간입니다.'

이 문장은 꼭 초등학생의 자기소개 같았다. 이런 자기소개를 하는 초등학생은 보통 사육사 당번을 시킬 게 뻔했다.

나는 머리를 쥐어짜냈지만 도저히 쓸 수 없었다.

"자, 모두 쓴 것을 보여주세요. 왼쪽 제일 앞사람부터."

강사가 그렇게 말했을 때 나는 처음으로 몰래 수업을 빠져나갔다.

집에 돌아와 저녁을 만들면서 깨닫고 말았다.

나는, 내세울 만한 게 아무것도 없는 사람이구나.

가시와기 씨처럼 일을 잘하는 것도 아니다. 고타처럼 동물에 대해 많이 알거나 동물에 대한 사랑이 뛰어난 것도 아니다.

물론 나도 동물을 좋아하고, 이 세상 모든 동물이 행복해지기를 바란다. 손님을 맞이하는 데 있어서도, 동물이 아닌 혈통서를 원하는 손님, 희귀 동물을 키우는 걸 사회적 지위라 생각하는 사람은 살며시 견제하고 있다. 하지만 그건 내 신조라기보다는 유어셀프의 이념을 지키고 있을 뿐인 듯한 기분이 들었다.

그렇다면 영업 면에서 노력해보자. 그렇게 생각했지만 중요한 사실을 전달하는 걸 깜박하거나 다른 일을 소홀히 하는 등 차마 눈뜨고 볼 수 없는 지경이었다.

그 뒤로 자문자답하는 나날의 연속이었다. 나는 대체 어떤 인간인가? 나 자신에 대해 당당하게 말할 수 있는 것은 무엇일까?

어쩐지, 해답을 찾는 일이 너무 어려워 견딜 수가 없었다.

매일 아르바이트를 마치고 집에 오면 '나는 이런 인간입니다'라는 문장을 다섯 개 써보기로 결심했다. 하루도 빠짐없이 하다 보니 나 자신이 결점 투성이 인간이라는 걸 깨달았다.

나는 자신감을 잃어버리고 말았다.

고요한 탈의실에 한숨 소리가 울려 퍼졌다. 집에 돌아가 '나는 덜렁거리는 인간입니다'라고 써야 할 것 같았다.

🐾

휴식을 끝내고 매장으로 나가니 한 손님의 질문에 막힘없이 술술 대답하고 있는 고타가 보였다.

나는 지식이 풍부하지 않은 인간입니다. 나는 분위기 메이커가 못 되는 인간입니다.

마이크 헤드셋으로 뭔가를 중얼거리며 매장 안에서 실수한 개의 똥을 치우고 있는 가시와기 씨의 모습이 보였다.

나는 일을 못하는 인간입니다. 나는 자잘한 실수를 자주 하는 인간입니다.

……엉망이다. 아무래도 부정적인 생각들만 머리를 스쳤다.

요즘 내정 블루*라는 말이 자주 나오는데, 나는 내정은커녕 취업 활동을 시작하기도 전에 우울함에 빠져버렸고 웃어넘길 상황이 아니었다.

취업 활동은 시작도 안 한 상태였지만 딱 한 가지 결정한 것이 있었다.

나는 유어셀프만은 지원하지 않을 것이다. 계속 이곳에 있고 싶지만 그건 아마, 내 인생에 도움은 안 될 것 같았다.

나는 고타와 가시와기 씨를 존경한다. 그렇기 때문에 더욱 이 장소에 있으면 안 됐다. 이대로 이곳에 남아 있다가는 두 사람에게 완전히 의지해서, 두 사람처럼 되겠다는 마음까지 잃어버릴 것 같았다.

그것만은 확실했다. 나는 자립하지 않으면 안 된다. 대부분의

---

* 취업 활동을 하는데도 좀처럼 취업이 안 돼 우울하거나, 취업이 되어도 정말로 이 회사를 결정해도 좋을지 고민하는 일. 또는 내정받은 여러 회사 중 한 곳을 결정하기 힘들어 고민하는 상황을 나타내는 말.

동물들이 경험하듯이.

물론 외롭지 않은 건 아니다. 처음부터 아르바이트가 아닌, 단순히 동물이 좋다는 이유로 펫숍을 직장으로 택해 유어셀프에 온 거라면 좋았을 거라 생각한다. 하지만 '……했더라면' 하고 후회해봤자 소용없는 일이었다.

나는 살짝 내 볼을 때렸다.

지금까지는 이 가게의 일원이잖아. 착실하게 집중해야 해.

"저기요."

갑작스럽게 나를 부른 주인공은 브라운 씨였다. 오늘은 일본식 차림으로 반듯하게 차려입었다.

"지금껏 여러 가지 이야기를 해줘서 고맙습니다."

정중히 고개를 숙였다. 아니, 그런 대단한 이야기를 들려드린 기억은 없는데…….

"저기, 손님. 대체 무슨…….."

나는 그렇게 말하며 브라운 씨의 표정을 살폈다.

"아닙니다. 더 이상 제가 여기에 올 수 없게 되어 인사를 드리고자."

갑작스러운 말에 서운한 마음이 살짝 들었다. 하지만 손님에게는 당연히 손님의 사정이 있는 법이니까. 싫다고 떼를 써도 하는 수 없었다.

"혹시…… 이사 가세요?"

브라운 씨는 천천히 고개를 저었다. 그 표정은 왠지 묘하게 기뻐 보였다.

"그러면 무슨 일이……."

나는 불길한 예감이 들었다. 브라운 씨는 언제나 고양이 통조림을 하나 사 가곤 했다. 그 고양이와, 이별하게 된 걸까…….

"아무 일도 없어요. 그냥 안 오는 것뿐이죠."

브라운 씨는 웃었다. 뭐지? 꼭 나를 놀리는 듯하면서도 동시에 후련하다는 듯한 표정이라 보고 있자니 당황스러웠다.

"그럼, 여러 가지로 고마웠어요."

등을 돌리는 브라운 씨에게 여전히 당황한 표정으로 말을 걸었다.

"저기…… 고양이에게도 안부 전해주세요."

브라운 씨가 뒤돌아보더니 말했다.

"고양이, 안 키워요."

어라? 나는 놀랐지만 그대로 배웅할 수밖에 없었다.

일이 끝나기 전에 나는 계산대의 아카이 씨에게 갔다.

아카이 씨는 가게의 만물박사랄까, 계산 일을 오래 해온 덕분에 어떤 개체와 용품들이 팔렸는지를 모두 파악하고 있었다. 게다가 정말로 마음이 순한 사람이라서 손님과 잡담을 나누는 일이 많아 가게 안에서 누구보다도 손님을 잘 알고 있었다.

손님이 끊긴 타이밍에 아카이 씨에게 말을 걸었다.

"아카이 씨, 자주 오시는 육십대 정도의 올림머리한 손님 아세요?"

아카이 씨는 목소리를 낮췄다.

"매일 그 갈색 가방 들고 있는, 조금 느낌 별로인 사람?"

어? 브라운 씨는 느낌 좋은 사람인데. 적어도 나한테는.

"항상 고양이 통조림을 사 가긴 하는데…… 손님 험담은 하고 싶지 않지만, 어쨌든 퉁명스러워."

나는 귀를 의심했다.

"늘 무서운 얼굴로 영수증! 이런다니까. 그나저나 그분이 왜? 무슨 일 있어?"

"아, 아뇨……."

아카이 씨의 평가는 의외였다.

"오늘도 영수증 썼는데, 볼래?"

그렇게 말하며 아카이 씨는 계산대의 서랍을 열었다. 영수증의 수신인명에는 '고미야 게이코'라고 쓰여 있었다.

❧

일주일이 지났다. 브라운 씨는 나타나지 않았고 나는 부정적인 쪽의 '나는 이런 사람입니다'라는 문장을 서른다섯 개 썼다.

겉으로 드러나지 않게끔 노력하고 있었지만 고타나 가시와기 씨를 질투하는 일도 잦아졌다. 나는 두 사람을 정말 좋아했지만 그들의 장점을 솔직하게 받아들이기가 힘들어졌다. 그리고 그런 자신을 경멸하는, 짜증 나는 악순환에 빠져 있었다.

봄비가 내려 손님이 거의 오지 않는 어느 날이었다.

"내부 조사?"

가시와기 씨의 책상 앞에서 나와 고타는 동시에 물었다. 가시와기 씨는 느긋하게 커피를 마시면서 눈을 내리깔았다.

"정말 귀찮은 일을 부탁해서 미안한데, 무시할 수도 없어서 말이야."

가시와기 씨는 천천히 상황을 설명해주었다.

전날에 어느 유명한 동영상 사이트에 어떤 영상이 전송되었다고 한다. 전송한 사람은 애니멀 러버스라는 동물 애호 단체로, 동영상 내용은 펫숍 직원의 인터뷰를 실시해 그 낮은 의식 수준을 문제 삼는 내용이었다.

그 인터뷰를 받고 있는 직원은 본점이 지정한 폴로셔츠를 입고 있어서 결과적으로 유어셀프일 가능성이 높다는 것이었다.

"근데 우리 매장의 폴로셔츠가 그렇게 특이한 디자인은 아니잖아요. 어디에나 있을 법한……."

"응, 나도 그렇게 생각하지만 보면 알겠지."

가시와기 씨는 그렇게 말하며 노트북을 켰다. 우리는 가시와기 씨 뒤에서 노트북 화면을 쳐다봤다.

동영상 사이트의 메인 화면에 '당신에게 추천합니다' 코너가 떠 있었고 거기엔 새에 관한 영상이 넘쳐났다.

"……가시 씨, 아직도 적응 못 하셨나봐요…… 새."

"착실한 노력도 중요하지만, 포기하는 방법도 있……."

가시와기 씨가 우리 둘의 말을 가로막았다.

"시, 시끄러워! 잠깐만!"

가시와기 씨는 검색창에 '펫숍 실태 인터뷰'라고 쓰더니 맨 위에 나온 동영상을 클릭했다.

"이거야."

재생이 시작되었다. 싸, 하는 잡음이 흐른 뒤 검은 배경에 하얀 문장이 나타났다.

'이곳은 대형 홈센터 내에 자리한 펫숍입니다. 이름은 밝힐 수 없지만 유명한 기업입니다. 8주령 규제* 등의 동물 애호 관리법은 기본적으로 지키고 있는 곳이지만, 직원들은 어떤 의식을 가지고 일하고 있는지 인터뷰를 실시했습니다. 그럼 보시죠.'

문장이 사라지고 영상으로 바뀌었다. 검은 영상 중간중간에 하얀 문장이 떴다. 배경으로는 갸갸, 하고 떠드는 새가 보이는

---

* 새끼 고양이나 강아지가 생후 8주 동안 어미와 함께 있도록 규제한 동물보호법.

데 몰래 촬영한 듯했다. 화면이 막 흔들렸다.

"으윽, 나 이런 거 못 봐. 멀미 난다고."

고타가 시퍼렇게 질린 얼굴로 말했다.

"헤에, 의외의 약점이군."

새소리와 동시에 가시와기 씨가 쓴웃음을 지으며 말했다.

"저기 보이는 바닥…… 우리 매장이죠?"

내가 묻자 가시와기 씨는 매우 불쾌한 표정으로 끄덕였다.

타일은 살짝 잿빛이 섞인 검은색이었다. 유어셀프의 모든 매장에서 공통으로 쓰는 타일이었다. 물론 기성품이기 때문에 타일만으로 유어셀프라고 단정 지을 수는 없었다.

화면이 바뀌고 다시 검은 배경에 하얀 문장이 떠올랐다.

'아르바이트 직원 A씨 의견입니다.'

화면 한가운데에 한 인물이 나타났다. 어깨 위쪽부터 거의 모자이크로 덮여 있어 얼굴을 알아볼 수는 없었다. 하지만 역시 푸른색 폴로셔츠는 유어셀프의 것으로밖에 안 보였다.

어깨 넓이나 목젖을 보니, 아무래도 남자인 듯했다.

화면이 다시 암전되었다가 한 문장이 떴다.

'Q. 펫숍에서 일하는 것에 대해 어떻게 생각합니까?'

영상이 재생되고 수수께끼의 모자이크 인간은 섬뜩할 정도의 저음으로 말했다.

"편합니다."

뉴스에서 자주 접하는 보이스피싱 사기범이라든가, 흘러나오는 인터뷰에서처럼 음성을 변조한 목소리다.

또다시 암전이 되었다.

'Q. 생물을 판매한다는 것의 윤리적인 문제에 대해 어떻게 생각합니까?'

다시 모자이크 인간이 나왔다. 방금 전 대답한 사람과 동일 인물 같은데 배경은 조금 변한 것 같았다.

"아하하."

악마 같은 저음이 웃음으로 대답을 얼버무렸다. 다시, 암전.

'Q. 유아기가 지난 고양이를 판매하고 있는데 앞으로 어떻게 취급할 생각인가?'

"팔아 보이겠습니다."

이번에는 조금 불쾌한 듯한 목소리였다.

그 뒤로 암전과 멘트의 반복이었다.

'Q. 애완동물을 키우는 환경이 갖추어져 있지 않은데도 불구하고 애완동물을 키우려는 인간에 대해 어떻게 생각합니까?'

"뭐 사람마다 다양한 사정이 있는 거니까요……."

'Q. 생명이라는 상품을 더 팔고 싶습니까?'

"네, 물론."

화면 속에서 새소리가 들렸고, 마지막으로 암전.

'의식이 높다고는 도저히 생각할 수 없습니다. 여러분은 어떻

게 생각하시나요?'

그 문장이 클로즈업되며 영상은 끝이 났다.

내 머리는 기묘하게 차가워져 있었다.

"우리 매장은 아니군."

가시와기 씨가 말했다.

"그나저나 어디 아르바이트생인지는 모르지만, 참나……."

고타가 고개를 갸웃거렸다.

"가쿠토도 기억나는 거 없지?"

가시와기 씨가 그래도 혹시나 하는 마음에 물었다.

"네."

나는 대답했다.

❧

술을 마시러 가자는 고타의 제안을 뿌리치고 나는 집으로 곧장 돌아왔다.

컴퓨터 책상 위에는 하얀 A4용지가 올려져 있었다. 나는 샤프펜슬을 쥐고 다섯 문장을 썼다.

나는, 태연하게 거짓말을 내뱉는 인간입니다.

나는, 비겁한 인간입니다.

나는, 의식 낮은 인간입니다.

나는, 소중한 동료를 배신한 인간입니다.

나는, 영상에 올라온 인간입니다.

다 쓰자마자 종이를 갈기갈기 찢었다.

호흡은 거칠었고 머릿속은 찡하고 뜨거워졌다.

그 영상은 우리 매장을 몰래 촬영한 것이었다. 그리고 인터뷰를 한 사람은, 나였다…….

꺼림칙함을 느낀 순간은 영상의 앞부분이었다. 가시와기 씨는 새소리에 반응하지 않았다. 평소 새를 굉장히 무서워하면서도 영상 속 새소리에 무감각했다. 그 이유는 '귀에 익은' 소리였을 테니까.

그 소리는 잉꼬 유리의 울음소리였다. 꺼림칙함을 느낀 뒤에는 확인 사살을 해야 했다.

고통스러운 일이었다. 제발, 내 기분 탓이기를…….

그렇게 생각했지만 오해를 일으킬 만한 점은 찾을 수 없었다.

인터뷰를 하는 이의 얼굴은 모자이크 처리되었지만 머리가 금발이 아닌 것은 알 수 있었다. 그러니 고타는 아니다.

물론 나는 인터뷰를 받은 기억 따위 전혀 없다. 하지만 모자이크 처리된 사람의 말은 또렷이 기억이 났다.

조작된 것…… 아니, 그렇게까지 단언할 수는 없었다. 그저 지금까지의 대화를 확대 해석한 것일 뿐이었다.

착한 사람이라 생각했었다. 새로 나온 고양이 통조림에 대해 설명을 해준 적도 있었다. 그 영상을 만든…… 브라운 씨에게.

아니, 그런 건 아무래도 상관없다. 그보다 나는 왜, 고타와 가시와기 씨에게 아무 말도 못 한 것일까.

찰나였다. 최근 저지른 실수 연발이나 고타에 대한 열등감에서 비롯된 거였다. 게다가 진실이 알려지면 가게에 피해를 줄까 두려웠다. 간단하게 말해, 쫄았던 것이다. 그저 내 몸 하나 지키기에만 급급해서.

지금껏 나 자신은 별 볼 일 없다고 생각해왔지만 오늘에야 비로소 가장 확실한 것 하나를 깨달았다.

나는, 최악이다.

떨리는 마음으로 노트북을 켰다. 낯익은 동영상 사이트에 접속했다. 평소에는 고타가 알려주는 재미있는 동물 영상을 보는 곳 정도로 여겨왔었다. '애니멀 러버스'를 검색하자 그 영상이 나왔다.

조회 수는 5천 이상이었다. 5천 명 이상의 사람들이 모자이크로 덮인 나를 보면서 '불쾌'하다고 생각했을 거였다.

그중에는 고타와 가시와기 씨도 포함되어 있었다.

영상 아래에 엄지를 위로 치켜든 아이콘과 거꾸로 뒤집은 아이콘, 즉 '좋아요'와 '싫어요'가 영상에 대한 평가 점수를 알렸다. 좋아요는 '322', 싫어요는 '96'. 나는 그 숫자를 맞닥뜨리고 새삼 현기증을 느꼈다.

영상을 올린 사람을 옹호하며 펫숍은 더 당해야 한다고 생각하는 사람이 322명. 나 같은 펫숍 직원은 죽어야 한다고 말하는 인간이 96명. 그렇게 생각하니 견디기 어려웠다. 펫숍 업계가 이렇게 돌아가선 안 된다고 느꼈겠지. 나 역시 아무것도 모르는 사람이라면 그렇게 느꼈을 테니까.

악의 때문에 순식간에 확대 해석된 인터뷰일 뿐이야.

나는 잘못 없어, 그저 운이 나쁠 뿐이야…….

머리가 어지러운 와중에 나는 저 말에 매달리고 싶었다.

하지만 보고도 못 본 척하기는 어려울 것 같았다. 결국 내가 초래한 사태니까. 내가 악의를 알아차리지 못했으니까 ……그리고 좋아하는 상사와 친구에게 거짓말했으니까.

비록 아무런 도움이 되지 않는다 해도 나는 스스로 호되게 다그쳐 몰아세우고 싶었다.

검색창에 '애니멀 러버스'를 치자 케케묵은 홈페이지가 떴다. 애니멀 러버스는 모피 반대를 위한 누드 시위도 하지 않고, 귀족들의 여우 사냥을 멈추기 위해 귀족이 키우는 개와 동일한 견종을 잡아먹는 경우도 없으며, 고래를 위해 인간을 등한시하지도 않는, 오직 동물을 향한 순수한 사랑만을 지니고 활동하는 단체로 보였다.

대표 인사말로 고미야 게이코 씨가 동물에 대한 이념을 말해 놓았다. 정장을 차려입고 미소를 짓고 있는 모습은 역시나 브라운 씨였다.

그 이념은 뜨겁고, 비통함마저 느껴질 만큼 강한 어조였다.

많은 동물들이 이기적인 인간들 때문에 고통을 받고 있습니다. 브리더는 열악한 환경에서 유행하는 견종을 마구잡이로 늘리고 팔아대는 퍼피 밀, 즉 강아지 공장이나 다를 바 없는 '펫숍'과의 거래로 생계를 꾸려갑니다. 패배의 악순환이죠. 펫숍에서 동물을 사는 것은 퍼피 밀을 도와주는 행위나 다름없습니다. 펫숍은 그런 문제를 보고도 못 본 척하고 있습니다. 악의 없는 악의야말로, 진짜 악입니다…….

이 말로 인사말은 끝이 났다.

극단론이라 말할 수 있었다. 하지만 악질 펫숍과 악질 브리더가 존재한다는 사실은 뉴스를 보면 쉽게 알 수 있었다.

눈앞의 문제를 못 본 척하는 펫숍 직원도 많았다. 지금 이 장소에서 무책임하게 컴퓨터를 하고 있는 나 같은 남자처럼.

나는 조용히 노트북 전원을 껐다.

"제기랄."

이건 싸움에서 패배한 아이의 목소리로밖에 들리지 않았다.

나는 어떻게 해야 좋을까⋯⋯.

❖

취업 활동 준비 강의가 끝난 어느 날 도마가 확신이 실린 한 마디를 던졌다.

"너, 고민 있구나."

나는 분명하게 되받아쳤다.

"고민 없어."

내가 강의실을 나서자 도마는 말없이 따라왔다. 터벅터벅 복도를 울리는 운동화 소리는 내 발소리에 보조를 맞춰 앞지르지도 뒤쳐지지도 않았다.

마음을 털어놓을 생각 따위 없었다.

터벅터벅 발소리를 들으며 계속해서 걸어갔다. 동영상 사건 이후 일주일이 지났을 때 가시와기 씨는 짚이는 데가 있는 점포는 한 곳도 없다고 말했었다.

"내부 조사는 계속하겠지만 우선은 조용히 지켜보기로 했어. 비슷한 영상도 많고 조회 수도 예상만큼 높지 않아. 괜히 소란 피워서 유어셀프가 표적이 되는 것도 귀찮고 말이야."

나는 가시와기 씨와 눈을 마주칠 수 없었다.

고타와도 제대로 이야기를 나누지 못했다. 거리를 두려고 한 건 아니었지만, 고타의 앞에만 서면 무심코 위축되어서 걱정을 끼치는 일이 잦아졌다.

"왜 이렇게 기운이 없어?"

진지한 얼굴로 묻는 고타에게 나는 제대로 답하지 못했다.

새삼스럽지만, 솔직하게 털어놓는다면 얼마나 후련할까.

5분 정도 이어진 터벅터벅 발소리에 나는 문득 뒤돌아봤다. 도마는 내가 갑자기 멈춰 서자 급브레이크를 밟은 것처럼 앞으로 고꾸라질 뻔했다.

"정말로 아무 일도 없다니까."

내 말에 도마는 화가 난 것 같았다.

"너 그거 나쁜 버릇이야. 남의 일에는 아무렇지 않게 깊이 관여하면서 정작 자신의 일에 대해선 아무 말도 안 하는 거."

그러고 보니 나는 확실히 펫숍에서 벌어지는 일에 대해 자주 이야기하는 편이었다. 하지만 내 개인적인 일을 이야기한 적은 드물었다.

나는 아주 조금, 화가 났다.

나는 손님을 적절하게 응대했을 뿐인데, 그 자체가 펫숍 업계의 악질 사례로 드러났다. 게다가 지금 그 사실을 동료에게 감추고 있었다.

이렇게 말하면 돼? 그래야 만족하겠어?

내가 왜 화를 내고 있는 거지. 내 잘못인데······.

나도 모르게 어깨를 흠칫 하자 도마가 말했다.

"너 정말 냉소적인 인간이구나."

그 말은 나를 충격에 빠뜨렸지만 도마의 볼에 흐르는 눈물은 나를 거세게 흔들었다.

"미안해······."

"바보."

대답할 말을 찾지 못하고 있는데 도마는 터벅터벅 발소리를 남기고 가버렸다.

❖

한창 일하던 중에 호프만 씨가 나를 불러 세웠다.

"자네, 요즘 컨디션은 괜찮나그네쥐?"

"그게······ 그럭저럭······ 이집션마우."

"쥐에 맞서 고양이로 응수하다니."

호프만씨는 기쁜 듯 웃었으나 곧바로 표정을 굳혔다.

"뭐, 농담은 접어두고. 대체 무슨 일인가? 아무래도 근래 들어 패기가 사라지네······ 아, 지네는 그 지네가 아닐세."

"신경 써주셔서 감사합니다만 아무것도 아니에요."

그렇게 대답하는 목소리는 다른 낯선 사람의 목소리 같았다.

"어허, 그러지 말게나. 나도 나름 오래 살아온 몸이야. 가끔은 의논 상대가 되어줄 수 있다네."

나는 재차 말했다. 아무 일도 없는 듯 평소처럼 웃는 얼굴로.

"손님께 상담을 받다니요, 당치도 않는 말씀이세요."

"애송이, 늙은이를 우습게 보면 안 되네."

호프만 씨의 눈빛이 순식간에 진지해졌다.

"자네의 미덕은 어떤 문제가 일어났을 때 전력을 다해 대처하는 것이라 느껴왔는데. 내가 착각한 건가? 고작 몰래 촬영당한 거 가지고……."

순간 잘못 들었나 싶었다. 아무에게도 말하지 않은 몰카 사건을 어떻게 이분이…….

"어쨌든 똑바로 하게!"

"네!"

나는 반사적으로 대답하며 허리를 곧게 폈다.

"혼자서 끙끙 앓지 말게나. 실패를 감추는 것은 큰 잘못이지만 아직 만회할 수 있을 걸세. 도망치는 건 어떤 동물이라도 할 수 있지만 실패를 만회할 수 있는 유일한 동물은……."

호프만 씨는 구멍이라도 뚫을 것 같은 눈빛으로 나를 쳐다보았다.

"인간뿐이잖나."

어안이 벙벙한 나를 두고 호프만 씨는 매장을 떠났다.

"같이 가."

고타가 말했다. 고타는 스쿠터를, 나는 자전거를, 타지 않고 각자 밀면서 걸어갔다. 별다른 대화 없이 천천히 걸었다. 자전거 바퀴 굴러가는 소리가 묘하게 크게 들렸다.

신호등 앞에서 멈춰 서자 눈앞에 큰 트럭이 지나갔다.

"가쿠, 고민 있지?"

고타가 물어서 쳐다보니 석양빛에 반짝반짝 빛나는 금발과 매끈하게 뻗은 콧날이 꼭 골든리트리버 같았다.

"응."

"무슨 일인지는 안 물어볼게. 말해줄 때까지 기다릴래."

그 말이 참 다정했다.

"미안해."

"어색하게 말하지 마."

고타는 헤헤 웃었다. 부드러운 미소였다.

신호등이 푸른색으로 바뀌었다. 우리는 다시 걸어 나갔다.

"그 영상 때문인가. 나 요즘 들어서 자주 '펫숍이란 뭘까'에 대해 자주 생각해."

고타가 중얼거렸다.

"아무리 동물들에게 애정을 쏟아도 우리는 동물과 용품을 팔아 돈을 벌고 있잖아. 그 사실은 변함없지."

나는 고개를 끄덕이지 못했다.

"펫숍 같은 거 없으면 좋을 텐데. 가쿠는 그런 생각 한 적 있어?"

생각한 적은 있었다. 유기견 보호센터 등, 최근에는 가족을 맞이할 수 있는 기회가 다양해졌다. 부모의 기준이 엄격하다고 할지라도, 가족 없는 아이들을 우선시해주길 바란 적도 있었다.

"나 말이야, 어릴 적 키운 시로타로도 아버지가 친구에게 받아온 애라서 펫숍과는 거리가 있었어. 그래서 싫어했거든, 동물을 사고파는 펫숍이. 시카다처럼."

우리 매장에 일을 도와주러 왔었던 회계 담당 여직원 시카다 미코도 펫숍을 정말 싫어했다. 하지만 그녀는 우리가 살처분 같은 짓을 하지 않고 동물을 소중하게 다루고 있다는 사실을 알고 나서 공격의 창을 거두었다.

"반가운 이름이네."

"아, 나는 종종 연락해."

이것 봐라. 내가 의외라는 표정을 짓자 고타는 갑자기 딱딱한 어조로 말했다.

"지금은 회계 담당 말고 비서로 일하나봐. 새로운 개체가 들어오면 보고하라고 명령해서 사진을 보내주는 것 말고 딱히 다른 뜻으로 연락하진 않았어."

자세히 묻고 싶었지만 그보다 이야기의 결말이 궁금했다.

"실은 아르바이트를 시작한 이유도, 적을 시찰해야겠다는 마음으로…… 소중히 다루지 않으면 전부 유괴해버릴 거라고 생각했었어. 테러지."

나는 오랜만에 미소를 지었다. 역시 변함없이 고타다웠다.

"그런데 막상 일을 해보니 전혀 다른 거야. 먼저 있던 점장은 싫었지만 가시 씨는 동물들이 행복해지도록 노력하고 있고, 마키타 누님도 아카이 씨도 모두모두 좋아졌어. 물론 함께 들어온 가쿠 너도."

"진지한 얼굴로 그런 말 하지 마."

"사실인데 뭘. 손님도 좋아. 유리도, 호프만 씨도. 그래서 큰 소리로 외치고 싶어졌어. 펫숍은 좋은 곳이라고 말이야. 물론 무책임한 주인도 있지. 그런 놈은 사형시켜야 돼. 동물을 돈벌이로만 생각하는 브리더나 펫숍도 있어. 하지만, 하지만 말이야. 뭐랄까……."

고타는 머리를 긁적였다.

"시바오가 입양되던 날, 기억나?"

시바오는 나와 고타가 처음으로 맡은 시바견이었다.

"그 녀석이 팔렸을 때 나 완전 오열했잖아. 처음에는 손님들에게 너무 크다고 무시당하기도 했지만 겨우겨우 주인을 찾았지. 손님이 시바오를 꽉 껴안아줬을 때 아, 정말이지…… 새로운 가족이 생겼구나 생각하니 기뻐서 참을 수가 없었어. 거룩하다고 말해야 할까. 나 이 일 하길 잘했다는 생각이 들었어."

"응."

나도 같은 마음이었다. 펫숍에서 일하면서 처음으로 가장 큰 기쁨을 느꼈던 순간이 바로 그때였다.

"얼마 전 검은 시바견을 데려간 그 아이, 하루토였나. 그때도 마찬가지였어. 시바오를 데려간 손님도 가쿠가 찾아냈잖아. 나는 어떻게 해도 동물의 시선으로 보게 되니까 손님을 맞았을 때 의심부터 해. 이 사람은 정말로 동물을 소중하게 생각할까? 그런 마음으로. 그래서 가쿠가 부러웠어. 손님을 정확하게 볼 줄 안다고나 할까. 이 사람이라면 맡길 수 있다는 감을 순식간에 느끼는 능력, 그게 정말 뛰어나. 솔직히 질투한 적도 있어."

나는 멍하니 고타의 얼굴을 쳐다봤다. 나를 질투했다고?

"우리 잘해오고 있었네. 동물의 생명을 수호하는 파워레인저처럼! 동물 전문가인 나! 붙임성 좋은 주선자인 가쿠! 그리고 술과 새에는 쥐약이지만 돕기의 달인 가시 씨! 이런 느낌?"

고타는 웃으면서 내 어깨를 쳤다. 나는 쏟아져 나오려는 울음을 간신히 억울렀다.

"계속 다 함께 일하면 좋겠지만 가쿠는 취직을 해야 하니. 그리고 나도 여러모로 생각해봤는데……."

순간 고타는 쓸쓸한 표정을 지었다.

"역시 펫숍이 너무 좋아. 그래서……."

겨우겨우 말을 이었다.

"나는 앞으로도 펫숍에서 일할 거야."

고타가 씨익 웃었다. 속이 후련해지는 웃음이었다.

"계속 아르바이트생으로 살아도 상관없다고 생각했는데, 이젠 대학으로 돌아가려고. 그런 다음 유어셀프에서 신입을 채용할 때 지원할 거야. 학비는 내가 벌 생각이지만 아버지가 조금 보태준대."

고타도 진로에 대해 생각하고 있었구나.

"결정하면 말하려고 했는데, 가쿠에게 이야기하고 나니 진짜 결심이 서버렸네."

쑥스러운 듯 미소 짓는 내 동갑내기 친구가 조금 어른스러워 보였다.

"뭐, 최종적으로는 동물왕국을 만들 거지만. 나, 후궁을 만들어서 월요일은 사모예드의 날, 화요일은 알파카, 수요일은 아메리칸 숏헤어 같은, 그런 최고의 인생을 만들어갈 거야. 가쿠도 놀러와."

나는 이 믿음직한 친구에게 고개를 끄덕일 수밖에 없었다.

"어라, 동물 애호 정신에 반한다고 태클 안 걸어?"

고타가 웃자 나도 웃음이 나왔다.

늘 헤어지는 교차점에 다다랐다.

"동물왕국에, 꼭 놀러갈게."

"예압."

"고마워, 고타."

"뭘 새삼스레 그러냐. 그럼 내일 보자귀나무허리노린재".

"어…… 음, 내일…… 보면 되겠네안데르탈인……."

고타는 웃더니 스쿠터의 시동을 걸었다.

집으로 돌아와 A4용지를 꺼냈다.

나는 비겁한 사람이지만 그전에 인간이다. 잘못을 저지르고 비겁하게 도망쳤다. 그러나 사과하려고 한다.

나도 고타와 같은 인간이다. 펫숍을 좋아하니까…….

모든 동물을 좋아한다. 고타와 마찬가지로 인간을 사랑한다.

고타나 가시와기 씨, 아카이 씨와 마키타 씨. 그리고 손님과 동물도, 모두모두 정말 좋아한다.

나는 A4용지에 '인간'이라고 썼다. 그런 다음 적어내려가기 시작했다.

'인간은, 얼마간의 악의로 또 다른 인간에게 상처를 주는 동물입니다.'

꼬마 유리와 잉꼬 유리, 그리고 먼저 있었던 점장의 일을 떠올렸다.

'하지만 상처를 극복하고 다시 일어날 수 있는 동물입니다.'

유리는 지금도 활기차게 펫숍에 찾아왔다.

'인간은, 사소한 오해로 주변을 미워하는 동물입니다.'

펫숍을 증오했던 시카다 씨를 떠올렸다.

'인간은, 오해를 인정하고 용서할 수 있는 동물입니다.'

시카다 씨는 오해가 풀리자 펫숍을 좋아하게 되었다.

'인간은, 다른 동물을 도와주고 싶어 하는 동물입니다.'

세가와 선생님은 수의사 일과 동시에 가여운 새끼 여우를 위해 온 힘을 다했다.

'인간은, 과거를 소중히 생각하는 동물입니다.'

유명한 시인인 아키야마 간보쿠는 마키타 씨와의 어릴 적 약속을 믿고 펫숍에 찾아왔다. 한바탕 소동이 있었지만 좋은 추억으로 남았다.

'그리고, 미래를 소중히 생각하는 동물입니다.'

마키타 씨는 다음 달 프랑스에 갈 거였다. 어쩌면 거기서 결혼을 약속할지도 몰랐다.

'인간은, 쉽게 고집을 부리는 동물입니다.'

구리스 이치로 아저씨는 고타의 아버지다. 누구보다 아들을 사랑하면서도 내색하지 못했다.

'인간은, 순수한 감정을 지닌 동물입니다.'

고타와 구리스 아저씨의 야윈 얼굴이 찍힌 사진이 떠올랐다. 두 사람 모두 얼굴은 전혀 안 닮았는데도 이상하게 판박이였다.

'인간은……'

나는 손을 멈췄다. 눈물을 흘리는 게 얼마만이지.

떨리는 손으로 계속 써내려갔다.

'……실수하고, 후회하고, 감추는 비겁한 동물입니다.'

이 문장을 물끄러미 쳐다보다가 이윽고 이어나갔다.

'나는 내 잘못을 사죄하려 합니다.'

결심이 섰다. 마음이 조금 가벼워졌다.

스마트폰을 꺼내 연락처에서 낯익은 번호를 찾아냈다. 내일, 펫숍에 가서 확실하게 용서를 구할 것이다.

하지만 용서를 구해야 할 사람이 한 명 더 있었다.

"어이."

통화음이 두 번 울렸을 때 도마가 전화를 받았다.

"……무슨 일이야?"

"며칠 전의 일, 사과하고 싶어. 매몰차게 굴어서 미안해."

잠시 어색한 침묵이 흘렀다.

"별로…… 신경 안 써."

그 목소리에 마음이 조금 녹아내리는 것 같았다. 이런 사람에게, 나는 차갑게 대해버렸다.

"정말 미안해."

"괜찮대도."

나는 각오하고서 말을 꺼냈다.

"이왕 미안한 김에…… 잠시 내 얘기 좀 들어줄래?"

"……뭐 괜찮아. 지금 안 바쁘니까."

목이 바싹 타는 것 같아서 페트병에 든 차로 목을 축였다.

"나, 아르바이트하는 펫숍에서 엄청나게 큰 실수를 저질렀어. 그리고 숨겼어. 지금 엄청나게 후회 중이야."

"응."

"취업 활동 강좌에서 나는 자기분석을 전혀 못 했어. 나는 고타처럼 한없이 밝은 것도 아니고 가시와기 씨처럼 일을 잘하는 것도 아니니까."

"응."

"나 자신에게 자신감을 잃었어. 그래서 잘못을 인정하고 싶지 않았어."

"저기, 후련하게 일반론으로 시작해도 돼?"

도마의 목소리에서 장난기가 느껴졌다.

"다른 사람은 다른 사람이고, 너는 너야."

"맞아…… 지당하신 말씀."

우리 둘은 동시에 웃었다. 이미 도마의 목소리에서 어떤 뾰족함이 사라져 있었다.

"내가 좋아하는 말이야. 타인이 부럽거나 샘이 나면 그렇게 중얼거려. 그 순간만큼은 독립할 수 있거든. 그러면 마음이 조금 편안해져."

"도마, 너 같은 사람도 누구를 질투한 적이 있어?"

"당연하지. 나도 인간인데."

목소리에는 망설이는 기색이 없었다.

"고마워."

"뭐가?"

"아니, 열심히 변호해주는구나 싶어서……."

"난 항상 열심인데? 며칠 전 누구와 달리."

"진짜 미안해."

"이미 엎질러진 거, 이미 너는 결론 낸 거지?"

"응."

"그럼 확실하게 사죄하고 와."

"그래, 고마워. 저기 그리고…… 갑작스럽지만."

"뭔데?"

참을 수 없었다. 나는 이 여자에게 꼭 고백하고 싶었다.

"널 좋아해."

"……."

"……."

"나도, 너 좋아해."

"……고마워."

"나야말로, 고마워."

몸속에서부터 따뜻한 애정이 흘러넘쳐서 나는 잠시 말을 잃었다.

1분 정도의 침묵이 흐른 뒤 도마가 말했다.

"뭐야, 사귀자는 말 안 하는 거야? 곤란한데."

아, 나는 완전히 동요해버렸다. 기세 좋게 고백하고 감동에 빠진 나를 도마가 뒤흔들었다.

"그건…… 응, 당연히 그렇게 하려고 하는데. 뭐랄까, 날을 잡아서……."

"뭔 소리야?"

"내일 제대로 사죄한 다음에. 일의 순서랄까…… 그러니 그 후에 제대로, 정식으로 사귀자고……."

"그럴 거면 좋아한다는 말도 내일 했으면 되잖아!"

"그렇긴 한데, 당장 좋아한다고 말하고 싶었거든."

"그게 바로 사랑이야. 지금까지 자기 이야기는 아무것도 들려주지 않은 주제에."

"응. 미안."

"바보…… 좋아해."

"고마워."

그 뒤로 조금 더 이야기를 나누고 전화를 끊었다. 도마는 마지막에 "제대로 해"라고 말해주었다.

나는 며칠 만에 마음 편히 잠들 수 있었다.

다음 날, 나는 평소보다 조금 일찍 출근했다. 고타는 휴무일인데도 펫숍에 나와 탈의실에서 나를 맞이해주었다.

"좋은 아침이네."

"응, 좋은 아침."

"가시와기 씨에게 할 얘기가 있어. 괜찮으면 고타도 들어줬으면 좋겠는데."

고타는 "예압" 하며 웃었다.

나는 다시 멍해졌다. 고타는 어쩌면 최근의 나를 보고 동영상속 인물이 나라고 확신하는 데 이르렀을지도 몰랐다. 그렇지만아무 말 않고 내가 말해줄 때까지 기다리는 건지도 몰랐다.

사무실에 들어가 가시와기 씨의 책상으로 다가갔다.

나는 죄다 털어놓았다. 영상에 나온 인물이 나라는 것, 브라운 씨의 실체가 뭔지, 악의적인 편집이었대도 어쨌든 분명히 내가 내뱉은 말이었다는 걸 고백했다.

듣는 내내 가시와기 씨는 입을 다물고 있었다.

"대단히 죄송합니다."

나는 머리 숙여 사죄했다. 지금까지 일을 하면서 몇 번이고사죄해왔고 그때마다 진심을 담아왔다. 하지만 이렇게까지 마음이 아픈 건 처음이었다.

"가쿠토."

가시와기 씨의 목소리는 가라앉아 있었다.

"왜 말 안 했어?"

진심으로 화가 난 것 같았다. 나는 목이 메이는 듯했지만 가까스로 참으며 중얼거렸다.

"죄송합니다."

"실수는 누구나 해. 하지만 우선 의논해야 했다고. 그걸 소홀히 하다니, 어쩔 셈이야?"

가시와기 씨의 목소리가 미묘하게 떨렸다.

"정말로, 정말로 죄송합니다. 펫숍에 피해를 줄까봐 겁이 나서 모른 척했습니다."

만약 내가 해고돼서 해결될 일이라면 괜찮았다. 하지만 고작 아르바이트생의 목을 자르는 것으로 끝날 일은 아니었다.

"본사로 가자. 따라와."

가시와기 씨는 정장 재킷을 들었다. 나는 묵묵히 고개를 끄덕였다.

"저기, 저도 가면 안 돼요……?"

고타가 쭈뼛쭈뼛 묻자 가시와기 씨가 험악한 표정을 지었다.

"너는 왜?"

"본사 사람들에게 전하고 싶어요. 가쿠가 한 짓은 잘못됐지만 누구보다 성실하고 열심히 하는 좋은 녀석이라고."

눈시울이 뜨거워졌다. 가시와기 씨는 한숨을 내쉬었다.

"걱정하지 마. 내가 확실하게 설명할게. 가쿠토가 잘리도록 놔두지 않을 거야."

나는 바보였다. 정말로, 한심한 바보.

"그럼 가만히 차 안에서 기다릴게요. 그러니까 함께……."

고타가 매달리듯 애원하자 가시와기 씨는 마지못해 알았다고 했다.

"잠시 집에 가서 가쿠토가 입을 정장을 가져올게. 고타는…… 어차피 차에서 기다릴 거니까 사복이어도 괜찮을 거야. 본사에는 연락해둘게."

그렇게 말하고 가시와기 씨는 사무실을 떠났다.

"가쿠토."

마키타 씨가 말을 걸었다.

"바보. 너 자기 자신에 대해 너무 모르는구나. 거짓말 따위 할 수 있는 인간이 아니래도. 반성해."

"죄송합니다."

고개를 숙이고 있었는데 또다시 이름을 부르는 소리에 고개를 들어보니 이번에는 아카이 씨였다.

"솔직하게 용서를 구해서 다행이다. 정말로 다행이야."

아카이 씨는 눈이 빨개져 있었다. 나는 또다시 고개를 숙였다. 그때 내 어깨에 손이 올려졌다.

"함께 해결할 방법을 생각해보자. 우리 동료들과 다 함께."

고타였다. 나는 더 이상 참지 못하고 화장실로 달려가 울었다. 후회의 눈물과 기쁨의 눈물이 계속 흘러나왔다.

가시와기 씨는 운전석에 앉았고, 그의 헐렁한 정장을 입은 나는 조수석에, 고타는 뒷좌석에 앉았다. 가는 길에 고타는 쉴 새 없이 농담을 해대며 분위기가 어둡게 가라앉지 않도록 신경을 써주었다.

"시카다한테 연락 한 통 해놔야겠다. 차에서 기다리고 있을 테니까 커피라도 사 오라고."

"심부름시키다니, 못됐다."

"괜찮아. 그 녀석 나한테 사파리 파크 티켓을 사게 했으니까."

고타는 스마트폰을 만지작거렸다.

"뭐야, 고타…… 시카다와 사귀는 거야?"

가시와기 씨가 물었다.

"네에? 그럴 리가요! 그 녀석이 친구가 없어서 함께 가준 것 뿐이에요."

"뭐, 그렇다고 해둘게."

"그보다, 가시 씨는 뭐 없어요? 연애 이야기."

"이번엔 나야? 나는, 찾기로 했어."

"뭐를요?"

"달빛 아래, 나의 그대를."

"와, 드디어 나왔다…… 로맨티스트. 그래서 결혼 못 하는 거예요. 안 그래, 가쿠?"

엄청난 문제를 사죄하러 가는 길인데 평소와 같이 가벼운 분위기라니. 그게 무엇보다 안심이 됐다.

"음, 가시와기 씨는 멋지니까 마음대로 골라잡을 수 있을 것 같은데……."

"그러는 가쿠토는? 그 동물원에서 만난 애 있잖아."

"아, 나도 듣고 싶어."

"말 못 해요."

"능글맞긴."

"그러게, 능글맞아!"

나는 웃었다.

우리 셋은 여태껏 많은 문제들을 해결해왔다. 고타는 파워레인저 같다고 했다. 그래, 그럴지도 몰랐다. 우리는 언제나 함께 싸워왔던 것이다.

어쩌면 오늘부로 나는 해고될지도 모르지만 이 순간만큼 절대로 잊지 않겠다고, 그렇게 맹세했다.

본사에 도착하자마자 고타의 스마트폰이 울렸다.

"시카다네. 무슨 일이지…… 여보세요? ……뭐!?"

고타의 목소리가 놀라 뒤집혔다.

"알았어. 가시 씨한테 이야기해볼게. 응…… 끊을게."

"왜 그래?"

가시와기 씨가 물었다.

"아니, 그게…… 회장님이 셋이서 오라고 했다는데요."

"회장님!?"

나와 가시와기 씨는 얼이 빠져 소리를 질렀다.

분명, 유어셀프의 회장은 외부에 모습을 드러내지 않기로 유명했다. 아들에게 전권을 물려주고 지금은 느긋하게 은둔자처럼 지내고 있다고 했다.

"회장님 면담인가…… 생각 이상으로 문제가 커질지도 모르겠네. 그래도 걱정하지 마. 내가 지켜줄게."

가시와기 씨의 말에 고타도 떵떵거렸다.

"자, 들어가자고!"

우리 셋은 본사로 들어갔다.

오랜만에 만난 시카다 씨는 무표정으로 말했다.

"응접실에서 기다려주세요. 그리고 회장님과 만난 사실은 절대로 누설 금지입니다."

우리는 끄덕이는 수밖에 없었다.

"저기, 나 티셔츠 차림인데······."

고타가 불안한 표정으로 시카다 씨를 쳐다봤다.

"상관없어요. 회장님 뜻이니까요."

시카다 씨는 변함없이 무표정이었다.

"회장님을 뵙기까지는 잠시 시간이 걸릴 거예요. 그동안 충분히 각오해주세요."

그러면서 시카다 씨는 왠지 기분 나쁜 웃음을 지었다.

우리는 아주 넓고 호화로운 응접실로 안내받았다.

······내가 생각해도 어이없는 빈약한 어휘력에 창피할 지경이다. 하지만 정말로 휑뎅그렁하고 굉장히 이상한 모양을 한 항아리 등등, 그야말로 '응접실' 그대로의 느낌이었다.

우리는 멀뚱히 서서 기다렸지만 회장님은 오지 않았다. 시간이 흐르고 30분이 지나자 결국 앉아서 기다리기로 했다.

"가시 씨도 회장님 만난 적 없죠······?"

"입사식에 참석하지도 않고 축사를 읽으신 분이야. 도시 전설 같은 이야기인데, 실은 존재하지 않는다는 설도 있어······."

남다른 스케일이구나······ 우리는 침묵했다.

그로부터 30분이 더 지나자 고타가 더는 못 참겠는지 큰 소리로 외쳤다.

"아, 진짜! 회장이고 뭐고 빨리 좀 오라고!"

그때 갑자기 응접실 문에서 똑똑 노크 소리가 났다. 우리는 일제히 일어섰다.

시카다 씨가 문을 반쯤 열고 말했다.

"회장님 오십니다."

문이 열렸다. 그곳에는, 익히 잘 아는 할아버지 한 분이 서 있었다.

고타가 중얼거렸다.

"엇, 호프만 씨……."

"회장님께서 절대로 말하지 말라고 하셔서…… 미안해."

시카다 씨는 우리의 아연실색한 얼굴을 보며 혀를 내밀었다.

"여러 가지로 듣고 싶은 이야기가 많네만, 그보다 먼저."

우리 셋은 굳은 표정으로 끄덕였다.

"호프만 씨가 대체 뭔가?"

우리는 육지에 올라온 물개처럼 헐떡였다.

"호프만나무늘보입니다!"

순간적으로 고타가 말하자 가시와기 씨와 나는 동시에 째려봤다.

"아, 물론 게으름뱅이라는 의미가 아니라 아주 오래오래 건

승하시기를 바라면서……."

호프만 씨는 "오호" 하고 말했다.

"나는 틀림없이 영화 〈크레이머 대 크레이머〉에 나왔던 더스
틴 호프만 같은 이미지라고 생각했네만. 불평을 쏟아내는 시끄
러운 늙은이라는 의미로."

우리는 동시에 눈을 크게 떴다. 차를 가져온 시카다 씨의 표
정이 후련해 보여서인지 고타가 "시카다, 너 임마……!" 하고
속삭였다.

회장의 눈은 평소와 달리 가만히 보고 있으면 빨려 들어갈 것
처럼 깊었다. 반면에 뭔가 잘못하면 물려 죽을 것 같은 매서움
도 느껴졌다.

"그건 그렇고, 그 영상에 대해 설명해주었으면 하네."

나는 중압감을 느끼면서도 필사적으로 설명했다. 가시와기
씨에게 설명한 내용인데도 자꾸만 말문이 막혔다. 그렇지만 손
님을 최대한 성심성의껏 대하려다가 어쨌든 온 세상에 오해를
퍼뜨리고 말았다는 점은 확실하게 사죄했다.

호프…… 아니, 회장님은 콧방귀를 뀌었다. 그런 다음에는 뼈
가 시릴 만큼 깊은 침묵이 이어졌다.

"자네 이야기는 잘 알아들었네."

회장은 벌레라도 씹은 듯한 표정으로 침묵을 깼다. 고타와 가
시와기 씨, 그리고 나는 씹힌 벌레 같은 얼굴이 되었다.

"애니멀 러버스는 역사가 있는 동물 애호 단체일세. 내가 펫숍을 세웠을 때 대표인 고미야 게이코와 이야기를 나눈 적이 있었지. 꼬맹이와 자주 이야기를 나누던 그 여자가 고미야임을 알아차렸건만, 나도 늙었군."

회장은 씁쓸하게 웃었다. 물론 누구도 대꾸할 수 없었다.

"1960년대 무렵부터 동물을 기르는 것 자체가 사회적 신분을 나타내는 지표가 되었지. 말하자면 집 지키는 개나 쥐 잡는 고양이가 아니라, 그저 관상용 애완동물로서 말일세. 그 유행은 말할 것도 없이 폐해를 만들어냈지. 싫증 난 주인, 버려지는 동물들. 나는 그런 현상에 반기를 들고 싶어서 펫숍을 세웠다네. 한때 고미야와는 이상을 나누던 동료였지. 동물 애호 단체의 대표로서 내 뜻을 높게 평가해주었으니."

회장은 먼 곳을 응시했다.

"얼마전에 전화가 왔었다네. 유행하는 견종을 늘리기나 하는 브리더의 퍼피 밀이나 펫숍의 불상사가 문제시된 무렵이었을 걸세. 반려동물을 다루는 업계 대표로서 내게 어떻게 생각하느냐고 추궁해왔지. 나는 이렇게 대답했어. 가미조 지점에 가보라고. 가시와기, 그리고 아르바이트생인 미나미 가쿠토와 구리스 고타, 그런 젊은이들이 얼마나 애정을 가지고 착실하게 일하고 있는지 말이야."

가슴이 찌르르 저려왔다. 회장은 우리를 신뢰해오고 있었다.

"고미야는 펫숍에 자주 드나들기 시작했어. 이 매장을 믿어 보자, 그렇게 생각했을지도 모르지. 그런데 때마침 유리매커우가 말도 안 되는 한마디를 내뱉은 걸세."

아아…… 그때 분명히 브라운 씨가 있었다. 브라운 씨에게 그 상황은 믿을 수 없는 일로 받아들여졌을 것이다. 펫숍이 동물을 이용해 아이에게 상처 주려고 했다고 여겨도 이상할 것이 없는 상황이었으니까.

"고미야는 배신당했다는 생각으로 조사를 시작한 모양이네. 그래서 미나미 가쿠토를 주의 깊게 살폈지. 늘 들고 다니는 가방에 몰래 카메라를 넣어서 말일세. 그녀의 방식도 잘못됐어. 본심을 듣고 싶었다면 그런 야비한 방식이 아니라 직접 물어보면 좋았을 것을."

아니, 내 잘못이었다. 내가 적당하게 대응하지 않고 진지하게 대했다면 오해가 풀렸을지도 몰랐다.

"다행히 고미야는 영상을 보낸 뒤로 움직임이 없어. 내가 때를 봐서 고미야에게 연락을 취하도록 하지. 그러니 이 건은 불문에 부치게. 앞으로 주의하도록."

가시와기 씨가 깊고 길게 숨을 내쉬는 소리가 들렸다.

"그런데."

회장의 목소리가 문득 살벌해졌다.

"미나미 가쿠토. 펫숍은 동물 애호의 관점에서 보면 언제나 악역이지. 물론 동물을 판매해 돈을 벌고 있는 이상 틀린 말은 아니네. 새로운 가족을 만들어주는 만남의 장이라는 것도 말만 번지르르할 뿐이야. 지금은 유기견 보호 센터나 양부모 모집 등 동물과 만날 수 있는 장소가 얼마든지 있으니까."

회장의 눈빛은 심각해 보였다.

"그렇기 때문에 자네의 솔직한 의견을 듣고 싶네. 펫숍이란 무엇인가? 세상의 비난이 몰아치는 이 상황에서 펫숍을 계속 이어나가야 하는 의의를 내게 이야기해보게나."

만회할 수 있는 동물은, 인간뿐이다…… 회장은 내게 기회를 준 거였다.

"나, 아니 저는……."

"평소대로 하게나. 다만 진심을 이야기하게."

나는 실을 뽑듯이 말을 자아냈다.

"저는 이번 일로 배운 게 있습니다. 여러 동물들을 접하며 간신히 깨닫게 되었습니다. 인간이라는 동물은 언어라는 소통 능력을 지니고 있는데도 친구를 질투하거나, 거짓말을 하거나, 자기 자신을 감싸기도 하는 제멋대로인 생물입니다. 그런 인간이 다른 종의 동물을 기른다는 건 어쩌면 주제 넘는 일일지도 모릅니다. 극단적으로 말하면 인간은 다른 동물에게 있어 한평생 구속을 하는 해악일 뿐일지도 모릅니다."

나는 단숨에 쏟아내고 한 번 크게 숨을 내쉬었다.

"그럼에도 인간은 동물이라는 가족을 원합니다. 함께 지내게 된 반려동물을 최대한 행복하게 해주려 애씁니다. 언어가 통하지 않으니 동물이 정말로 행복한지는 알 수 없지만, 그래도 함께 생활하는 펫을 행복하게 해주려고 열심히 노력합니다. 저는 이것이 인간의 습성이라고 생각합니다. 인간은 먹이사슬을 뛰어넘어서까지 다른 동물을 품에 안으려고 하는 습성을 지닌, 동물계에서 가장 외로운 생물입니다."

회장은 나를 뚫어지게 쳐다보고 있었다.

"펫숍은 어쩔 수 없이 인간을 위한 곳입니다. 그럼에도 저는 믿고 싶습니다. 서로 마음이 통하고 있다고 굳게 믿으며 반려동물의 행복을 위해서라면 어떤 고통도 마다 않겠다는 인간이라는 동물을요. 펫숍은 친구 같은 반려동물과 함께 지내며 행복을 느끼는, 그런 인간이라는 동물을 돕기 위한 장소입니다. 그리고 인간으로서, 동물들이 정말로 행복하다고 느끼기를, 끊임없이 기원하는 곳입니다."

문제에 대한 정답은 아닐지도 몰랐다. 하지만 나는 인간을 사랑한다. 그것만큼은 자신 있게 말할 수 있었다.

나는, 인간입니다.

외롭고 고독하며, 속수무책인 동물입니다.

회장은 '흐음' 하고 뜸을 들였다. 얼굴에는 웃음기도 노기도 없었다.

"회장님."

나는 자연스레 말을 꺼냈다.

"고미야 씨와 연락하실 때 저도 이야기할 수 있도록 자리를 마련해줄 수 없을까요? 펫숍의 문제를 다른 관점에서 다시 이야기하고 싶어요. 그렇게 반려동물과 인간의 행복에 대해 깊이 생각하고 싶습니다."

나는 일어나서 간청했다.

"제발 부탁드립니다."

나는 동물을 좋아한다. 고미야 씨도 동물을 좋아한다. 그건 공통점이다. 그러니 진심으로 이야기를 나누고 싶었다.

"가시와기."

회장의 갑작스러운 말에 가시와기 씨는 튀어 올랐다.

"가미조 근처에 어디 모임 장소로 어울릴 만한 가게가 있나?"

"요, 용궁세상이라는 식당이 어떨까요?"

"그럼 나중에 연락할 테니 그곳으로 잡게나. 그리고 자네도 펫숍 직원 자격으로 참가하도록."

"……알겠습니다."

"구리스 고타."

"아, 네!"

"자네는 펫숍의 현장 담당으로 참가하도록."

"네!"

"미나미 가쿠토."

"예."

"자네는, 인간 대표일세. 조금 전의 의견을 확실하게 전달하게. 건방지고 어리석다고 매도당할지도 모르지만 그래도 해."

나는 다시 한 번 고개를 숙였다.

"고맙습니다!"

그로부터 한 달 뒤, 애니멀 러버스는 동영상을 삭제해주었다. 대신 다른 동영상 하나를 올렸다.

약 두 시간에 걸친 영상으로, 펫숍 직원과 동물 애호 단체의 심층토론을 담았다. 동물을 사랑하는 자들이 '어떤 식으로 인간과 동물이 관여되어야 하는가'라는 문제에 대해 잘 알아듣도록 충분히 설명한 내용이었다. 물론 이건 인간이 반려동물이라는 존재를 만든 순간부터 언급된 문제이므로 고작 두 시간 만에 답이 나올 간단한 문제는 아니었다.

하지만 유어셀프 회장이 영상에 나왔다는 게 화제가 되어 만 번 넘게 조회되었다. 댓글도 많이 달렸고, 다양한 사람들이 자신의 생각을 남겨주었다. 이를 계기로 많은 사람들이 동물과 인간에 대해 생각해볼 기회를 갖게 된 거라면 정말 감사할 따름이었다.

회장이 진지한 표정으로 재미없는 말장난을 연발한 탓에 유어셀프의 주가가 아주 조금 내려갔다는 사실은 안타깝지만, 회장은 종종 공식적인 자리에 나와 펫숍에 대한 생각 등을 말하기 시작했다.

가시와기 씨는 특유의 성실한 느낌이 귀엽다며 연상녀들에게 꽤나 지지를 받는 것 같았다.

아르바이트를 하던 중 새로 나온 고양이 통조림을 채우고 있는데 "안녕하세요" 하는 익숙한 목소리가 들렸다. 돌아보니 브라운 씨가 서 있었다.

"전에는 제대로 말 못 했지만, 몰래 촬영해서 미안합니다."

"아뇨, 저야말로."

"처음부터 솔직하게 이야기를 나눴다면 좋았을 텐데."

브라운 씨는 미안한 듯한 표정으로 미소를 지었다. 전과는 다른, 자연스러운 미소였다. 동물을 사랑하는 진심을 인정받은 것 같아서 기뻤다.

"저야말로 성실하게 대응하지 못해 죄송했습니다."

나는 깊숙이 고개를 숙였다.

"가끔씩 올 테니까 이야기 많이 들려줘요. 촬영 같은 건 안 할 테니."

브라운 씨가 다시 한 번 웃었다.

나, 미나미 가쿠토는 펫숍의 아르바이트생이다. 취직이 되면 이곳과는 안녕이다. 그러나 지금, 나는 이곳에 있다.

고타가 호들갑스럽게 달려온다.

"가쿠, '유'로 시작하는 동물 뭐 있는지 알아? 호프만 씨는 역시 강해! 정말 비정하다니까!"

잉꼬 유리를 어깨에 앉힌 꼬마 유리가 우리 앞을 지나가면서 "가쿠 오빠" 하고 손을 흔드는 걸 보고 있다가 답을 던진다.

"유리매커우."

"아하! 등잔 밑이 어두웠네! 고마워!"

고타가 싱긋 웃으며 뛰어간다.

휴식 중인 마키타 씨와 아카이 씨가 걸어가고 있다. 마키타 씨는 프랑스에 간 간보쿠 시인이 청혼하지 않은 게 불만인 듯하고, 아카이 씨는 한결같이 위로해주는 역할이다.

터벅터벅 발소리가 들린다. 돌아보니 보기만 해도 기쁜 사람이 서 있다.

"어이, 펫숍 보이. 퇴근까지 못 기다리겠어서 와버렸어."

나는 퇴근 후 도마와 데이트할 예정이다. 지금은 둘 다 취직 문제로 고민하고 있지만, 바로 그렇기 때문에 서로 힘이 돼줄 수 있어서 행복하다.

"나랑 있을 때보다 즐거워 보이잖아?"

내가 당황하며 손사래 치자 도마가 웃는다.

"난 펫숍이 좋아. 너는?"

"물론, 좋아하지!"

"다행이다."

나는 새삼스럽게 매장 안을 둘러본다. 펫숍…… 이곳에는 나와 같은 인간을 포함해 많은 생물이 있다. 마치 지구의 축 같기도 하고, 작은 공동체 같기도 하다. 아직 조금 더, 이곳에 있을 수 있다. 여기서 여러 가지를 배울 것이다. 이곳이 정말 좋으니까.

지지직…… 마이크 헤드셋이 울린다. 가시와기 씨다.

"가쿠토! 토끼가 있는 쪽으로 와 줘!"

"무슨 일이에요?"

"탈주! 네덜란드 드워프 대탈주!"

"또…….."

"하여튼 빨리 와! 고타는 이미 불렀어."

나는 달린다.

도마는 태평하게 말한다.

"다녀와."

이곳은 펫숍. 언제나 활기가 넘치는, 소중하고 사랑스러운, 나에겐 최고의 직장이다.

펫숍 보이즈

초판 1쇄 발행 2018년 2월 12일

지은이 다케요시 유스케
옮긴이 최윤영
펴낸이 김선식

경영총괄 김은영
기획·편집 윤세미 **디자인** 심아경 **크로스교** 정민교 **책임마케터** 이고은, 기명리 **저작권팀** 최하나
콘텐츠개발3팀장 이상혁 **콘텐츠개발3팀** 윤세미, 심아경, 정민교, 박화수
마케팅본부 이주화, 정명찬, 최혜령, 이고은, 이승민, 김은지, 유미정, 배시영, 기명리
전략기획팀 김상윤
경영관리팀 허대우, 권송이, 윤이경, 임해랑, 김재경, 한유현
외부스태프 재수(일러스트)

펴낸곳 다산북스 **출판등록** 2005년 12월 23일 제313-2005-00277호
주소 경기도 파주시 회동길 357 3층
전화 070-7606-7446(기획편집) 02-6217-1726(마케팅) 02-704-1724(경영관리)
팩스 02-322-5717 **이메일** dasanbooks@dasanbooks.com
홈페이지 www.dasanbooks.com **블로그** blog.naver.com/dasan_books
종이 한솔피엔에스 **출력·인쇄** 갑우문화사

ISBN 979-11-306-1594-3 (03830)

다산북스(DASANBOOKS)는 독자 여러분의 책에 관한 아이디어와 원고 투고를 기쁜 마음으로 기다리고 있습니다.
책 출간을 원하는 아이디어가 있으신 분은 이메일 dasanbooks@dasanbooks.com 또는 다산북스 홈페이지
'투고 원고'란으로 간단한 개요와 취지, 연락처 등을 보내 주세요. 머뭇거리지 말고 문을 두드리세요.